KU-033-642

Gulliver Taschenbuch 738

Viel Spaß beim
Lesen und
eine feine Zeit!
Deine dex

»Erzähler der Nacht« wurde
von der Stiftung Buchkunst als eines der
»Schönsten Bücher der Bundesrepublik Deutschland 1989«
ausgewählt und wurde außerdem mehrfach ausgezeichnet:
Rattenfänger-Literatur-Preis der Stadt Hameln
Phantastik-Preis der Stadt Wetzlar
Auswahlliste zum Deutschen Jugendliteraturpreis

»Erzähler der Nacht« erschien bisher auch in Dänemark,
Frankreich, Griechenland, Italien, in den Niederlanden,
in Norwegen, Schweden, Slowenien, Spanien (spanisch und
katalanisch) und in den USA.

Für
Alexander Flores und Elias Al-Kebbeh
aus tausendundeinem Grund

Rafik Schami

Erzähler der Nacht

Rafik Schami, geb. 1946 in Damaskus. Von 1966 bis 1969 Herausgeber und Mitautor einer Wandzeitung im alten Viertel von Damaskus. Schreibt seit 1965 neue Märchen. 1971 siedelte er in die Bundesrepublik über. Studium der Chemie, Promotion, Arbeit in der Industrie. Seit 1982 ist er freier Schriftsteller und lebt in Kirchheimbolanden. 1986 wurde er mit dem Thaddäus-Troll-Preis und 1993 mit dem Adelbert-von-Chamisso-Preis ausgezeichnet. Für *Eine Hand voller Sterne* erhielt Rafik Schami den Zürcher Kinderbuchpreis »La vache qui lit«, den »Preis der Leseratten« des ZDF und »Die Blaue Brillenschlange« des schweizerischen Kinderbuchfonds Dritte Welt. Das Buch kam außerdem auf die Ehrenliste des Österreichischen Staatspreises und erhielt in Holland den »Jenny-Smelik-Kiggen-Preis«, in den USA den »Mildred D. Batchelder Award«, und in Großbritannien wurde es zum »Children's Book of the Year« gewählt. Zuletzt erschien von Rafik Schami im Programm Beltz & Gelberg der Roman *Der ehrliche Lügner*, der mit dem Hermann-Hesse-Preis 1994 ausgezeichnet wurde.

Gulliver Taschenbuch 738
© 1989, 1995 Beltz Verlag, Weinheim und Basel
Programm Beltz & Gelberg, Weinheim
Alle Rechte vorbehalten
Einband und Ausstattung von Doro Göbel
Gesamtherstellung Druckhaus Beltz, 69494 Hemsbach
Printed in Germany
ISBN 3 407 78738 3
3 4 5   99 98 97 96

1

*Wie der
Kutscher Salim sitzend zu
seinen Geschichten kam und
sie unendlich lang frisch halten konnte.*

Es ist schon eine seltsame Geschichte: Der Kutscher Salim wurde stumm. Wäre sie nicht vor meinen Augen geschehen, ich hätte sie für übertrieben gehalten. Sie begann im August 1959 im alten Viertel von Damaskus. Wollte ich eine ähnlich unglaubliche Geschichte erfinden, so wäre Damaskus der beste Ort dafür. Nirgendwo anders als in Damaskus könnte sie spielen.

Unter den Einwohnern von Damaskus gab es zu jener Zeit seltsame Menschen. Wen wundert das bei einer alten Stadt? Man sagt, wenn eine Stadt über tausend Jahre ununterbrochen bewohnt bleibt, versieht sie ihre Einwohner mit Merkwürdigkeiten, die sich in den vergangenen Epochen angesammelt haben. Damaskus blickt sogar auf ein paar tausend Jahre zurück. Da kann man sich vorstellen, was für sonderbare Menschen in den verwinkelten Gassen dieser Stadt herumlaufen. Der alte Kutscher Salim war der merkwürdigste unter ihnen. Er war klein und schmächtig, doch seine warme und tiefe Stimme ließ ihn leicht als einen großen Mann mit breiten Schultern erscheinen, und schon zu Lebzeiten wurde er

zur Legende, was nicht viel heißen will in einer Stadt, wo Legenden und Pistazienrollen nur zwei von tausendundeiner Spezialität sind.

Durch die vielen Putsche der fünfziger Jahre verwechselten die Bewohner des alten Viertels die Namen von Ministern und Politikern nicht selten mit denen von Schauspielern und anderen Berühmtheiten. Aber für alle gab es im alten Stadtviertel nur diesen einen Kutscher Salim, der solche Geschichten erzählen konnte, daß die Zuhörer lachen und weinen mußten.

Unter den merkwürdigen Menschen hatten einige für jedes Geschehen ein passendes Sprichwort parat. Doch es gab nur einen Mann in Damaskus, der zu *allem* eine Geschichte wußte, ob man sich nun in den Finger geschnitten, sich eine Erkältung geholt oder unglücklich verliebt hatte. Wie aber wurde der Kutscher Salim zum bekanntesten Erzähler in unserem Viertel? Die Antwort auf diese Frage ist, wie nicht anders zu erwarten, eine Geschichte.

Salim war in den dreißiger Jahren Kutscher und fuhr die Strecke zwischen Damaskus und Beirut. Damals brauchten die Kutscher zwei anstrengende Tage für die Fahrt. Zwei gefährliche Tage waren es, weil die Strecke durch die zerklüftete »Hornschlucht« führte, wo es von Räubern nur so wimmelte, die ihr Brot damit verdienten, Vorbeifahrende auszurauben.

Die Kutschen waren kaum voneinander zu unter-

scheiden. Sie waren aus Eisen, Holz und Leder gebaut und boten Platz für vier Fahrgäste. Der Kampf um die Fahrgäste war unbarmherzig; nicht selten entschied die härtere Faust, und die Gäste mußten, noch bleich vor Schreck, in die Kutsche des Siegers umsteigen. Auch Salim kämpfte, doch selten mit der Faust. Er setzte seine List und seine unbesiegbare Zunge ein.

Zur Zeit der Wirtschaftskrise, als die Anzahl der Fahrgäste immer weniger wurde, mußte sich der gute Salim etwas einfallen lassen, um seine Familie durchzubringen. Er hatte eine Frau, eine Tochter und einen Sohn zu ernähren. Die Raubüberfälle mehrten sich, weil viele verarmte Bauern und Handwerker in die Berge flüchteten und ihr Brot als Wegelagerer verdienten. Salim versprach den Fahrgästen leise: »Mit mir kommt ihr ohne jede Schramme und mit demselben Geldbeutel an, den ihr bei der Abfahrt hattet.« Das konnte er versprechen, weil er zu vielen Räubern gute Beziehungen unterhielt. Unbehelligt fuhr er immer wieder von Damaskus nach Beirut und zurück. Erreichte er das Gebiet eines Banditen, so ließ er – von den Fahrgästen unbemerkt – mal etwas Wein, mal etwas Tabak am Straßenrand zurück, und der Räuber winkte ihm freundlich zu. Er wurde nie überfallen. Aber nach einer Weile sickerte das Geheimnis seines Erfolges durch, und alle Kutscher machten es ihm nach. Auch sie hinterließen Gaben am Straßenrand und durften friedlich weiterfahren. Salim erzählte, das sei so weit

gegangen, daß aus den Räubern fette, träge Sammler wurden, die niemandem mehr Angst einjagen konnten.

Die Aussicht auf sicheren Schutz vor Räubern lockte also bald keinen Fahrgast mehr in seine Kutsche. Salim überlegte verzweifelt, was er tun könnte. Eines Tages brachte ihn eine alte Dame aus Beirut auf die rettende Idee. Während der Fahrt erzählte er ihr ausführlich die Abenteuer eines Räubers, der sich ausgerechnet in die Tochter des Sultans verliebt hatte. Salim kannte den Räuber persönlich. Als die Kutsche am Ende der Reise in Damaskus hielt, soll die Frau gerufen haben: »Gott segne deine Zunge, junger Mann. Die Zeit mit dir war viel zu kurz.« Salim nannte diese Frau seine »Glücksfee«, und von nun an versprach er den Fahrgästen, vom Beginn der Reise bis zur Ankunft Geschichten zu erzählen, so daß sie die Mühen der Reise gar nicht spüren würden. Das war seine Rettung; denn kein anderer Kutscher konnte so gut erzählen wie er.

Wie schaffte es aber der alte Fuchs, der nicht lesen und schreiben konnte, immer wieder neue und frische Geschichten zu erzählen? Ganz einfach! Wenn die Fahrgäste ein paar Geschichten gehört hatten, fragte er beiläufig: »Kann jemand von euch auch eine Geschichte zum besten geben?« Da gab es unter den Leuten immer wieder jemanden, einen Mann oder eine Frau, der antwortete: »Ich kenne eine unglaubliche Geschichte. Sie ist

aber bei Gott wahr!« Oder: »Na, ja, ich kann nicht gut erzählen, doch ein Schäfer hat mir einst eine Geschichte erzählt, und wenn die Herrschaften mich nicht auslachen, würde ich sie gern erzählen.« Und natürlich ermunterte Kutscher Salim jeden, seine Geschichte zu erzählen. Er würzte sie später nach und erzählte sie den nächsten Fahrgästen. So war sein Vorrat immer frisch und unerschöpflich.

Stundenlang konnte der alte Kutscher die Zuhörer mit seinen Geschichten verzaubern. Er erzählte von Königen, Feen und Räubern, und er hatte in seinem langen Leben viel erlebt. Ob er heitere, traurige oder spannende Geschichten erzählte, seine Stimme verzauberte jeden. Sie brachte nicht nur Trauer, Zorn und Freude hervor, es wurden sogar Wind, Sonne und Regen für uns spürbar. Wenn Salim zu erzählen anfing, segelte er in seinen Geschichten wie eine Schwalbe. Er flog über Berge und Täler und kannte alle Wege von unserer Gasse bis nach Peking und zurück. Wenn es ihm gefiel, landete er auf dem Berg Ararat – und sonst nirgends – und rauchte seine Wasserpfeife.

Hatte der Kutscher keine Lust zu fliegen, so durchstreifte er in seinen Erzählungen die Meere der Erde wie ein junger Delphin. Wegen seiner Kurzsichtigkeit begleitete ihn auf seinen Reisen ein Bussard und lieh ihm seine Augen.

So schmächtig und klein er auch war, in seinen Erzäh-

lungen bezwang Salim nicht nur Riesen mit funkelnden Augen und furchterregenden Schnurrbärten, er schlug auch Haifische in die Flucht, und fast auf jeder Reise kämpfte er mit einem Ungeheuer.

Seine Flüge waren uns vertraut wie das anmutige Segeln der Schwalben am blauen Himmel von Damaskus. Wie oft stand ich als Kind am Fenster und schwebte in Gedanken wie ein Mauersegler über unseren Hof. Diese Flüge haben mir damals kaum Angst bereitet. Aber ich zitterte mit den anderen Zuhörern vor den Kämpfen, die Salim mit den Haifischen und anderen Meeresungeheuern zu bestehen hatte.

Mindestens einmal im Monat verlangten die Nachbarn von dem alten Kutscher, er solle die Geschichte vom mexikanischen Fischer erzählen. Salim erzählte diese Geschichte besonders gern. Darin schwamm er gerade friedlich und munter wie ein Delphin im Golf von Mexiko, als ein bösartiger Krake ein winziges Fischerboot angriff. Das Boot kenterte. Der Krake fing an, den Fischer mit seinen Armen zu umschlingen. Beinahe hätte er ihn erwürgt, wenn ihm Salim nicht zu Hilfe geeilt wäre. Der Fischer weinte vor Freude und schwor bei der heiligen Maria, wenn seine schwangere Frau einen Jungen zur Welt brächte, würde er ihn Salim nennen. – Hier hielt der alte Kutscher in seiner Erzählung immer inne, um zu prüfen, ob wir wachsam zugehört hatten.

»Ja, und was wäre gewesen, wenn sie ein Mädchen

geboren hätte?« mußte die Frage lauten. Der alte Kutscher lächelte zufrieden, zog an seiner Wasserpfeife und strich über seinen grauen Schnurrbart. »Er hätte das Mädchen dann natürlich Salime genannt«, lautete seine Antwort immer.

Der Kampf mit dem gewaltigen Kraken dauerte lang. Im Winter saßen wir Kinder in seinem Zimmer eng beieinander und zitterten voller Sorge um den Kutscher, der gegen die gewaltigen Arme mit ihren unzähligen Saugnäpfen kämpfte, und wenn es draußen donnerte, rückten wir noch enger zusammen.

Tamim, ein Kind aus der Nachbarschaft, hatte die unverschämte Angewohnheit, mich während der Erzählung plötzlich mit seinen fleischigen Fingern am Hals zu packen. Ich erschrak jedesmal und schrie. Kutscher Salim tadelte den Miesmacher kurz, fragte mich, wo er in seiner Erzählung stehengeblieben war, und kehrte zu seinem Kampf mit dem Kraken zurück.

Gingen wir dann nach Hause, bekamen wir bei jedem Rascheln der Herbstblätter eine Gänsehaut, als lauerte der Krake dort auf uns. Der feige Tamim, der im Zimmer so tat, als beeindrucke ihn die Erzählung nicht, hatte am meisten Angst. Er mußte durch unseren Hof und noch durch eine dunkle Gasse gehen. Er wohnte nämlich ein paar Häuser weiter, während ich und drei andere Kinder sogar beim Einschlafen Salims beruhigende Nähe spüren konnten.

Eines Nachts war der Kampf mit dem Kraken besonders heftig. Ich war überglücklich, als ich mein Bett heil erreicht hatte. Plötzlich hörte ich Tamims Stimme. Er jammerte leise an der Tür des alten Mannes: »Onkel Salim, bist du noch wach?«

»Wer ist da? Tamim, mein Junge, was ist los?«

»Onkel, ich hab Angst, da knurrt etwas im Dunkeln.«

»Warte, mein Junge, warte! Ich komme schon. Ich muß nur schnell meinen jemenitischen Dolch holen«, beruhigte Salim ihn durch die geschlossene Tür.

Tamim stand beschämt da, weil wir alle, die nahe bei Salim wohnten, laut lachten.

»Du gehst immer einen Schritt hinter mir her, und wenn auch ein Tiger auf uns springt, hab keine Angst. Ich halte ihn zurück, und du rennst nach Hause«, flüsterte der alte Mann und brachte Tamim in Sicherheit, obwohl er halb blind war und in der Nacht kaum sehen konnte. So gut wie Salim konnte keiner lügen.

Ja, Salim liebte die Lüge, aber übertreiben wollte er nie. Eines Tages saß einer der Nachbarn bei uns und hörte vergnügt die Geschichte mit dem Kraken und dem mexikanischen Fischer. Doch mitten im Kampf wollte er plötzlich wissen, wie lang die Krakenarme seien.

Salim erschreckte die Frage. »Sehr lang ... mit vielen ... Saugnäpfen«, sagte er etwas verwirrt.

»Wie lang waren sie? Einen Meter? Zehn Meter?« höhnte der Nachbar.

»Das weiß ich doch nicht. Ich bin nicht hingegangen, um seine Arme zu messen. Ich mußte die Dinger loswerden und nicht dem Kraken einen Maßanzug schneidern«, giftete der alte Kutscher zurück, und wir lachten. Der Mann murmelte aber immer wieder etwas zwischen den Zähnen, während der Kutscher so lange auf den Kraken einschlug, bis er seine ganze Tinte ausspuckte und die Flucht ergriff, und als Salim gerade den Kampf beendet hatte und an der kubanischen Küste seine verdiente Wasserpfeife rauchen wollte, meldete sich der Mann wieder: »Dann bist du es also, der die Meere blau färbte!«

»Nein, nein, die Meere waren schon vor meiner Geburt blau. Viele tapfere Kerle kämpften mit den Kraken. Der erste von ihnen lebte im Jahre dreihundertsiebenundzwanzig vor Adam und Eva«, sagte der Kutscher unbeirrt und zog ein paarmal an seiner Wasserpfeife. Danach setzte er seine Pause an der Küste Kubas fort.

Als ich Salim eines Tages fragte, warum seine Worte die Menschen verzaubern können, antwortete er: »Weil das ein Geschenk der Wüste ist«, und da ich nicht verstand, was er damit meinte, erklärte er es mir: »Die Wüste, mein Freund, ist für einen fremden Besucher schön. Leute, die nur für ein paar Tage, Wochen oder Monate in der Wüste leben, finden sie zauberhaft, aber auf Dauer ist das Leben in der Wüste hart. Du kannst ihr in der sengenden Hitze des Tages und der klirrenden Kälte der Nacht nichts Schönes mehr abgewinnen. Deshalb wollte niemand in

der Wüste leben, und sie war sehr einsam. Sie schrie um Hilfe, doch die Karawanen durchquerten sie und waren froh, wenn sie der Einöde heil entkamen. Eines Tages zog mein Urururgroßvater, er hieß auch Salim, mit seiner Sippe durch die Sahara. Als er die Hilferufe der Wüste hörte, beschloß er, dazubleiben, um die Wüste nicht allein zu lassen. Viele lachten ihn aus, da er die grünen Gärten der Städte zurückließe, um sein Leben im Sand zu suchen. Doch mein Urururgroßvater hielt treu zur Wüste. Er glaubte sein Leben lang, daß eine überwundene Einsamkeit das Paradies sei. Von nun an vertrieben seine Kinder und Kindeskinder die Einsamkeit der Wüste durch ihr Lachen, ihre Spiele und ihre Träume. Die Pferde meines Urururgroßvaters klopften mit ihren Hufen die Glieder der Wüste wach, und der weiche Gang seiner Kamele brachte der Wüste Ruhe. Aus Dankbarkeit schenkte sie ihm und all seinen Kindern und Kindeskindern die schönste aller Farben: die geheime Farbe der Worte, damit sie sich am Lagerfeuer und auf ihren langen Reisen etwas erzählen konnten. So verwandelten meine Vorfahren den Sand in Berge und in Wasserfälle, in Urwälder und in Schnee. Am Lagerfeuer erzählten sie, fast verhungert und verdurstet, mitten in der Wüste vom Paradies, wo Milch und Honig fließen. Ja, sie nahmen ihr Paradies mit auf ihre Reisen. Durch das verzauberte Wort wurden alle Berge und Täler, alle Planeten und Welten leichter als eine Feder.«

In mehr als vierzig Jahren kam Salim mit seiner Kutsche nicht weiter als bis Beirut, aber mit den Flügeln
seiner Worte bereiste er wie kaum ein anderer die Länder
der Erde. Daß ausgerechnet er plötzlich stumm
wurde, verwirrte die Bewohner seiner Gasse.
Nicht einmal seine besten
Freunde konnten es
glauben.

2

*Warum
der ruhige Gang
der sieben Herren von nun an
mit einer seltsamen Unruhe verfolgt wurde.*

Hätte Salim auf seinen Vater gehört, wäre er ein glücklicher Händler oder Handwerker geworden wie alle seine fünf Brüder, doch er wollte unbedingt Kutscher werden. Dieser Beruf hatte damals einen sehr schlechten Ruf. Kutscher galten als rauflustige Trunkenbolde. Salim war merkwürdigerweise stolz auf sein Kutscherdasein.

Wäre Salim nur ein zauberhafter Erzähler gewesen, so hätte er den guten, aber harmlosen Ruf eines Erzählers genossen. Aber der alte Kutscher verfügte über eine zweite Fähigkeit: Er konnte Schwalben wieder zum Fliegen bringen, und dies war alles andere als selbstverständlich. Über sein Verhältnis zu den Schwalben rätselten die Nachbarn und stritten miteinander. Manche führten seine Fähigkeit einfach darauf zurück, daß er gesegnete Hände hätte; andere erzählten hinter vorgehaltener Hand, er beherrsche einen Zauber, deshalb könne er sich mit den Schwalben verständigen. Durch diesen Zauber, so vermuteten sie leise und nicht ohne Furcht, war es nur ihm vergönnt, jede Schwalbe zum Fliegen zu bringen. Die meisten Erwachsenen hielten das aber alles für einen Schwindel.

Diese herrlichen Segler, die den Himmel über Damaskus mit ihren Rufen und graziösen Flügen schmückten, nisteten unter unseren Dächern. Immer wieder fanden wir eine Schwalbe, die aus irgendeinem Grund aus dem Nest gefallen war und hilflos auf dem Boden flatterte. Schwalben verweigern jede Nahrung, solange sie nicht fliegen können. Hätte es den Kutscher Salim nicht gegeben, wären sie verhungert. Wir Kinder brachten die Schwalben zu ihm, und wirklich nur zu ihm, und Kutscher Salim ließ alles liegen, nahm den zitternden Vogel in seine große Hand und ging auf die Terrasse. Was er der Schwalbe dort zuflüsterte und warum er sie küßte, war sein Geheimnis. Keiner konnte es ihm nachmachen. Er gab dem Himmel seinen besten Akrobaten zurück. Die Schwalbe jagte davon, und manchmal dankte sie dem alten Mann mit einer eleganten Schleife über seinem Kopf.

Viel wußten die Leute nicht über Salim. Er erzählte selten von sich. Wenn, dann war das so märchenhaft, daß keiner genau wußte, ob er nun von sich oder einem seiner Helden sprach. Man sprach von Salim, dem Kutscher, und viele wußten nicht einmal, daß er Bussard mit Nachnamen hieß.

Die Bussard-Familie gehörte zu den Nomaden der arabischen Wüste. Nach einem gescheiterten Aufstand gegen den osmanischen Sultan im 18. Jahrhundert wurde die Sippe zerschlagen und umgesiedelt. Der Großvater

des Kutschers wurde bis zu seinem Tod in Damaskus gefangengehalten. Nach seinem Tod blieb die Familie in Damaskus; sie durfte Damaskus nicht verlassen. Salims Vater lernte das Handwerk der Gerberei und brachte es zu Wohlstand. Seine kleine Gerberei übernahm der älteste Sohn. Zwei Söhne handelten mit Lederwaren. Ein Sohn wurde Schneider. Ein anderer wurde Goldschmied, starb aber sehr früh an Pocken. Salim, der jüngste, bekam den Namen seines Urururgroßvaters. Von Kind auf war er die Unrast in Person und machte seinen Eltern mehr Kummer als alle fünf Brüder zusammen. Manchmal verschwand er für Wochen und Monate, kam zerlumpt zurück und lachte sich schief über die Strafen der Eltern. Statt ein Handwerk zu lernen, hing er als Laufbursche bei den Kutschern herum. Von einer Karawanserei zur anderen führte ihn sein Weg durch ganz Arabien, die Türkei und Persien. Man munkelte gar in der Gasse, daß er einem Meister der Schwarzen Kunst in Marokko ein Jahr lang als Lehrling zur Hand ging. Fragte man Salim danach, so lachte er verschmitzt, aber er wußte genauer als jeder Geographielehrer Bescheid über die Wohnorte und das Leben der Berber in Marokko.

Dreißig Jahre lang verdiente Salim das Brot seiner Familie mit der Kutsche. Als später sein Sohn nach Amerika auswanderte und seine schöne Tochter mit ihrem reichen Mann in den Norden des Landes zog, lebte Salim mit seiner Frau in einem kleinen Zimmer. Kutscher be-

kamen keine Rente. Im Gegensatz zum geliebten Sohn, der nur Briefe, aber keinen einzigen Dollar schickte, ließ die Tochter ihren Eltern eine kleine Rente zukommen.

Salims Frau Zaide war eine stille Person. Sie lebte leise. Erst als sie gestorben war, erfuhren die Nachbarn von Salim, was für eine feurige und mutige Frau sie gewesen war. Der Kutscher erzählte sogar, daß sie ihn einmal, verkleidet als schwarzer Reiter, aus den Händen von sieben bewaffneten Soldaten gerettet hätte, die ihn wegen Fahnenflucht gefangengenommen hatten. Sicher war nur, daß der Kutscher keinen Militärdienst geleistet hatte –, daß aber die kleine Zaide sieben Soldaten verscheucht hätte, vermochte keiner in der Gasse zu glauben.

Jeden Abend besuchten sieben Freunde den alten Witwer. Es waren gleichaltrige Männer, so um die siebzig. Der Koloß der Runde, der fast allein das Sofa füllte, war ein Schlosser namens Ali. Der Geographielehrer Mehdi war als letzter zu den alten Herren gestoßen, und obwohl das acht Jahre her war, nannten ihn die übrigen immer noch »unser Neuling«. Musa, ein etwas dicklicher, kleiner Friseur, war der einzige in der Runde, der sich immer bemühte, seine siebzig Jahre durch das Färben seiner Haare zu verleugnen. Der vornehmste der Runde war der ehemalige Minister Faris. Er hatte kurze Zeit nach der Unabhängigkeit des Landes das Wirtschaftsministerium inne und wurde wegen seiner radikalen Reformen im Volksmund seither »der rote Pascha« genannt. Tuma,

der fünfte in der Runde, wurde »Emigrant« genannt, obwohl er vor über zehn Jahren aus Amerika zurückgekehrt war. Junis, der Kaffeehausbesitzer, war der einzige in dieser Herrenrunde, dem alle anderen dankbar waren. In seinem Kaffeehaus hatten sie sich im Laufe der Jahre kennengelernt; nur Salim und der Schlosser Ali wohnten in derselben Gasse. Jahrelang war das Kaffeehaus ihr Treffpunkt gewesen. Es war weit und breit das einzige Kaffeehaus, wo man einen echten jemenitischen Mokka und eine anständige Wasserpfeife serviert bekam. Seit aber Junis' Sohn das alte orientalische Café zu einer blitzenden, modernen Gaststätte gemacht hatte, ging keiner von ihnen mehr hin.

Der siebte in der Runde war ein kleiner Mann namens Isam, der vierundzwanzig Jahre lang für einen furchtbaren Mord gesessen hatte, den er nicht begangen hatte. Ein Jahr vor seiner Entlassung wurde der wahre Mörder durch Zufall gefaßt. Er war trotz seiner siebzig Jahre die Unrast in Person, als wollte er in den übriggebliebenen Jahren seines Lebens alles nachholen, was ihm im Gefängnis entgangen war. Von montags bis donnerstag nachmittags zog er einen kleinen Karren mit Gemüse durch die entlegenen Viertel der Stadt. Auf dem Freitagsmarkt handelte er mit Singvögeln. Samstags und sonntags verkaufte er vor den Kinos warme Kichererbsen.

Salim mochte Ali am liebsten. Der Schlosser erzählte sehr wenig, hörte aber gern zu. Vielleicht war er die

Ergänzung zum redseligen Kutscher. Das war aber nicht der einzige Grund. Salim lobte den Schlosser als den tapfersten Kerl der Straße. Er war sehr schweigsam, doch lachte er aus dem geringsten Anlaß. Anfang der vierziger Jahre soll er einen französischen General mitten auf der Straße geohrfeigt haben. Damals hielten die Franzosen das Land besetzt. Man erzählte, daß er das tat, weil der General betrunken war und sich über den Propheten Mohammed, der den Alkohol verboten hat, lustig gemacht hatte. Ali sprach nicht gern darüber. Doch Kutscher Salim erzählte, daß der General sich an Ali fürchterlich gerächt habe. Er ließ ihn verhaften und in eine Kaserne bei Damaskus bringen. Dort ließ er ihm mit Trichter und Schlauch drei Liter Rotwein in den Magen füllen und ließ ihn dann in der sengenden Sonne an einen Pfahl binden. Als Ali in Ohnmacht fiel, schleiften ihn die Soldaten aus der Kaserne und warfen ihn in einen entlegenen Straßengraben. Ali wurde von einer vorbeiziehenden Bauernfamilie aufgelesen. Natürlich wußten die nicht, was mit ihm los war; denn sie hatten nie von einer Alkoholvergiftung gehört. Die alte Bäuerin aber brachte ihn mit Olivenöl, Joghurt und Essig zum Erbrechen und rettete ihm damit das Leben. Er mußte aber tagelang bei ihnen liegen, um zu Kräften zu kommen. Seine Familie erfuhr von seiner Verhaftung und fragte in der Kaserne nach ihm. Sie bekam nur die zynische Antwort: »Hier ist er nicht, vielleicht ist er beim Propheten.« Als Ali wieder

bei Kräften war, schämte er sich, nach Hause zu gehen. Er lauerte lange vor einem Nachtlokal auf den General und schlug ihn zusammen. Nur wie durch ein Wunder überlebte der General seine Verletzungen. Ali mußte in die Berge flüchten. Dort blieb er auch, bis die Franzosen vier Jahre danach das Land verließen. Nur Kutscher Salim kannte sein Versteck und brachte ihm unbemerkt Woche für Woche Essen, Kleider und die neuesten Nachrichten.

Die sieben Freunde kamen Abend für Abend. Ob es regnete oder die Armee putschte, sie waren kurz vor acht da und gingen erst nach Mitternacht nach Hause. Erkrankte einmal einer und erschien nicht, so brachten seine Frau oder eines seiner Enkelkinder oder ein Nachbarskind eine ausführliche Erklärung. Erkältungen und ähnliche Lappalien galten nicht.

Ich war das einzige Kind der Nachbarschaft, dem der Kutscher erlaubte, dazubleiben, wenn die alten Herren kamen. Dafür mußte ich oft für sie den Laufburschen spielen. Das war bei den alten, vergeßlichen Männern nicht immer schön. Der Emigrant vergaß oft seine Tabletten und manchmal seine Brille, der Kaffeehausbesitzer seinen Schnupftabak und der Minister nicht selten seine vornehmen Taschentücher; keine anderen wollte er haben. Manchmal mußte ich im Regen zu ihren ziemlich weit auseinanderliegenden Häusern rennen, um diese lästigen Botengänge zu erledigen. Nur Kutscher Salim

schickte mich nirgendwohin. Aber ihm mußte ich einmal zuvor hoch und heilig schwören, kein Wort von dem preiszugeben, was ich in seinem Zimmer jemals hören würde. Ich schwor bei der Seele meiner Großmutter Nadschla, die ich mehr liebte als alle Heiligen zusammen, daß ich jedes Wort für mich behalten würde. Doch außer der neugierigen Nachbarin Afifa interessierte sich kaum einer für das, was die alten Herren beredeten, und Afifa, dieser Radiostation auf zwei Beinen, hätte ich auch ohne Schwur nichts erzählt, selbst wenn sie mich mit Schokolade aufgewogen hätte.

Manchmal hatte ich das Gefühl, daß die alten Herren mich hinausschickten, um für eine kurze Zeit etwas freier aus der Seele reden zu können. Ich tat so, als verstünde ich nicht, weshalb der eine sich zum dritten Mal an einem Tag Tabak holen ließ oder der andere nach einer Stunde eine zweite Tablette brauchte. Am schlimmsten war der Minister. Er konnte, wann immer er auch wollte, auf Befehl niesen und sein Taschentuch vollrotzen. Draußen blieb ich dann unter dem Fenster stehen und lauschte den geheimen Erzählungen, die gewöhnlich mit dem Satz anfingen: »Jetzt, wo der Junge weg ist ...«

Die sieben Freunde kamen täglich. Ihr Besuch wurde mit den Jahren zu einer der tausend Gewohnheiten unserer Gasse. Niemand, aber auch wirklich niemand beachtete ihren Gang zum alten Kutscher Salim. Er gehörte zum Alltag wie die Rufe der Kinder und der Schwalben,

die täglich den Himmel der Gasse erfüllten. Das änderte sich plötzlich, als Kutscher Salim seine Stimme verlor. Er, dessen kleines Zimmer sich durch den Zauber seiner Worte in ein Meer, eine Wüste oder einen Urwald verwandelte, wurde von heute auf morgen stumm.

Der stumme Kutscher wurde zum einzig wichtigen Gespräch der Straße. Der Gang der alten Herren wurde mit neugierigem Interesse, ein Fremder würde sogar sagen mit Ehrfurcht verfolgt. Doch da ich meine Gasse kenne, zweifle ich daran, daß ihre Bewohner jemals Ehrfurcht vor jemandem empfunden haben. Aber neugierig waren sie allemal. Kurz, über Salims seltsames Verstummen rätselte die ganze Straße. Mich erfüllte es mit Sorge. Von nun an ging ich täglich zu ihm und ließ mich von niemandem mehr hinausschicken.

3

*Wie der
alte Kutscher
seine Stimme verlor und
seine Freunde ins Gerede brachte.*

Der August hat im Volksmund den Beinamen »der flammende«. Damaskus liegt den ganzen Tag unter einer Feuerglocke. Die Temperatur klettert im Schatten über vierzig Grad. Was sollen die armseligen Ventilatoren da noch bewirken? Sie wirbeln hoffnungslos die warme Luft umher. In den anderen Monaten schafft es die Nacht, die gewünschte Kühlung zu bringen, aber nicht im August. Die Erde bleibt auch dann noch warm, und die Farbsäule im Thermometer bleibt wie festgesogen bei dreißig Grad stehen, so daß die Menschen kaum schlafen können. Schon eine Stunde nach Sonnenaufgang schnellt die Temperatur wieder in die Höhe.

Eines Nachts, im August 1959, wachte Salim plötzlich auf. Er war schweißgebadet. Als er sich im Bett aufgerichtet hatte, spürte er, daß irgend jemand im Zimmer stand. »Wer ist da?« fragte er.

»Endlich bist du wach geworden«, antwortete eine Frauenstimme erleichtert. Es war stockdunkel, aber der Kutscher spürte die kleine Hand der Frau, die sein Gesicht berührte. Sie duftete nach Orangenblüten. »Ich

komme, mein liebster Freund, um mich von dir zu verabschieden.«

»Verabschieden! Wer bist du?« fragte Salim, da er die Stimme nie zuvor gehört hatte.

»Ich bin deine Fee, die aus deinen staubigen, hölzernen Wörtern einen märchenhaften Baum der Worte machte. Denkst du wirklich, du könntest so lange Geschichten erzählen, wenn ich dir nicht seit über sechzig Jahren treu zur Seite gestanden hätte? Wie oft habe ich dir eine Brücke geschlagen, wenn du den Faden verloren hattest! Du bist wirklich der beste Erzähler in Damaskus. Manchmal aber hast du es übertrieben, du hast deine Geschichten so verschachtelt, daß du selber nicht mehr wußtest, in welcher Geschichte du dich befandest. Vor allem beim mexikanischen Fischer. Obwohl du die Geschichte dreihundertmal erzählt hast, hast du immer wieder im Rausch deines Sieges über den Kraken vergessen, daß du eigentlich auf dem Weg nach Kuba warst, um die schwarze Perle zu holen, mit der du das Leben einer Prinzessin retten wolltest. Du hast deine Wasserpfeife geraucht, und ich zitterte, bis du den Faden wiedergefunden und deinen Zuhörern erzählt hattest, wie du zur schwarzen Perle kamst und wie du die Prinzessin gerettet hast, um dann mit ihr nach Damaskus zurückzukehren, wo die Geschichte angefangen hatte. Oft war ich danach erschöpft, doch es beglückte mich, deinem Herzen ein Lächeln der Erleichterung entlockt zu haben. Es waren

harte Jahre der Arbeit mit dir, mein Freund!« Die Frau hielt eine kurze Weile inne. »Nun bin ich, genau wie du, alt und grau geworden und setze mich zur Ruhe. Wenn ich aber meinen Ruhestand beginne, wirst du verstummen. Ich habe dich immer geliebt, Salim. Deine Stimme und deine Hände kitzelten immer mein Herz wie eine kleine Feder. Ich habe deshalb den Feenkönig um Gnade gebeten, und unser König war gnädig. Er lachte. ›Ja, ja‹, sagte er, ›ich weiß, du bist schon immer in diesen komischen Kutscher verliebt gewesen, gehe zu ihm und teile ihm unsere Bedingung mit.‹«

»Was für eine Bedingung?« fragte der alte Kutscher mit trockener Kehle.

»Du hast nach deiner Frage nur noch einundzwanzig Wörter. Danach wirst du stumm sein. Wenn du aber sieben einmalige Geschenke in drei Monaten bekommst, dann wird eine junge Fee mich ablösen und dir zur Seite stehen. Sie wird deine Zunge von der Stummheit befreien, und du wirst erzählen, bis zum letzten Tag deines Lebens. Du kannst deine Geschichten verschachteln, soviel du willst – sie ist sehr jung und kann dir mühelos folgen.

Vergeude deine Wörter nicht, Salim, mein Geliebter. Wörter sind Verantwortung. Frage mich nicht weiter, die Geschenke mußt du herausfinden, denn der Feenkönig hat sie nicht einmal mir verraten. Überlege dir genau, was du sagst, du hast nur noch einundzwanzig Wörter!«

Der Kutscher Salim, den die uralte Stadt Damaskus geprägt hat, hielt zeit seines Lebens keinen Preis für endgültig und kein Angebot für göttliches Gebot. »Nur einundzwanzig Wörter?« flüsterte er in einem Ton, der das Herz des schlimmsten Basarhändlers hätte erweichen können.

»Es sind nur noch achtzehn!« antwortete die Fee streng, öffnete die Tür und entschwand in der Dunkelheit. Salim sprang aus dem Bett und eilte hinter ihr her. Ein Nachbar kam gerade aus seinem Zimmer und wollte auf die Toilette gehen. »Gott! Was für eine Hitze! Du kannst auch nicht schlafen, Onkel?« fragte er den verwirrten Kutscher.

»Nein«, antwortete Salim und verfluchte sich, daß er wieder ein Wort unnütz verloren hatte. Die ganze Nacht ging er in seinem kleinen Zimmer auf und ab, immer wieder schaute er zum Fenster hinaus, bis der Morgen dämmerte. Er kochte sich einen Tee, kaute bedächtig ein Stück Brot, und als die Turmuhr der nahen Kirche achtmal schlug, ging er mit müden Schritten aus seinem Zimmer. Die Nachbarn wunderten sich über die schlechte Laune des alten Kutschers, der nicht einmal ihren Gruß »Glücklich und gesegnet soll dein Tag sein!« erwiderte.

An der Haustür hielt der alte Kutscher inne. Zwei Straßenkehrer gingen an ihm vorbei. Der eine verspritzte Wasser aus einem großen Lederbeutel, den er auf dem

Rücken trug, um möglichst wenig Staub beim Kehren aufzuwirbeln, doch die Wassertropfen rollten, von Staub umhüllt, wie winzige Murmeln in die vielen Mulden der Gasse. Der andere kehrte mit einem großen Reisigbesen hinter dem Wasserspritzer her. Mit kleinen Schritten arbeitete er sich durch den Staub vorwärts. Salim wartete, bis sich der Staubwirbel hinter den Straßenkehrern beruhigt hatte, und schritt langsam zu seinem Freund Ali. Der Schlosser wohnte ein paar Häuser weiter.

Salim klopfte an die Haustür und wartete. Nach einer kurzen Weile schaute ein kleines Mädchen den alten Kutscher verstohlen durch den Türspalt an. »Onkel Salim!« rief sie in das Hausinnere, ließ die Tür offen und rannte hinein. Fatmeh, die dickliche Frau des Schlossers, eilte zur Tür, entschuldigte sich für das Benehmen der scheuen Enkelin und lud den Freund ein. Aber er blieb zu ihrer Verwunderung stehen, fuchtelte mit der Hand und wehrte sich gegen die aufdringliche Einladung. »Aber, Salim, was ist mit dir? Ali liegt noch im Bett, unser kleiner Nabil hat Fieber, und er möchte jeden Morgen zu seinem Opa ins Bett kriechen.«

Salim deutete an, daß er vor der Tür warten würde, bis sein Freund käme. Es fiel ihm schwer, der Frau zu erklären, daß er nicht reden und leichtsinnig Worte verlieren wolle. Der Frau fiel es noch schwerer, den fuchtelnden, seltsam anmutenden alten Kauz zu verstehen. Endlich hörten beide das Klappern der hölzernen Hausschuhe des Schlossers, der schon auf dem Korridor brüllte: »Ja, was ist das? Mein Salim ist heute scheu wie eine junge Braut?« Er lachte, als seine Frau beim Hineingehen flüsterte, daß irgendwas mit Salim nicht stimme. »Geh hinein und stell die Kaffeekanne aufs Feuer. Er will nur von mir eingeladen werden. So gehört es sich auch!« Ali schaute mit einem breiten Lächeln seinen Freund an und wunderte sich noch mehr als seine Frau, daß dieser auf seine Einladung überhaupt nicht einging. Salim versuchte verzweifelt, dem alten Schlosser wortlos zu erklären, daß er heute abend unbedingt zu ihm kommen müsse.

Nach einer Weile verstand Ali die Handbewegungen seines Freundes. Trotz aller Anstrengung konnte er nicht dahinterkommen, warum Salim diese Selbstverständlichkeit zu betonen versuchte und warum er überhaupt nicht sprach.

Noch schwerer fiel es dem alten Kutscher, seinen anderen Freunden zu erklären, daß sie auf jeden Fall zu ihm kommen sollten. Erst gegen Mittag war er mit seiner schwierigen Mission fertig. Er nahm ein Stück Brot und ein paar Oliven zu sich und legte sich eine Stunde hin, um sich von der Anstrengung der Haustürbesuche im alten Stadtviertel zu erholen.

Schon am frühen Nachmittag kamen die sieben Freunde. Sie waren voller Sorge um den Verstand ihres Freundes, saßen beieinander und starrten Salim an, der ruhig wie immer erst den Tee einschenkte und danach den

Schlauch der frisch vorbereiteten Wasserpfeife dem ältesten der Runde, dem Emigranten, übergab, wie die Sitte es vorschrieb.

»Nun, was ist mit dir, Bruder Salim?« brach der ehemalige Minister das Schweigen.

Salim sprach sehr langsam. In siebzehn Wörtern gab er die Mitteilung der Fee wieder. Er wollte noch hinzufügen, daß er selbst daran nicht glaube, konnte aber keine Silbe mehr über die Lippen bringen. Auch als der Friseur ihn zwickte und kitzelte und Salim schreien und lachen wollte, konnte er keinen Ton herausbringen. Sein Gesicht wurde blaß, und er faßte sich an die Kehle.

Plötzlich rief Ali, der Schlosser: »Ich weiß, was die sieben Geschenke sind. Wir kommen seit Jahren zu ihm, trinken ihm den Tee weg, räuchern ihm sein Zimmer voll, und keiner von uns Idioten kommt darauf, ihn einmal zu sich einzuladen. Es sind sieben Einladungen, die seine Zunge befreien! Aber ich sage euch, wenn er die gebackenen Auberginen kostet, die meine Fatmeh zaubert, dann wird er wie ein Kanarienvogel trillern. Also, morgen bei mir«, sagte der Schlosser und eilte nach Hause.

Ali war erleichtert darüber, daß Salim beim Abschied lächelte. Doch gerade das Lächeln des Kutschers empfand Faris, der ehemalige Minister, als merkwürdiges Grinsen. Er weihte auf dem Heimweg Musa, den Friseur, in seinen Verdacht ein und staunte nicht schlecht, daß dieser seinen Argwohn teilte. »Das Schlimme«, sagte der Friseur und zündete sich eine Zigarette an, »ist nicht der derbe Spaß des alten Kutschers, sondern wie die anderen darauf hereingefallen sind. Du denkst, sie sind schon erwachsen, und doch wurden sie blaß. Hast du gesehen, wie Tuma sich bekreuzigte und dauernd ›O heilige Maria, steh uns bei!‹ rief? Aber wie können wir seinen Schwindel aufdecken? Ich habe ihn so fest gezwickt, daß ein Elefant hätte schreien müssen, aber er stöhnte nicht einmal.«

Schon immer hatte der Minister Respekt vor dem klugen Friseur, und es war nicht das erste Mal, daß sie übereinstimmten mit ihren Meinungen. »Nein, mit Zwicken kommen wir ihm nicht bei«, bestätigte er.

Die beiden gingen an jenem späten Nachmittag lange spazieren. Sie suchten ein ruhiges Café, wo sie sich bei einer Wasserpfeife aussprechen konnten. In den drei Cafés, die sie betraten, war das Radio auf volle Lautstärke aufgedreht. Syrien war mit Ägypten seit Februar 1958 unter der Führung Nassers vereint. Die Vereinigte Arabische Republik schien vom ersten Augenblick ihrer Geburt in Gefahr zu leben. Präsident Nasser hielt an dem Tag eine dreistündige Rede gegen das irakische Regime, das von heute auf morgen von einem Busenfreund zum Erzfeind wurde. Die Leute saßen wie versteinert da und hörten die feurigen Worte.

»Die Präsidenten reden immer länger, und die Leute

werden immer schweigsamer«, sagte Faris angewidert und schlug die Tür des *Glaspalastes* hinter sich zu.

»Hörst du diese Worte?« schwärmte der Friseur auf der Straße, denn auch aus den Geschäften und Fenstern der Häuser tönte die Stimme des Staatspräsidenten. »Was sind Bücher im Vergleich dazu! Was ist die schönste Schrift gegenüber diesem göttlichen Klang der Stimme? Nur der magere Schatten der Worte auf Papier«, sprach Musa, der Friseur.

»Übertreibe nicht, mein Freund«, erwiderte Faris und winkte mit der Hand. »Die Schrift ist nicht der Schatten der Stimme, sondern die Spur ihrer Schritte. Wir können heute die Stimme der alten Ägypter und Griechen nur durch die Schrift so lebendig hören, als hätten sie gerade zu uns gesprochen. Ja, mein Lieber, nur die Schrift kann eine Stimme durch die Zeit gehen und sie ewig wie die Götter leben lassen.«

»Nasser hat aber einen verdammt guten Kehlkopf. Wenn ich ihn höre, bekomme ich eine Gänsehaut und Tränen«, schwärmte Musa trotzig.

»Ja, das stimmt«, erwiderte Faris, »und das ist das Problem.«

Die beiden gingen mit langsamen Schritten und sprachen mal über Nasser, der nur dem ehemaligen Minister Faris verdächtig viel zu reden schien, und über Salim, der beide durch sein Stummsein mißtrauisch machte. Sie überlegten, wie sie den alten Kutscher überführen könnten.

Am nächsten Tag kamen die sieben Freunde zu Ali, dem Schlosser. Das Auberginengericht war in der Tat unbeschreiblich köstlich. Salim aß genüßlich und dachte dabei an seine Frau Zaide, die so gut kochen konnte. Immer wieder legte der Schlosser eine neue Aubergine auf den Teller seines Freundes. »Na, schmeckt es?« fragte er. Salim nickte lächelnd, aber er sprach kein Wort.

»Nichts gegen die Kochkunst deiner Frau«, sagte Mehdi, der Lehrer, »aber wenn Salim den Tabbulesalat meiner Frau mit dem kühlen Arrak genießen wird, dann werdet ihr sehen, wie er Scheherazade mundtot reden wird. Meine Frau ist, wie ihr wißt, Libanesin, und den Tabbulesalat können nur Libanesen so gut zubereiten.«

Am nächsten Tag genoß der stumme Kutscher den vorzüglichen Salat mit dem kühlen Arrak. Salim übertrieb, wie mit allem, was er begehrte, so daß er in jener Nacht betrunken wurde und durch den Salat unter fürchterlichen Blähungen leiden mußte.

Sechs Nächte lang fütterten die Freunde ihren Salim. Er wurde von Tag zu Tag dicker, aber er sprach kein Wort.

Faris, der Minister, strahlte am frühen Morgen des siebten Tages. Weniger aus Liebe zu seinem Gast, sondern vielmehr, weil er seiner Sache sicher war. Als die Freunde zu ihm kamen, wunderten sich alle, außer Musa, dem Friseur, der Bescheid wußte, über den großen Ham-

melbraten und noch mehr über die vielen Bierflaschen, die in einer großen Schüssel auf Eis lagen. »Ein kühles Bier aus Deutschland ist das beste in dieser Höllenhitze«, lockte der Minister. »Es ist etwas anderes als unser Seifenwasser, das man irrtümlicherweise Bier nennt.«

»Ich trinke keinen Alkohol«, unterbrach Ali brummend. Tuma, der Emigrant, lobte als Kenner den Geschmack des Ministers, der keine Kosten scheute, um den Freunden das teure importierte Bier zu servieren. »Sogar in Amerika«, bestätigte er, »ist das deutsche Bier bekannt.«

Junis, Mehdi und Isam fügten sich, obwohl sie kein Bier mochten. Wenn in Damaskus der Gast wie ein König hofiert und bewirtet wird, so schreibt ihm das heilige, ungeschriebene Gastrecht vor, ein stummer König zu bleiben, der dankbar das nimmt, was der großzügige Gastgeber ihm auftischt. Salim lächelte und machte sich an den Braten und ans Bier. Obwohl er nie zuvor dieses bittere Getränk gekostet hatte, fand er bald Gefallen daran.

Auch Ali zechte im Laufe des Abends aus reiner Neugier mit. Salim schaffte es, eine Flasche nach der anderen zu leeren. Kurz nach Mitternacht schnarchte er in seinem Sitz.

Ali, der Schlosser, lachte laut. »Sprechen kann er nicht, aber er schnarcht nach wie vor wie ein Walroß!«

Faris, der den ganzen Abend langsam an seinem Bier

genippt hatte, blinzelte dem Friseur zu, und als hätte dieser darauf gewartet, gähnte er laut und rief: »Laßt uns nach Hause gehen. Es ist spät!«

»Und Salim? Was ist mit meinem Freund Salim?« brüllte Ali wütend.

»Hab keine Angst um deinen Freund. Er ist bei mir gut aufgehoben«, sagte der Minister.

Es war sehr spät, als die sechs alten Herren den gepflegten, großen Garten des Gastgebers verließen. Salim schnarchte laut im großen Gästebett. Es hörte sich an, als kämpfe ein Hammel in einem tiefen, hochschäumenden See aus Bier um sein Leben.

Mit düsterer Miene betrat der Minister schon kurz nach zehn Uhr morgens Musas Wohnung. »Mach mir einen Kaffee, sonst kippe ich um«, sagte er.

Musa eilte zu seiner jüngsten Tochter in die Küche, bat sie um einen kräftigen Kaffee und kehrte eiligst zum unruhigen alten Faris zurück. »Die ganze Nacht hockte ich vor seinem Bett. Er schnarchte fürchterlich, und ich flüsterte ihm zu: ›Salim, Salim! Soll ich dir Kaffee machen? Salim schläfst du?‹ Er antwortete nicht. Dann wollte ich, wie wir vereinbart hatten, ihn erschrecken. Ich machte das Licht an und brüllte laut: ›Steh auf! Du bist verhaftet!‹ Er fuhr erschrocken aus dem Schlaf, lächelte und legte sich wieder hin, und ich kochte vor Wut. Warum lächelte er? Ich war erschöpft und kämpfte, um wach zu bleiben. Bis zur Morgendämmerung hielt ich die Qualen durch, dann nickte ich in meinem Sessel ein. Ich habe mir davon einen steifen Hals eingehandelt, aber das wäre nicht so schlimm, wenn er nicht gepinkelt hätte.«

»Gepinkelt?« staunte Musa, konnte aber sein Lachen nicht unterdrücken. »Doch nicht im Bett?« fügte er hinzu.

»Das wäre nicht so tragisch gewesen. Nein, ich schlief tief, doch plötzlich hörte ich das Plätschern des Baches, von dem ich träumte. Ich machte meine Augen auf, und da stand er in der Ecke und pinkelte in den Topf meines Gummibaumes. Erkläre das mal meiner Frau, die diesen Baum seit Jahren hegt und pflegt!«

Nachdenklich tranken die zwei ihren Kaffee, und am späten Nachmittag gingen sie mit langsamen Schritten zu Salim. Sie betraten fast beschämt das kleine Zimmer. Nicht einmal die Fröhlichkeit des Kutschers konnte sie erheitern. Sie tranken langsam den Tee und warteten, bis alle Mitglieder ihrer abendlichen Runde eintrafen. Als letzter kam Ali, der Schlosser. Er war blaß und tadelte den Minister wegen der Verführung zum deutschen Bier, und dieser wimmerte nur leise, daß er es ja gut gemeint habe.

»Und warum hast du Salim in der Nacht aufgeschreckt?« wollte Junis von Faris wissen.

Der Minister staunte nicht wenig über die Frage.

»Salim hat es mir hier vorgespielt, was für einen Unsinn du in der Nacht getrieben hast«, erklärte der Kaffeehausbesitzer.

Der Minister schaute Salim an, doch dieser lächelte sanft und schüttelte seinen Kopf.

»Ja, das haben wir ausgemacht«, rettete der Friseur seinen Mitverschwörer. »Wir dachten, die Fee hat Salim so erschreckt, daß davon seine Zunge gelähmt wurde. Meine Mutter – gnade Gott ihrer Seele und der eurer Toten – pflegte zu sagen, ein Schreck wird nur durch einen anderen Schreck wettgemacht. Wir wollten seine Zunge durch einen kräftigen Schock von der Lähmung befreien. Da hatte ich früher eine Nachbarin. Eine sehr junge und schöne Frau. Plötzlich aber starb ihr Mann. Die Frau war sehr traurig, und sie ging jeden Tag zum Friedhof, kniete vor dem Grab ihres Mannes und erzählte, was sie am Tag gemacht, gekocht oder gekauft hatte. Eines Nachmittags ging sie zum Friedhof. Sie war erschöpft von der Hausarbeit und schlief bald im Schatten eines Baumes ein. Als die Frau aufwachte, war es stockdunkel. Sie bekam große Angst. Aufgeregt wollte sie aus dem Friedhof hinausrennen, aber plötzlich packte sie eine kalte Hand. Eine gräßliche Stimme krächzte: »Wohin des Weges?« Die Frau schlug um sich und rannte in panischer Angst nach Hause. Ob ihr es glaubt oder nicht: Die Frau war seit dieser Nacht stumm. Ihr Haar war wie durch ein Wunder zur Hälfte schneeweiß geworden.

Drei Ärzte verzweifelten an ihr, bis meine Mutter sagte, man müsse die Frau noch einmal sehr erschrecken, dann würde sie wieder reden. Die Witwe müsse nachts an das Grab ihres Mannes gehen, ihm im Herzen erzählen, was passiert sei, und von ihm verlangen, er solle ihre treue Liebe mit einem Wort beim heiligen Thomas vergelten, damit dieser sie heile. Der heilige Thomas war, wie ihr wißt, sehr neugierig, und niemand kennt sich mit Zungen besser aus als der Neugierige. Die Frau ging also in der Abenddämmerung zum Friedhof. Mit zitterndem Herzen dachte sie an das, was sie ihrem verstorbenen Mann erzählen wollte. Plötzlich brüllte eine tiefe Stimme zornig aus dem Grab: ›Der heilige Thomas? Laß mich in Ruhe mit deinem heiligen Thomas. Du weißt doch, daß ich Neugierige schon zu Lebzeiten nicht ausstehen konnte. Nun verfolgt er mich sogar hier im Himmel. Hau bloß ab! Laß mich in Ruhe meinen Tod genießen! Lebe vergnügt oder komm zu mir ins Grab!‹ Bei diesen Worten ragte eine Hand aus der Erde und griff nach der Frau. Die Frau schrie wie von Sinnen und rannte davon. Sie war geheilt und lebte von nun an vergnügt.«

Als der Friseur zu Ende erzählt hatte, nickte der Minister bedächtig, und in seinem Herzen war er diesem Aufschneider von Friseur dankbar.

»Ich weiß es!« rief Junis. »Es sind sieben Weine, die der alte Salim trinken muß, damit seine Zunge keinen Knoten mehr hat. Ich weiß es aus der Erfahrung langer Jahre,

daß Wein die Zunge lockert. Wie oft laberten mich Typen in meinem Kaffeehaus zu Tode, die vorher stumm wie ein Stein in der Wüste dasaßen.«

Als hätte der Himmel und nicht der sterbliche Junis den Vorschlag gemacht, lächelten der Friseur und Faris sich an. »Das ist es!« riefen sie ungewollt wie im Chor.

Nacht für Nacht wanderten die alten Herren von Kneipe zu Kneipe. Überzeugt von der Notwendigkeit, Salims Zungenknoten mit Wein behandeln zu müssen, tranken sie bis zur Morgendämmerung.

Langsam fing die Nachbarschaft an, über die Ausflüge der alten Herren zu munkeln. Dies geschah nicht ohne die großzügige Hilfe der Schlossersfrau Fatmeh. Sie übertrieb maßlos. Aus den harmlosen Kneipen der Altstadt wurden geheimnisvolle Orte mit rotem Dämmerlicht in der neuen Stadt, in denen junge Frauen splitternackt tanzten. Sicher vergaß Fatmeh nicht, die Nachbarinnen zu beschwören, niemandem dieses Geheimnis zu verraten. Aber so sind nun mal die Nachbarn in Damaskus, sie haben Zungen wie Siebe, die keine Geheimnisse zurückhalten können, auch wenn sie es wollten. Gerüchte aber sind eigenwillige Wesen, sie verwandeln sich und werden von Mal zu Mal bunter, so daß ihr Ursprung immer mehr dahinschwindet.

Salim fühlte sich am Ende dieser fruchtlosen Behandlung ausgelaugt. Seine alten Kopfschmerzen, die er beinahe vergessen hatte, seitdem er nicht mehr viel getrunken hatte, pochten wieder.

Der Friseur schlug nun vor, Salim sieben Parfümsorten riechen zu lassen, siebenmal an jeder Flasche. Er wisse es genau, daß Nase und Zunge miteinander verbunden seien.

Bei der ersten Flasche sog Salim den erfrischenden Duft mit sichtlichem Vergnügen in sich hinein. Es war auch sein Lieblingsduft – Orangenblüten. Bei der zweiten Flasche atmete er den Wohlgeruch der Nelken mit halber Kraft. Zur dritten Flasche mit Rosenwasser machte er den Gang nur noch pflichtgemäß, und an der vierten Parfümflasche mit dem Destillat der Jasminblüte wollte er nach dem fünften Zug nicht mehr riechen. Die Freunde zwangen ihn aber, bis zur siebten Flasche durchzuhalten. Der alte Kutscher bekam am Ende dieser Kur wieder Kopfschmerzen, aber sprechen konnte er noch immer nicht.

Sieben Hosen und Hemden konnten die Zunge des alten Kutschers genausowenig befreien wie der wundersame Gang zu achtzehn Beamten. Salim hatte jahrelang versucht, Rente oder Sozialhilfe zu bekommen; sein Antrag wurde stets abgelehnt. Nun ging er wortlos mit dem Formular an achtzehn Beamten vorbei, die ihn anlächelten und den Stempel mit ungewöhnlicher Frische auf das Papier drückten. Salim dachte schon beim zweiten Beamten, er wäre in das falsche Amt geraten, doch der dritte Staatsdiener wünschte ihm laut eine genußvolle Rentnerzeit.

Beamte in Damaskus stempeln nie so schnell und schon gar nicht lächelnd. Der Stempel ist ein Stück von der Seele eines jeden Beamten, und wenn er ihn auf ein Blatt Papier drücken muß, so tut es ihm in der Seele weh, auch wenn sein Schmerz mit einem Geldschein etwas gelindert wird. Lächeln und dazu noch Glückwünsche für die Rente, die der Staat zahlt, das glich in Damaskus einem Wunder.

Dabei ist es in Damaskus nicht leicht, ein Wunder zu finden, an das alle Bewohner glauben. Das ist eine der Merkwürdigkeiten dieser uralten Stadt. Tausende von Wundern, richtigen und falschen Propheten, Alchimisten und Zauberern hat die Stadt in tausend Jahren schon erlebt, aber nur an ein Wunder glauben alle Damaszener: das Wunder, das richtige Beziehungen in einem Amt bewirken.

Der Minister hatte den Weg sorgfältig geschmiert, damit Salim reibungslos und ohne ein einziges Wort seinen Antrag auf Sozialhilfe genehmigt erhielt. Und Salim traute seinen Augen nicht, als ihm die freundliche Frau am Schalter der Staatskasse hundertfünfundsiebzig Liras aushändigte. Er weinte vor Rührung, doch er sprach kein Wort.

Die sieben Freunde feierten die gewonnene Rente

beim alten Kutscher recht bescheiden. Zum täglichen Tee
gab es gesalzene Pistazien. Der Minister sonnte sich im
Lob der anderen alten Herren. Nur Tuma, der Emigrant,
schaute nachdenklich in die Runde.

»Was ist mit dir?« fragte der Friseur.

»Nichts, morgen, morgen werde ich euch meine
Idee verraten«, flüsterte Tuma kurz.
Seine Stimme hörte sich müde
an, als wären ihm
seine Gedanken
eine Last.

4

Warum
sich Salim über
einen Vorschlag freute,
der seine Freunde in Streit versetzte.

Es war kurz nach elf, als die sieben alten Herren nach
Hause gingen. Im großen Innenhof genossen die Nach-
barn und ihre Gäste in mehreren kleinen Gruppen die
Frische der Septembernacht. Neben dem Granatapfel-
baum spielten einige Männer Karten, andere scharten
sich auf der gegenüberliegenden Seite des Hofes um ein
Tricktrackbrett. Eine dritte Gruppe sammelte sich um
Afifa vor deren Tür.

Salim trug die leeren Gläser und die Teekanne in seine
Küche, spülte sie und eilte in sein Zimmer.

»Onkel Salim, setz dich zu uns!« rief ihm Afifa etwas
mitleidig zu.

»Nein, er soll hierher kommen und diesem Anfänger
zeigen, wie man Tricktrack spielt«, schrie einer der Spieler, ein dicklicher Mann mit piepsender Kinderstimme.

»Du hast doch bloß Glück«, widersprach ihm sein
Gegner. »Spielen nennst du das? Hätte ich nur einen
einzigen deiner guten Würfe, dann hättest du längst deine
Frau aufgesucht, um dich an ihrer Brust auszuwei-
nen.«

Salim hielt kurz an, nickte den Tricktrackspielern zu, lächelte und ging in sein Zimmer. Er machte das Licht aus und setzte sich auf das Sofa. Er fühlte keine Müdigkeit.

Der alte Kutscher konnte es immer noch nicht begreifen, wie Faris, der Minister, es geschafft hatte, eine hoffnungslose Sache zum Erfolg zu bringen. Er nahm seinen Geldbeutel, holte die Geldscheine heraus, beroch sie und steckte sie wieder ein. Zum ersten Mal seit über zwanzig Jahren genoß er wieder echten Ceylontee. Er dachte an all die Entbehrungen und an seine verstorbene Frau, wie sehr sie sich gefreut hätte, ihn mit erhobenem Haupt ins Zimmer eintreten zu sehen. »Meine Gazelle, hier, der echte Ceylon, und ...« Ja, was hätte er noch alles für sie kaufen wollen! Blauen Samt für ein Kleid, das sie sich ein ganzes Leben lang gewünscht hatte. Ja, und Henna für ihre Hände hätte er auch nicht vergessen. Jahrelang hatte er den Gang zur Behörde gemacht und war mit leeren Händen zurückgekehrt. Seine Frau aber ermunterte ihn stets, noch einmal ein Empfehlungsschreiben vom Bischof oder von einem Schwiegersohn eines Chauffeurs des Arbeitsministers zu besorgen. Sie schwor, wenn er die Rente bekäme, würde sie ihre Hände mit Henna färben und wie eine junge Braut vor Freude jauchzen und im Hof drei Runden tanzen. Salim lächelte bitter.

In der Ferne hatte jemand das Radio laut aufgedreht. Salim wußte, daß dieser Nachbar nur der Metzger Mah-

mud sein konnte, ein Junggeselle, der Nacht für Nacht
die Lieder der ägyptischen Sängerin Um Kulthum hörte.
Radio Kairo strahlte sie jeden Donnerstag zu später
Stunde aus. Der Metzger war in ihre Stimme vernarrt. Er
weinte oft und tanzte mit einem Kopfkissen im Arm in
seinem kleinen Zimmer herum. Nicht nur der Metzger
vergötterte die Stimme der Ägypterin. Millionen Araber
liebten sie so sehr, daß kein Staatspräsident, wenn er sich
ernst nahm, es wagte, eine Rede am Donnerstagabend zu
halten; denn kein Araber hätte ihm Gehör geschenkt.

Wie eine Woge rollte die Stimme der Sängerin aus dem
Zimmer durch den kleinen Hof des benachbarten Hauses bis zum Taubenschlag, über den mit Blumen und
Kletterpflanzen vollgestopften Gang und brandete gegen
die Mauer. In Kaskaden plätscherte sie in den Hof des
Kutschers, wand sich unbeirrt durch die Fluten der anderen Stimmen und schwang sich in sein Ohr.

Der alte Kutscher war schon immer ein guter Zuhörer,
doch Schweigen lag ihm nicht. Erst in der Stille seiner
Seele entdeckte er nun, daß Stimmen schmecken. Sein
Ohr wurde zu einem Zaubergaumen. Wie ein Schmet-
terling wanderte Salim von einer Stimme zur anderen.
Der Gesang Um Kulthums glich in seiner Schönheit dem
Blumenfeld einer Gärtnerei, wo sich keine Distel unter
die Nelken verirren kann.

Salim verweilte kurz in diesem gepflegten Garten der
Sängerin, dann lockten ihn die unscheinbaren Blüten der

anderen Stimmen. Aufgestört wandte er sich einem schmerzvollen Geflüster zu, das dennoch zu würzig schmeckte. Salim lächelte, denn Afifa übertrieb wieder einmal; sie machte aus einer kleinen Blähung eine fast unheilbare Krankheit. Sie redete dann sehr leise, um ihrem Zuhörer vorzugaukeln, es wäre ein Staatsgeheimnis.

Plötzlich hörte er die besorgte Stimme einer alten Frau. »Gott schütze uns alle, wenn es stimmt, daß im Norden des Landes die Cholera ausgebrochen ist.« Salim erstarrte. Cholera? Also doch! Er hatte die Nachricht an diesem Tag zum ersten Mal vom BBC-Sender gehört, aber der staatliche Rundfunk dementierte. Es gäbe keine Cholera, und wer das sage, sei ein ausländischer Agent.

»Wer hat es dir erzählt?« Afifa interessierte sich für das Allerwichtigste bei einer Cholera.

»Weiß ich nicht, ich habe nur gehört, daß die Krankenhäuser in Aleppo voll sind«, antwortete die alte Frau, und Salim erkannte ihre Sorge trotz ihrer Lüge. Er war sicher, daß sie die Quelle genau kannte, doch beim Nachbarn Tanius saßen einige fremde Kollegen, die Tricktrack spielten, und beim Nachbarn Elias waren zwei Fremde, die zum Kartenspiel gekommen waren. Anlaß genug, um mit jeder Äußerung vorsichtig zu sein. Man erzählte, daß der neue Geheimdienst die größte Verbesserung war, die die Union mit Ägypten unter Präsident Nasser gebracht hatte. Er hieß nicht mehr schlicht Geheimdienst, sondern »der nationale Sicherheitsdienst«. Seine Maschen wurden noch enger geknüpft, so eng, daß nun Väter und Mütter vor den eigenen Kindern nicht mehr sicher waren und Nachbarn sich gegenseitig mißtrauten.

Salim versuchte über den Geschmack einer Stimme den Gesichtsausdruck der sprechenden Person zu erahnen. Ab und zu stand er auf und schaute auf den Hof hinaus, um zu prüfen, ob er recht hatte, doch seine kurzsichtigen Augen versagten vor der Gewalt seiner empfindlichen Ohren. Er sah nur verschwommene Gestalten.

Als er die aufgeregte Stimme eines Kartenspielers vernahm, der gedroht hatte, die Karten hinzuwerfen und nach Hause zu gehen, schmeckte die Stimme in den Ohren des alten Kutschers etwas faul. Die anderen Mitspieler versuchten, den Mann zu beschwichtigen, und versicherten, daß niemand in seine Karten hineingeschaut hätte. Auch Afifa und ihre Besucher bekundeten flüsternd ihre Sorge, da der Mann für seinen Jähzorn bekannt war. Je mehr seine Mitspieler ihn besänftigten, um so zorniger wurde er. Einer der Beschuldigten nahm die Drohung ernst, warf die Karten hin und sagte mit leiser Stimme, die aber nach Feuer schmeckte: »Dann geh doch! Du bist ein mieser Verlierer. Wir wollen uns amüsieren hier. Verstanden?« Jedes Wort bohrte sich, so leise es auch war, wie ein Feuerpfeil in die Ohren. Der drohende Spieler

winselte auf einmal und entschuldigte sich. Salim lächelte zufrieden.

Die ganze Nacht blieb Salim wach. Auch als alle Gäste der Nachbarn nach Hause gingen, blieb er sitzen.

Das laute Zirpen unter dem Granatapfelbaum und ein zärtliches Geflüster aus dem nahen Schlafzimmer Afifas waren das letzte, was er in der Morgendämmerung vernahm, bevor er sich auf die Seite drehte und einschlief.

Gegen den frühen Nachmittag kam Tuma, der Emigrant, als erster. Er ging im Zimmer des alten Kutschers auf und ab, fragte, wo die anderen so lange blieben, setzte sich eine Weile hin, stand unruhig auf und lief hin und her. Erst gegen acht waren alle wieder versammelt.

»Der alte Salim«, fing der Emigrant an, »hat seit einer Ewigkeit keine Reise mehr gemacht. Es ist die Sehnsucht seiner Seele nach fremden Gegenden, die ihn stumm macht.« Er hielt inne, nahm einen kräftigen Zug aus der Wasserpfeife und reichte den Schlauch weiter.

»Well, er ist der geborene Kutscher!« fuhr er fort. »Aber was ist ein Kutscher, der am Ziel seiner Reise rastet, und sei es die schönste Oase? Hm? Er ist kein Kutscher mehr. Das ist es, woran unser Freund erkrankt ist.«

Bei diesen Worten nickte Salim nachdenklich.

»Er muß über sieben Berge, durch sieben Täler und Ebenen fahren. Er muß in sieben fremden Städten unter sieben fremden Himmeln übernachten, und ihr werdet sehen, er wird seine Worte wiederfinden.«

Den ehemaligen Minister begeisterte die Idee so sehr, daß er anbot, alle Kosten zu übernehmen. Und Mehdi und Tuma boten Salim ihre Dienste als Reisebegleiter an.

Tagelang suchten die Freunde in Damaskus, bis sie eine alte Kutsche auftreiben konnten. Sie waren voller Hoffnung, als Salim mit glänzenden Augen und in einem frischen Gewand in die Kutsche einstieg und die Peitsche meisterhaft in der Luft knallen ließ. Nur schlechte Kutscher schlagen ihre Pferde, die guten deuten den Pferden nur an, was ihnen erspart bleibt, wenn sie gehorchen. Die Pferde trabten davon, und einige Nachbarn weinten beim Winken.

Salim fuhr mit seiner Begleitung durch sieben Städte und über sieben Berge. Er überquerte sieben Ebenen und Täler. Vierzig Tage dauerte die Reise. Als er zurückkam, wirkte er erschöpft und gereizt, aber sprechen konnte er noch immer nicht. Tuma mußte sich sagen lassen, daß durch seinen Vorschlag wertvolle Zeit vergeudet worden war.

Naturheiler und Um Chalil, eine erfahrene Hebamme, verabreichten dem armen Kutscher die widerlichsten Säfte, Salben und Kräutermischungen, und Salim wurde von Tag zu Tag blasser, aber sprechen konnte er nicht. Das katholische Weihwasser taugte genausowenig wie

das der griechisch-orthodoxen Konkurrenz, und der heilige Sand aus Mekka vermochte die Zunge ebensowenig zu lösen wie der Staub aus Bethlehem.

»Es sind nur noch acht Tage übrig«, sagte der ehemalige Minister voller Sorge und erschreckte damit die Runde in der späten Nacht. Stumm saßen sie herum, als hätten ihre Feen auch ihnen die Zunge verknotet. Es schlug zwölf, doch die Freunde spürten in jener nächtlichen Stunde keine Müdigkeit. »Ich weiß es«, rief der Lehrer und schlug sich kräftig aufs Knie. »Jawohl, ich weiß es. Es lag auf der Hand«, sprach er laut, als wollte er sich selbst nach all diesen Niederlagen Mut machen. »Es sind sieben Erzählungen, die der alte Salim hören muß, damit er seine Stimme wiederfindet.«

Musa, der Friseur, war sofort begeistert, der wortkarge Schlosser Ali gar nicht. Tuma und Isam hielten den Vorschlag für nicht sonderlich gut, während Junis sich schnell von der Idee begeistern ließ. Nur der Minister äußerte sich nicht sofort.

»Was können Lehrer und Friseure anderes als reden! Ihr lebt ja davon«, empörte sich Isam.

»Ich kann überhaupt nicht erzählen und glaube auch nicht, daß dieser Quatsch Salim heilt«, bestätigte Ali.

Lange stritten die Freunde, und erst kurz vor der Morgendämmerung konnte der Minister, voller Sorge um die Stimme des alten Kutschers, einlenken. Er besänftigte mit guten Worten den Emigranten und Isam, und da Ali auch keinen anderen Weg mehr fand, stimmte er verzweifelt zu: »Meinetwegen! Wenn der arme Salim will, habe ich nichts dagegen.« Und Salim wollte.

»Wer soll anfangen?« fragte der Friseur in die gerade friedvolle Runde und entfachte einen neuen Streit. Keiner wollte der erste Erzähler sein.

»Gut!« rief Isam. »Im Knast haben wir oft die Karten sprechen lassen, wenn eine unangenehme Aufgabe bevorstand.« Er schaute Salim an. »Hast du Spielkarten?« Salim nickte, erhob sich und holte seine alten, zerknitterten Spielkarten.

»Schaut her!« sagte Isam leise. »Hier sind sechs Karten. Ich tue ein As dazu und mische. Wer das As zieht, ist der Erzähler der ersten Nacht. Einverstanden?«

Alle nickten stumm, und nur der Friseur bat, gründlich zu mischen.

Isam legte die Karten auf den kleinen Tisch. Der Emigrant als ältester durfte anfangen. Er zog einen Buben, der Kaffeehausbesitzer eine Zwei und der Friseur einen König. Der Lehrer zog seine Karte und drehte sie mit Schwung um. Es war ein Karoas. Erleichtert atmeten der ehemalige Häftling, der Minister und der Schlosser auf.

Salim aber bog sich so vor lautlosem Lachen,
daß der Friseur erneut daran zweifelte,
ob der Kutscher nun wirklich
stumm war oder sie alle
reinlegte.

5

Warum
einer seine
Stimme fesseln ließ
und wie er sie befreite.

Mehdi war ein hagerer, großer Mann. Fünfunddreißig Jahre lang hatte er Geographie unterrichtet. Wie viele Schüler er mit den Ländern der Erde, ihren Flüssen und Bergen vertraut gemacht hatte, wußte er selber nicht, aber er war stolz darauf, zwei Bankdirektoren, einen General und mehrere Ärzte zu seinen ehemaligen Schülern zählen zu dürfen. Im alten Viertel genoß er ein gewisses Ansehen und sonnte sich darin eher etwas hochmütig, so daß viele respektvoll das Gespräch mit ihm mieden. So war es schwierig, mit ihm ein längeres Gespräch wie unter Gleichen zu führen. Auch wenn es anfänglich um das Wetter, um die letzte Preiserhöhung oder um die Cholera ging, landete es irgendwann bei der Geographie und den Unkenntnissen des Gesprächspartners. »Wenn du noch nicht einmal weißt, wie hoch der Himalaja ist, wie willst du wissen, wie flach wir hier liegen«, soll er einmal einem Nachbarn doppelbödig gesagt haben, und die Klatschmäuler seiner Straße nannten ihn seit diesem Tag: »Mister Himalaja«. Nur in der Runde bei Salim ließ Mehdi die Geographie außer acht.

An diesem Novembernachmittag zogen wieder dunkle Wolken über Damaskus. Gerade hatte es eine halbe Stunde lang geregnet. Die Straßen und die Menschen rochen nach frischer Erde. Die Luft war eiskalt. Mehdi rückte seinen Schal zurecht, als er aus der Tür seines Hauses trat. Er grüßte den armenischen Schuster, der hinter seiner großen Nähmaschine saß. Der schaute über den Rand seiner tief hängenden Brille und hob zwei Finger seiner Hand, um Mehdi zu sagen, daß seine neuen Schuhe, die er beim Meister nach Maß anfertigen ließ, in zwei Tagen fertig sein würden.

»Ist in Ordnung«, flüsterte Mehdi und ging seines Weges. »Wann hat der Schuster eigentlich zum letzten Mal gelächelt?« fragte er sich und wußte keine Antwort.

Eine Militärkolonne fuhr über den Platz vor dem Thomastor und bog gen Osten. Die Kinder jauchzten über die Spritzer aus den reichlich vorhandenen Pfützen der Straße. »Auf geht's! In den Krieg!« jubelten sie scherzend den Soldaten in den Lastwagen zu, die mit kummervollen Gesichtern ins Leere starrten, als interessiere sie der Jubel nicht.

Im Frühjahr war im irakischen Mosul ein Aufstand ausgebrochen, der blutig endete. Die irakische Regierung beschuldigte Nasser, die Aufständischen bezahlt und aufgestachelt zu haben.

Irgendwas stimmte nicht mehr zwischen den beiden Ländern. Der irakische Präsident Kassem, in Radio Da-

maskus noch vor einem Jahr als der Held der irakischen Revolution gefeiert, fiel plötzlich und ohne jede Erklärung in Ungnade. Das Radio bezeichnete ihn von nun an als den blutrünstigen Schlächter von Bagdad. Über Hungersnöte, Rebellionen und Cholera im Irak berichtete das Radio fast jeden Tag, doch von Unruhen oder Kriegshandlungen im Osten Syriens, nahe der irakischen Grenze, wurde kein Wort gesprochen. Gerüchte machten die Runde, daß eine Gruppe junger syrischer Offiziere gegen die Regierung meutere. Sie hätte wichtige Stellungen im Osten mit Hilfe der irakischen Truppen erobert. Radio Damaskus versicherte, daß die Lage im Osten ruhig sei, doch Mehdi glaubte den Beschwichtigungen des Radiosprechers nicht. Alle Regierungen Syriens hatten die herrschende Ruhe und Ordnung gelobt, kurz bevor sie stürzten. Ein bitteres Gefühl stieg in Mehdi auf. Was sind das für Zeiten? Die Regierung erklärt einen Diktator im Nachbarland zum Bruder und Helden, dann verdammt sie ihn als Feind und feigen Verräter, ohne nach der Meinung der Menschen in beiden Ländern zu fragen, deren Söhne aber, falls es zum Krieg käme, gegeneinandergehetzt würden.

Mehdi warf einen Blick auf die Gewehre. Sie waren blank und geladen wie die jungen Gesichter der Soldaten.

Er ging an diesem Tag etwas früher als gewohnt aus seinem Haus in der Nähe des französischen Krankenhauses. Eine Sehnsucht nach dem Haus seiner Kindheit in der Bakrigasse ließ ihm keine Ruhe. Es war kein großer Umweg. Als Mehdi das Haus sah, das er seit über vierzig Jahren nicht mehr betreten hatte, war er überrascht von der Winzigkeit der Tür, die ihm als Kind wie ein mächtiges Tor erschienen war. Sein Herz klopfte. Die Haustür war, wie viele Türen in Damaskus, nur angelehnt. Er drückte sie auf. Aus dem Hof schlug ihm der Geruch von Kochwäsche und Heizöl entgegen.

Ein kleines Mädchen lief barfuß auf ihn zu. Mehdi lächelte sie an. »Wie heißt du, Kleine?«

»Ibtisam«, antwortete das Mädchen. Mehdi hörte das Klappern hölzerner Hausschuhe. Eine beleibte Frau kam aus dem Zimmer, das damals die Eltern als Schlafzimmer benutzt hatten. Als sie Mehdi sah, lächelte sie verlegen. »Dreimal ist sie mir heute schon entwischt! Bei Gott, ein Teufel wird lieber zum Pilger und wird Beten und Fasten der Aufgabe vorziehen, Kinder zu baden. Sechs Kinder, und jedes ist wie Quecksilber! Du faßt immer wieder ins Nichts!« Die Frau hielt inne und packte die Tochter an der Schulter. »Tritt doch ein! Kann ich dir etwas anbieten?« lud sie Mehdi ein.

»Nein, danke, ich wollte nur einmal vorbeischauen. Weißt du, ich bin in diesem Haus geboren. Wir wohnten vor langer Zeit hier. Auch meine Großeltern wohnten da. Mohammed Riad Alkarim, dessen Name in der Marmorplatte über der Tür eingemeißelt ist, ist mein Großvater«, sagte Mehdi etwas verlegen.

»Was du nicht sagst! Und konntet ihr damals Wasser im zweiten Stock bekommen?« Und ohne auf seine Antwort zu warten, fuhr die Frau fort: »Seit einem Jahr ist das Wasser so knapp, daß es nur hier unten fließt. Die Nachbarn vom zweiten Stock müssen immer hier bei uns Wasser holen, und jeden Samstag, am Badetag, gibt es Scherereien.«

»Nein, damals gab es genug Wasser. Wie viele Familien wohnen denn jetzt hier?«

»Oben drei und unten zwei und ein Student, aber der braucht nicht viel Wasser. Seine Wäsche nimmt er am Wochenende mit nach Hause. Er kommt aus Daraia. Ein sehr höflicher Mensch. Die kleine Ibtisam will am liebsten bei ihm im Bett schlafen. Er liebt unsere Kinder besonders. Aber ich sage, sie sollen ihn in Ruhe lassen. Solche dicken Bücher wälzt er Nacht für Nacht!« Die Frau unterstützte ihre Ausführungen mit den Händen.

Mehdi schaute zu der Kammer neben der Treppe. »Und wer wohnt da?«

»In der Kammer? Aber, lieber Herr, Gott schütze deine Augen! Hier soll ein menschliches Wesen wohnen können? Da können wir gerade drei Ölöfen im Sommer und im Winter zwei Fahrräder abstellen. Schau her!«

Mehdi war sichtlich schockiert, als er einen Blick in die winzige Kammer warf. Er verabschiedete sich leise und machte kehrt. Und obwohl seine Frau ihn darum gebeten hatte, bei Batbuta, nahe der Bakrigasse, Fische für den nächsten Tag zu kaufen, vergaß er das. Die Rufe des Fischers Batbuta waren so laut, daß man sie in der Türkei hätte hören können, doch Mehdi ging eilig am Fischgeschäft vorbei. Nicht einmal der aufdringliche Geruch der Fische konnte ihn von seinen Gedanken losreißen.

Alle sechs Freunde waren schon bei Salim versammelt, als Mehdi die Zimmertür des Kutschers öffnete. Klopfen mußte keiner. Isam kniete vor dem Holzofen in der Ecke und pustete. Es roch angenehm nach verbranntem Harz. Mehdi machte die Tür hinter sich zu, als Isam »endlich!« rief. Eine kleine Flamme loderte im Holzhaufen.

»Ich habe keinen Atem mehr. Früher, da vermochte ich mit meiner Puste ein Feuer zu entfachen, das einen Hammel knusprig braten konnte«, stöhnte Isam und hustete.

»Guten Abend!« grüßte Mehdi und rieb seine Hände; er freute sich über den duftenden Tee.

Als erster bemerkte der Minister, daß Mehdi seinen braunen Anzug, ein weißes Hemd und einen seidenen, bräunlichen Schal trug.

»Warst du auf einer Hochzeit?« belustigte er sich, stand auf wie die anderen und reichte dem Freund die Hand zum Gruß.

»Also gut, ich fange an«, sagte Mehdi nach einer kurzen Weile und nahm einen kräftigen Schluck Tee, als wollte er seine Stimmbänder auf die große Aufgabe vorbereiten. »Nun macht eure Ohren und Herzen auf. Gott schenke euch Gesundheit und ein langes Leben, wenn ihr mir genau zuhört«, fing der Lehrer an.

»Einen Augenblick, bitte«, bat Tuma, der Emigrant, holte seine Brille aus ihrem ledernen Etui und setzte sie auf. Die anderen grinsten, weil Tuma immer nur mit Brille Geschichten lauschen wollte. »Ja, jetzt kann ich dir genau zuhören«, fügte Tuma hinzu und lächelte zufrieden.

»Das verstehe ich nicht«, sagte Mehdi. »Der alte Sokrates pflegte zu sagen, wenn einer seiner Schüler schweigsam dabeisaß: ›Sprich, damit ich dich sehe‹, und du willst mit den Augen hören?«

»Ja, Mann!« stöhnte Tuma.

»Also gut, aber bevor ich mit meiner Geschichte anfange, möchte ich euch, meinen lieben Freunden, verraten, warum ich gerne erzähle. Ich erzähle gerne, weil eine der Geschichten, die ich als Kind gehört habe, mich verzaubert hat. Wie ich zu dieser merkwürdigen Geschichte kam, erzähle ich gleich am Anfang.

Ich war ein kleines Kind, als mein Vater, selig soll er im Schoße Gottes verweilen, einen neuen Gesellen mit nach Hause brachte. Mein Vater war Tischler, und sein neuer Geselle kam aus einem fernen Dorf. Er war arm und hatte keine Bleibe in Damaskus. So räumten wir eine kleine Kammer neben der Treppe frei, und Schafak, so hieß der Geselle, wohnte von nun an in dieser Kammer. Als Kind fand ich diese schäbige Ecke ziemlich groß, aber in Wahrheit ist sie winzig klein, es passen nicht einmal drei Ölöfen hinein. Nun, wie dem auch sei, ich erinnere mich genau an Schafak. Sein Gesicht war übersät mit Narben. Wie alt er war, weiß ich heute nicht mehr. Wenn er abends nach Hause kam, wusch er sich, aß, trank seinen Tee und setzte sich auf einen kleinen Stuhl vor seiner Kammer, rauchte und schaute zum Himmel hinauf. Stundenlang blieb er regungslos sitzen und richtete seinen Blick auf den Sternenhimmel. Wenn es, im Winter selten, tagelang wolkig wurde, bemerkte ich seine Unruhe. Er zog sich in seine Kammer zurück, blieb aber lange wach. Mein Zimmer lag genau gegenüber, auf der anderen Seite des Innenhofes. Ich konnte die Kammer von meinem Bett aus sehen. Ich beobachtete ihn jede Nacht. Die Kammer hatte kein elektrisches Licht. Er ließ die Öllampe immer lange brennen. Manchmal ging er auf und ab. Wenn ich mitten in der Nacht aufwachte, um auf die Toilette zu gehen, war er immer noch wach, obwohl er jeden Tag früh aufstehen mußte. Mein Vater dagegen schaffte es nie in seinem Leben, nach zehn Uhr nachts die Augen offenzuhalten.

Also gut, mein Vater mochte ihn sehr, denn schon am ersten Tag bekam er einen großen Auftrag. ›Den verdanke ich Schafak. Er hat ein gesegnetes Gesicht‹, sagte er auch Jahre später immer wieder, wenn wir auf Schafak zu sprechen kamen.

Schafak war sehr schüchtern und sprach nur leise.

Wenn meine Mutter oder meine Schwester ihn ansprachen, so schaute er verlegen zu Boden. Die Kinder auf unserem Hof machten sich lustig über seine Schüchternheit, und hätten sie keine Angst vor meinem Vater gehabt, so hätten sie ihn mit Steinen beworfen. Mein Vater aber liebte ihn, als wäre Schafak sein eigener Sohn.

Also, kurz und gut, ich war fest davon überzeugt, daß Schafak ein Zauberer war. Ich war schon als Kind neugierig, doch ich betrat seine Kammer nie. Ich hatte ein wenig Angst vor ihm. Meine Tante beschwor meine Mutter leise, ihn von uns Kindern fernzuhalten. ›Hast du seine Augen gesehen? Sie haben keine Farbe. Und seine Zähne? Hast du seine Zähne gesehen, wie sie doppelt gereiht sind? Oben zwei Reihen und unten…‹ munkelte die Tante voller Furcht.

›Ja, ja‹, lachte meine Mutter, ›auch seine Zehen habe ich gesehen. Sie sind mit einer dünnen Haut miteinander verbunden, als wäre er eine Ente.‹

Die Tante ärgerte sich, und ich hatte wirklich Angst vor ihm.

Eines Tages im Sommer saß er wieder auf seinem kleinen Stuhl und beobachtete den Himmel. Ich ging zu ihm und fragte, was er da suche.

›Zwei Sterne, die sich lieben. Der eine glänzt wie ein Diamant, und der andere ist feuerrot. Sie folgen einander. Mal ist der Diamant vorne, mal der feuerrote Stern. Wenn sie sich treffen, fallen tausendundeine Perle vom

Himmel herunter. Alle Muscheln der Meere halten ihren Mund offen und bekommen dann ihre Perlen. Wenn ein Mensch diesen Augenblick erlebt und die Hand ausstreckt, dann bekommt er eine Perle. Er darf sie aber nicht behalten. Er muß mit offener Hand dreimal im Kreis tanzen und die Perle in den Himmel schleudern, dann wird er sein ganzes Leben lang glücklich.‹

›Aber warum stoßen die Sterne aneinander?‹ fragte ich.

›Das hat eine lange Geschichte‹, antwortete der Geselle. ›Aber wie soll ich sie dir erzählen? Ich werde dann den Augenblick versäumen! Wenn du mir aber versprichst, daß du, während ich dir von dieser wunderbaren Liebe erzähle, den Himmel anschaust und sobald du die zwei Sterne aneinanderstoßen siehst, mir zurufst, damit ich die Hand ausstrecke, dann erzähle ich dir von den Sternen.‹

Ich versprach dem Gesellen, die Sterne zu beobachten, und er erzählte mir diese Geschichte:

›Es geschah in alten, längst entschwundenen Tagen. Da war ein Bauer, der hatte eine zauberhafte Stimme. Wenn er sang, so weinten die Leute und lachten, und wenn er Geschichten erzählte, so lauschten die Leute still und vergaßen Kummer und Sorgen. Aber nicht nur seine Stimme war berühmt, auch seine Hände malten, wenn er sang und erzählte, den Wind, die Karawanen und die Rosen so, daß die Leute all seine Worte sehen, riechen und schmecken konnten.

Der Bauer war bettelarm, aber mit seiner Stimme verzauberte er die schönste Frau im Dorf. Sahar, so hieß die Frau, verliebte sich in ihn schon bei der ersten Begegnung und schlug alle Heiratsanträge der reichen Bauern in den Wind. Ein reicher, aber bejahrter Kaufmann bot den Eltern als Brautgeld gar so viel Gold an, wie die Tochter gewogen hätte, doch sie winkte ab. ›Lieber esse ich trokkenes Brot und Oliven und höre seine Stimme, als daß ich mich bei dem reichen Kaufmann mit gebratenen Gazellen vollstopfe und mir den Tag mit seinem Gebrüll und die Nacht mit seinem Schnarchen verderbe.‹ Die gütigen Eltern gaben der Ehe ihren Segen und feierten bald die Hochzeit der Tochter mit ihrem Geliebten. Solches Glück ist nicht jedem vergönnt.

Der Bauer gab sich reichlich Mühe, etwas gegen seine Armut zu tun, aber er war der geborene Pechvogel. Was er auch anfaßte, mißlang ihm. Wenn er Gold in die Finger bekam, verwandelte sich das Edelmetall in Heu. Gott schütze euch vor einem solchen Pech! Die Leute aber beneideten ihn um seine Stimme.

›Ach, hätte ich deine Stimme, so hätte ich dir meine Felder geschenkt‹, sagte ihm einst der Dorfälteste.

Ein anderer Bauer schwärmte: ›Gäbe Gott mir statt meiner krächzenden Stimme nur ein Körnchen aus deinem zauberhaften Kehlkopf, das schwöre ich, würde ich dir meine Herde geben.‹

Also gut, die Jahre vergingen, und von Jahr zu Jahr

wurde dieser Bauer ärmer, und als eines Sommers sein Weizen leere Ähren trug, verfluchte er den Himmel. Die Not fraß sein Hab und Gut auf. Seine Schulden waren so groß, daß er seinen Schrank und sein Bett verkaufen mußte. ›Der Schrank stand immer leer, und schlafen können wir auch auf dem Boden!‹ tröstete er seine Frau.

Von dem Geld konnte er aber nicht einmal zwei Wochen lang leben. Das Pech des Bauern sprach sich in der ganzen Umgebung herum, und so schön er singen und erzählen konnte, keiner wollte ihn wie früher zu einer Hochzeit einladen. Die Leute hatten Angst, seine schlechte Hand könnte den Jungvermählten Unglück bescheren.

Seine Frau Sahar wurde gehänselt, wenn sie zur Dorfquelle ging, um Wasser zu holen. ›Kannst du dich im Winter an seiner Stimme erwärmen? Wenn du Hunger hast, kochst du die Stimme oder brätst du sie?‹ riefen ihr einige Frauen nach. Sahar weinte bittere Tränen, doch wenn sie nach Hause kam, lachte sie und ermunterte ihren Mann. Aber er spürte ihre Trauer, und das schnitt ihm tief ins Herz.

Eines Tages versuchte der Mann, obschon es eiskalt war, seine Jacke zu verkaufen, um sich und seiner Frau etwas Hirse kaufen zu können. Doch keiner wollte die alte Jacke haben. Der Bauer schämte sich, mit leeren Händen nach Hause zu gehen. Er lief in den nahen Wald

und schrie seine Schmerzen aus der Seele heraus. ›Geduld wie die der Kamele habe ich aufgebracht!‹ rief er. ›All die guten Engel habe ich um Hilfe gebeten, doch sie verstopften kaltherzig ihre Ohren. Sagt mir, o Dämonen der Bosheit, was ihr noch von mir wollt?‹

›Deine Stimme!‹ hallte es im Wald. Eine Eiseskälte durchlief seinen Körper, und der Bauer zitterte am ganzen Leib. Er drehte sich um und sah einen Mann in einem glitzernden, dunklen Gewand, der sagte: ›Ich kaufe dir deine Stimme ab gegen unvergängliches Gold!‹

›Die schenke ich dir, wenn du mich und meine Frau eine Woche lang satt machst. Meine Stimme, meine Stimme, seit einem Jahr will sie keiner mehr hören‹, stöhnte der Bauer.

›Du verstehst mich falsch. Ich kaufe dir deine Sprache und nicht nur deine schöne Stimme ab. Weder deine Hände noch deine Augen werden sprechen. Dafür wirst du diese Goldlira bekommen, die du nie ausgeben kannst. Immer, wenn sie deine Hand verläßt, gebiert sie eine zweite. Dein ganzes Leben lang kannst du sie nicht ausgeben‹, sagte der Herr, und seine Augen leuchteten wie zwei glühende Steine.

›Meinetwegen, ich will es so!‹ rief der Bauer. Der Herr trat auf ihn zu, und bevor der Armselige sich umsah, warf der Dämon seinen Umhang so um ihn, daß der Bauer in einen dunklen Strudel geriet. Der Umhang lastete schwer und immer schwerer auf seinen Schultern, bis er unter seiner Last auf die Knie fiel. Er griff haltsuchend um sich, doch seine Hände glitten an dem Mann ab, als wäre er eine kalte Marmorsäule. Es roch nach Verwesung. Der Bauer mußte husten, sein Hals schmerzte ihn so, als hätte er ein Messer geschluckt. Dann sank er ohnmächtig zu Boden.

Als er zu sich kam, lag er auf dem kalten Boden im Wald. Auf seiner Hand leuchtete eine Goldlira. Er eilte nach Hause. Seine Frau sah voller Sorge sein blasses Gesicht. ›Was ist mit dir, mein Liebster?‹

Der Bauer setzte sich entkräftet auf die Matratze und streckte ihr die Hand mit der Goldlira hin. Seine Frau strahlte vor Freude, nahm das Goldstück und eilte davon. Aber sie hatte das Zimmer noch nicht verlassen, als der Bauer erneut die Kälte des Edelmetalls in seiner geschlossenen Faust spürte. Er öffnete sie vorsichtig und starrte die zweite Goldlira an.

Erfreut eilte die Frau zum Metzger, Gemüsehändler und Bäcker, aber soviel sie auch bestellte, alles kostete nur wenige Silberlinge. Mit erhobenem Haupt bestellte sie beim Zimmermann das teuerste Bett aus dem begehrten Eichenholz. Auch eine neue, warme Jacke für ihren Mann und ein buntes Kleid, das ihr Herz schon längst begehrte, kaufte sie. Die Laufburschen trugen ihr die vollen Körbe nach Hause. Sie waren der Frau für ein paar Piaster dankbar. All das hatte die Frau für die Goldlira erworben. Damals hätte man für fünf Goldliras ein Haus kaufen können.

Wie ein Lauffeuer ging die Nachricht von der Goldlira im Dorf umher. Manche vermuteten, der Bauer hätte eine Fee mit seiner Stimme verzaubert, und diese hätte ihm einen verborgenen Schatz geschenkt. Andere vermuteten, der Bauer habe einen Reisenden überfallen. Doch niemand ahnte, nicht einmal der Bauer selbst, wie teuer er seinen Reichtum bezahlt hatte.

Also gut, Sahar merkte bei ihrer Rückkehr, daß ihr Mann nicht nur nicht zu reden vermochte, sondern auch nicht den Hauch einer Andeutung machen konnte. Nicht einmal eine kleine Freude zeigte er bei all den Leckereien, die seine Frau mitbrachte. Er aß schweigsam und schaute sie mit toten Augen an.

Am nächsten Morgen streckte der Mann wiederum seine Hand mit der Goldlira aus. Mehr konnte er nicht tun. Seine Frau saß ihm gegenüber und starrte seine Hand mit großen Augen an. Sobald sie die Goldlira seiner Faust entnahm und auf den Tisch legte, war eine zweite da. Hunderte von Goldliras zog der Mann aus seiner Hand. Er konnte aber nicht einmal mehr lächeln, denn auch Lächeln ist eine Sprache, und welch eine himmlische! Auch die Flöte, der der Mann früher die zauberhaftesten Melodien entlocken konnte, gab keinen Ton von sich.

Der Mann nahm ein Blatt Papier und wollte seiner Frau ein Bild zeichnen, das ihr alles Geschehene erklärte, doch seine Hand unterwarf sich nicht mehr seinem Wil-

len. Sinnlose, zackige Linien wurden es, doch die kluge Sahar sah durch die Linien das Gesicht des Teufels.

›Mach dir keine Sorgen, mein Herz‹, tröstete ihn seine gute Frau. ›Ich werde deine Zunge sein. Ich werde dich heilen, und wenn ich die Medizinleute der ganzen Erde durch ein Sieb sieben muß, damit ich dir den besten herausfinde.‹

Mit dem Geld ließ sich die Frau einen Traumpalast bauen. Eine Schar von Dienern, Hofnarren und Musikern sollte für das Glück ihres geliebten Mannes sorgen. In ihrem Stall hielt sie nur die edelsten Pferde aus der arabischen Wüste. Und wären über ihren Garten Engel statt Schwalben geflogen, so hätte man ihn für den Garten Eden gehalten.«

»Mir sind aber die Schwalben lieber«, unterbrach Isam und lachte über seine eigenen Gedanken. »Stellt euch vor, zwei Meter über euch sausen diese Burschen herum, da kann man ja bei diesen Tiefflügen keine Wasserpfeife mehr genießen!« Er paffte eine kleine Rauchwolke. »Kennt ihr den Witz mit dem frommen Mann, der Vogelkacke auf den Kopf bekam und sich bei Gott bedankte, daß er den Kühen keine Flügel geschenkt hat?«

»Sei jetzt ruhig!« fauchte ihn der Friseur an und drehte sich zu Mehdi: »Erzähl weiter, bitte!«

»Also gut, die Frau baute mit ihrer Liebe und dem unerschöpflichen Gold ein Paradies für ihren Mann,

doch der lief lustlos mit blassem Gesicht herum, als wäre er in einer anderen Welt.

Die Gesandten der Frau suchten die Erde nach Medizinmännern und weisen Frauen ab, die ihren Mann heilen konnten. Sahar versprach, sie in Gold aufzuwiegen, wenn sie ihrem Gatten die Stimme wiederschenkten. Scharenweise kamen Medizinmänner, auch Scharlatane, schlugen ihre Bäuche voll und reisten wieder ab. Der Mann aber blieb stumm. Seine Kammern waren bis zur Decke mit Gold gefüllt, aber in seinem Herzen fühlte er sich ärmer als ein räudiger Hund. Nichts, aber wirklich nichts konnte er sagen, nicht mit seinen Augen, nicht mit seinen Händen.

Eines Tages wachte Sahar auf und suchte nach ihrem Mann – vergebens. Er war verschwunden. Ein Diener berichtete, daß er seinen Herrn auf seinem Rappen hinausreiten sah.

Sahar ließ die ganze Umgebung nach ihm absuchen, aber die Knechte kamen sieben Tage lang bei Sonnenuntergang zurück und schüttelten den Kopf. Sahar aber gab nicht auf, und wenn ein Kundschafter ihr die Nachricht brachte, man hätte einen Reiter auf einem Rappen am Euphrat oder Nil gesehen, so schickte sie ihre Botschafter mit ihrer Suchbitte an die Herrscher der Orte, und diese ließen in der genannten Gegend hinter jedem Halm suchen, denn Sahar versprach den Vorstehern, Dorfältesten, Statthaltern und Landesfürsten, demjenigen

Glücklichen, der ihren Mann finden würde, einen Marmorpalast zu schenken. Vergebens.

Der Bauer wühlte die Erde auf bei der Suche nach dem Meister, der ihm die Sprache abgekauft hatte. Er eilte mit dem Wind hinter seinen Spuren her, doch nirgends konnte er ihn treffen, denn dort, wo plötzlich Leute verstummten, war der Meister längst abgereist und ließ nur noch eine atmende Leiche zurück, die weder Trauer noch Freude, weder Schmerz noch Glück ausdrücken konnte.

Er hatte die Suche schon beinahe aufgegeben, als er sich einmal, im dritten Jahr, auf einem Jahrmarkt erschöpft ausruhte und einem Sänger mit einer wunderbaren Stimme lauschte. Als der Sänger aufhören wollte, bat ihn ein junger Kaufmann das letzte Liebeslied zu wiederholen, und warf ihm eine Goldmünze zu. Der Sänger verneigte sich und sang das Lied noch lieblicher. Der Bauer saß nahe der Bühne. Kurz vor dem Ende des Liedes ging der Kaufmann zum Sänger, flüsterte ihm etwas zu und zog sich in den Schatten der Bühne zurück. Als er an dem Bauern vorbeiging, erfüllte eine Wolke von Rosenduft die Luft, doch der Bauer roch die Verwesung unter dem Deckmantel der Rosen. Dem Bauern wäre beinahe das Blut in den Adern erstarrt. Das war der Geruch, der ihm die Lungen gefüllt hatte, bis er die Besinnung verlor. Ein Geruch, den er nie im Leben vergessen würde. Er stahl

sich auf Zehenspitzen hinter die Bühne und beobachtete den Kaufmann mit dem weiten Mantel.

Also gut, es dauerte keine Viertelstunde, bis der Sänger von der Bühne herunterkam. Der Kaufmann redete eine Weile auf ihn ein und warf dann seinen Mantel über ihn. Der Bauer starrte den bebenden Körper des Sängers an, der schnell und leblos zu Boden sank. Nun aber sah der Bauer das Wunder. Der Meister schlug seinen Umhang zurück, und siehe, neben ihm stand ein Ebenbild des Sängers, und beide gingen, als wären sie Freunde, und unterhielten sich.

Der Bauer erkannte nun den Meister und rannte hinter ihm her. Zwei Tage und zwei Nächte verfolgte er ihn. Der Meister und sein Begleiter schienen keine Müdigkeit zu kennen, denn in der Morgendämmerung des dritten Tages gingen beide noch so frisch einher wie am ersten Tag. Damit er unterwegs nicht einschlief, ritzte der Bauer seine Hand auf und streute immer wieder Salz in die Wunde. Durch den Schmerz konnte er sich auch am dritten Tag noch wach halten. In der Morgendämmerung des vierten Tages dann sah er ein Schloß, das sich langsam aus dem Dunst des Tales erhob. Der Bauer war wie verzaubert. Während er dieses Wunder bestaunte, vergaß er das Salz und schlief auch bald ein. Wie lange sein Schlaf währte, ob es ein Augenblick oder Tage waren, wußte er nicht. Da krachte es plötzlich donnernd. Der Bauer sprang auf und sah den Meister vor sich. Er stand so mächtig und groß wie eine Palme über ihm. ›Warum verfolgst du mich?‹ brüllte er. Der Mann konnte nicht antworten. Nicht einmal nicken konnte er. ›Du bist reichlich entlohnt worden. Ein Zurück gibt es nicht!‹ schrie der Meister. Der Bauer warf sich auf ihn, doch der Meister schleuderte ihn in hohem Bogen zur Seite und eilte davon. Als der Mann sich aufrichtete, sah er, wie das Schloß in der Ferne langsam im Nebel verschwand.

Jahrelang folgte der Bauer dem Meister, aber immer wieder entschwand er seinen Augen. Doch der Bauer gab nicht auf.

Eines Tages im Frühjahr ruhte er sich an einem Teich ein wenig aus und überlegte, wie er den Meister überlisten könnte. Da sah er eine junge Frau, die mit einem Sieb Wasser schöpfte, ein paar Schritte rannte und verzweifelt zum Teich zurückkehrte, um erneut Wasser zu schöpfen. Die Frau sah müde aus, doch sie gab nicht auf. ›Ich muß die Aufgabe lösen. Ich muß es schaffen, und wenn ich sterbe. Ich muß sie lösen‹, sprach die Frau sich Mut zu und weinte bitter.

Der Bauer faßte die Frau am Arm.

›Laß mich, ich muß dieses Sieb mit Wasser füllen und es dem Dämonenkönig bringen, damit er meinen Mann begnadigt‹, sprach die Frau und riß sich von seiner Hand los. Wieder schöpfte sie Wasser, doch im Nu rann es durch ihr Sieb.

Der Bauer faßte sie noch einmal an und nahm ihr das

Sieb sanft aus der Hand. Die Frau schrie laut und schlug auf den Bauern ein, bis sie erschöpft von ihm ließ und ihn nur noch verfluchte. Er aber ging mit langsamen Schritten auf eine Höhle in der Nähe zu, in die die Bauern den Schnee vom Winter hineinschoben, damit die Zisterne in den Felsen für den Sommer mit Wasser gefüllt wurde. Die Höhle war bis zur Decke mit Schnee gefüllt. Er preßte eine große Menge in das Sieb und kehrte eilig zur Frau zurück, die am Teich verzweifelt weinte. Als sie das Sieb mit dem Schnee sah, strahlte sie. Sie sprang auf, nahm es und flog eilig davon. Sie war eine Dämonin. Gott schütze euch vor ihrem Zorn!

Also gut, nach kurzer Zeit kehrte die Frau mit ihrem Geliebten zurück. Sie bedankten sich beim Bauern, und als sie sahen, daß weder seine Augen noch seine Hände sprachen, wußten sie, daß er seine Sprache an den Meister verkauft hatte.

›Niemand außer dir kann deine Stimme befreien‹, sprach der Dämon leise. ›Er kettet die Stimmen in seinem Schloß fest und schöpft aus ihnen sein Elixier. Kein Dämon auf Erden darf in sein Schloß hineingehen, doch dir kann ich dazu verhelfen. Ich verwandle dich in einen Adler. Du kannst Erde, Himmel und Hölle nach dem Schloß absuchen. Wenn du es findest, schaue nicht nach hinten. Was du auch immer hörst, schaue nicht nach hinten. Wenn du das tust, verschwindet das Schloß für immer. Stürze dich dort auf das blaue Himmelsfenster.

In dem Augenblick, in dem du durch das Fenster fliegst, wirst du zu einem Menschen. Wenn du wieder durch dasselbe Fenster herauskommst, verwandelst du dich in einen Adler. Nimm einen Glassplitter und verstecke ihn unter deiner Zunge, denn solange du diesen Splitter hast, kann dir das Schloß nicht mehr entfliehen. Suche dort deine Stimme – sie ist dein Ebenbild –, und umarme sie fest, dann wirst du sie befreien. Doch vergiß keinen Augenblick den Glassplitter. Der Meister wird die zerbrochene Fensterscheibe zusammenfügen, um sein Schloß im Nebel der Ewigkeit zu verbergen, aber solange der kleinste Splitter fehlt, kann er das Schloß nicht mehr gegen die Macht der Zeit schützen. Es wird nach sieben Nächten zerfallen. Die Stimmen werden ihre Fesseln los, sie werden aber bis zum Ende der Zeit umherirren, wenn sie sich mit ihren Ebenbildern nicht vereinigen können. Paß auf den Splitter auf! Der Meister wird alles tun, um sein Schloß zu retten.‹

Also gut, der Dämon küßte den Mann zwischen die Augen und ließ ihn als Adler in den Himmel steigen. Er schaute mit seiner Frau dem König der Vögel nach, bis er im blauen Himmel verschwand. Die Dämonin war noch in ihre Gedanken versunken, als ihr Geliebter sie in seine Arme nahm und auf die Lippen küßte. Zwei Klatschmohnblumen schossen in diesem Augenblick dort aus dem Boden, wo die Füße der Dämonin die Erde berührt hatten.

Jahrelang durchkämmte der Adler Erde, Himmel und Hölle nach dem Schloß. Während dieser Zeit suchte seine Frau verzweifelt nach ihm. Als sie alle Hoffnungen aufgeben wollte, tauchte plötzlich ein alter Mann mit einem langen, schneeweißen Bart in ihrem Hof auf. Die Pferde scheuten, die Hunde winselten, als fühlten sie ein heranrückendes Erdbeben.

›Willst du deinen Mann wiederhaben? Ich will keine Schlösser und kein Gold dafür‹, sprach der alte Mann, kämmte nachdenklich mit den Fingern seinen Bart und schaute Sahar mit feuerroten Augen an.

›Natürlich will ich meinen Mann haben, aber was willst du denn als Lohn, wenn du kein Gold und kein Schloß willst?‹

›Deine Stimme‹, sprach der alte Mann leise. ›Ich will deine Stimme haben, und du wirst nach sieben Nächten in seinen Armen liegen.‹

›Meine Sprache verkaufe ich nie! Scher dich fort!‹ schrie Sahar, obwohl die Sehnsucht nach ihrem Mann in ihrer Brust brannte.

›Ich komme wieder‹, erwiderte der Meister und ging mit langsamen Schritten hinaus.

Nach drei Monaten kam der alte Mann wieder, doch Sahar schickte ihn schweren Herzens weg.

›Ich komme nur noch ein drittes Mal. Überlege es dir genau!‹ sprach der Alte zornig und schlug die Tür hinter sich zu.

Sahar wartete und wartete, doch erst nach drei Jahren kam der alte Mann. ›Nun, hast du es dir genau überlegt?‹ fragte er, und ein Lächeln umspielte seine Lippen.

›Nimm sie. Ich will ihn haben!‹ sprach Sahar leise.

Der Meister warf seinen Umhang über sie, und als sie zu sich kam, konnte sie nicht mehr sprechen. Die Palastdiener erschraken, als sie die Herrin blaß aus ihrem Gemach kommen sahen, denn vor einer kurzen Weile hatten sie gesehen, wie ihr Ebenbild mit dem alten Mann langsam das Schloß verlassen und mit ihm in seine Kutsche gestiegen war.

Nun, der Adler suchte und suchte. Er kreiste über allen Tälern und Bergen der Erde, des Himmels und der Hölle. Eines Tages, als er seine Kreise über der Erde zog, sah er ein Schloß aus der Tiefe eines Tales aufsteigen. Kurz darauf erkannte er den Meister, der mit einer Frau ins Schloß eilte. Er wollte am liebsten die Augen des Meisters aushacken, doch er wußte, daß das Schloß dann auf der Stelle verschwinden würde. So kreiste er noch einmal und sah eine goldene Kuppel mit vier Fenstern. Ein rotes, ein grünes, ein blaues und ein schwarzes. Gott weiß, wofür die anderen drei Fenster waren«, sagte Mehdi, zog ein paarmal an der Wasserpfeife und übergab den Schlauch Junis.

»Blau für den Himmel, Rot für die Sünde, Schwarz für …« wollte Isam erklären.

»Du hast gehört«, erwiderte Musa, »er sagte, Gott

weiß, wofür. Bist du nun Gott oder was? Erzähle bitte weiter, vergiß keinen Buchstaben«, bat er Mehdi.

»Also gut, nach langer Suche fand der Adler das blaue Himmelsfenster, aber im selben Augenblick hörte er die Hilferufe seiner Frau hinter sich. Er wollte sich umdrehen, doch er erinnerte sich der Warnung des Dämons. Wie ein Pfeil stieß er mit all seiner Kraft dagegen. Das Glas splitterte. Der Adler nahm einen Splitter in seinen Schnabel und sprang durch das Fenster. Und dann geschah das, was der gütige Dämon ihm versprochen hatte: Er war wieder ein Mensch. Nun riß er ein Stück aus seinem Hemd, umwickelte den scharfen Splitter und schob ihn unter seine Zunge.

Zwei Zimmerreihen säumten einen unendlich langen Gang. Der Bauer lauschte und hörte im ersten Zimmer einen Gesang in fremder Sprache. Vorsichtig öffnete er die Tür, und da sah er über vierzig junge Leute, Männer und Frauen, in fremden Kleidern. Sie waren an der Wand angekettet, doch sie schienen frisch und munter zu sein, als wären sie gerade eben angekommen. Die Gefesselten nahmen ihn nicht zur Kenntnis, als könnten sie ihn nicht sehen. Der Bauer eilte nun von Tür zu Tür, öffnete sie und suchte sich selber unter den vielen Sängern und Erzählern. Vor der dreiunddreißigsten Tür hörte er dann seine eigene Stimme. Er stieß die Tür auf und sah sein Ebenbild an die Wand gefesselt. Mit der Kraft seiner Liebe zu seiner Stimme riß er die Fesseln aus der Wand

und umklammerte sein Ebenbild. ›Sahar!‹ rief er laut, und sein Herz flatterte wild vor Freude, wie ein Vogel, der gerade einem Käfig entfloh.

Es dauerte nicht lange, als er das wütende Gebrüll des Meisters auf dem Dach hörte, denn dieser versuchte verzweifelt, die zerbrochene Scheibe wieder zusammenzufügen. ›Ich rieche einen Menschen‹, hallte die Stimme des Meisters in den Gängen des Schlosses wider. Für einen Augenblick erfaßte den Bauern ein lähmender Schrekken, doch er rannte, so schnell er konnte, und sprang durch das Fenster wieder ins Freie. Ein großer Adler mit mächtigen Schwingen erhob sich in den Himmel. ›Ich kriege dich!‹ fluchte der Meister auf dem Dach seines Schlosses. Er verwandelte sich ebenfalls in einen Adler, doch der Bauer war schneller als er. Nun verwandelte sich der Meister in einen Wind und versuchte den Adler hinabzustürzen, doch der Adler war stärker als der Wind. Er flog unbeirrt zwei Tage und zwei Nächte. Sein Hunger zerriß seinen Magen. Da verwandelte sich der Meister in eine Taube, die hilflos vor dem Adler flatterte, doch der Adler flog weiter. Am dritten Tag dürstete der Adler so sehr, daß er für einen Tropfen Wasser alles in der Welt gegeben hätte, als er aber einen blauen See hinter den Bergen entdeckte, hatte er Angst um den Splitter unter seiner Zunge. Er flog weiter, und im Nu trocknete der See aus, denn er war niemand anderer als der Meister gewesen. Am späten Nachmittag des dritten Tages erreiche der Adler seinen Palast. Er flog durch die offene Tür seines Schlafzimmers, und da sah er Sahar auf dem Bett liegen. Doch im Augenblick, als sie ihn mit ihren toten Augen anschaute, wußte der Bauer, daß sie ihre Stimme für ihn hergegeben hatte. Sahar erkannte im Adler ihren Mann, denn es waren seine Augen, die sie all die Zeit vermißt hatte, doch sie konnte ihm kein Wort sagen.

›Komm mit mir, deine Stimme holen!‹ sprach der Adler mit der warmen Stimme, die Sahar immer liebte. Sie stieg auf seinen Rücken, und der Adler flog davon.

Nun, der Meister wußte, daß der Bauer zurückkommen würde. Er machte kehrt und wartete vor dem Ebenbild der Frau. Tag und Nacht wartete er, und am späten Nachmittag des sechsten Tages stiegen der Bauer und seine Frau durch das Himmelsfenster in das Schloß hinein. Sahar wünschte sich alle Worte der Welt, um ihrem Mann, der nun in Menschengestalt vor ihr stand, zu sagen, wie sehr sie ihn liebte. Sie konnte aber keine Silbe über die Lippen bringen. Ihr Mann flüsterte ihr ganz leise zu: ›Wir müssen zu deinem Ebenbild, und wenn du es siehst, blicke nicht zurück, sosehr ich auch schreie. Reiße es aus den Fesseln und renne hinaus. Hast du gehört, rette dich!‹ Er nahm Sahar in die Arme. Eine letzte Umarmung, dann gingen die zwei auf Zehenspitzen durch den Gang.

Als sie die Stimme Sahars vernahmen, stürmten sie ins

Zimmer. Da stand der Meister. Er war immer noch groß und stark, doch sein Gesicht war blaß, sein Haar stark ergraut. ›Gib mir den Splitter und nimm das Ebenbild deiner Frau!‹ sagte er mit röchelnder Stimme.

›Nie im Leben!‹ antwortete der Bauer und stürzte sich auf den Meister. Dieser verwandelte sich aber augenblicklich in eine Riesenschlange, die das Ebenbild Sahars umwickelte. Der Bauer packte sie am Kopf, und Sahar konnte ihre Stimme von ihren Fesseln befreien. ›Geh!‹ rief er und kämpfte mit der Schlange. Er hatte sie beinahe erwürgt, als sie sich in einen Skorpion verwandelte, der dem Bauern zwei giftige Stiche versetzte. Der Mann schrie vor Schmerz und trat auf den Skorpion, doch dieser verwandelte sich im Nu in einen Tiger, der über den Mann herfiel. Sahar rannte nur zwei Schritte hinaus, doch als sie die dumpfen Schläge hörte, kehrte sie zurück, nahm die Ketten, die auf dem Boden lagen, und schlug so lange auf den Tiger ein, bis er von ihrem blutenden Mann abließ. Der Bauer schaute Sahar erstaunt an und winkte ihr hastig zu, sie solle gehen, doch sie stand vor ihrem Mann und schlug weiter auf die blutende Bestie ein. Plötzlich aber verschwand der Tiger. Der Bauer spürte, daß der Tod langsam in seine Glieder kroch. Er zog Sahar an sich und küßte sie auf den Mund. Behutsam schob er den umwickelten Glassplitter in ihren Mund.

Sahar wußte nun, daß ihr geliebter Mann sterben mußte. Sie schrie laut und zog seinen Kopf fest an ihre Brust.

Der Meister, der sich in eine Windböe verwandelt hatte, merkte, daß der Splitter nun in Sahars Mund war. Er fühlte aber zugleich auch sein nahendes Ende und verwandelte sich in eine giftige Spinne. Plötzlich spürte Sahar einen Stich im Hals. Mit voller Kraft schlug sie auf die Stelle. Da fiel die Spinne tot zu Boden.

Sich umklammernd starben die zwei Liebenden. Aus den Trümmern des Schlosses entwichen in dieser Nacht tausendundeine Stimme. Manche fanden ihre Ebenbilder, und manche suchen bis heute noch nach ihnen. Aber genau um Mitternacht schossen aus den Trümmern des Schlosses zwei Sterne in den Himmel hinauf. Der eine glänzte wie ein Diamant, der andere war feuerrot.

Seit diesem Tag folgt der feuerrote Stern dem glänzenden Saharstern, und wenn sie aneinanderstoßen, dann fallen tausendundeine Perle in die offenen Münder der Muscheln. Die Vögel singen in solcher Nacht bis zu später Stunde sonderbare Lieder.‹

Das hat mir der Geselle meines Vaters erzählt, und als er diese Worte zu Ende sprach, fragte ich mit der Neugier eines Kindes: ›Und wie heißt der feuerrote Stern?‹

›Schafak‹, antwortete er.«

»Gott segne deinen Mund für diese Geschichte!« sagte der Minister als erster. Die anderen nickten.

»Aber was ist aus dem Gesellen geworden?« fragte der Friseur.

Mehdi hielt lange inne. »Ihr werdet es nicht glauben.

Eines Nachts hörte ich einen Freudenschrei. Ich wachte auf, zog den Vorhang und sah Schafak im Hof tanzen. Er tanzte mit ausgestreckter Hand, und auf seiner Handfläche glänzte eine Perle. Er drehte sich vor meinen Augen noch einmal im Kreis und schleuderte die Perle in den Himmel hinauf. Am nächsten Morgen erzählte ich es meiner Mutter, aber sie lachte mich aus und meinte, ich hätte es nur geträumt, doch von diesem Tag an war Schafak verschwunden.«

»Im Ernst?« vergewisserte sich der Minister, und Mehdi nickte schweigsam. Nur Salim lächelte seltsam.

»Wenn eine Fee aus mir jetzt einen Stern macht, dann werde ich Gähnstern heißen«, sagte Musa, gähnte laut und stand auf. Es war bereits nach Mitternacht.

»Bevor wir gehen«, erwiderte Isam und blieb sitzen, »sollten wir die Karten legen, um zu erfahren, wer der nächste Erzähler ist.«

»Ach ja, das stimmt«, murmelte der Schlosser wie ein Kind, das auf frischer Tat ertappt worden ist. Isam legte sechs Karten. »Ich möchte die letzte Karte heben, zieh du ruhig«, fauchte Ali den Emigranten Tuma an, der ihn vorschieben wollte. Junis, der Kaffeehausbesitzer, war derjenige, der ein As in die Finger bekam.

Wie Salim
wortlos einen Händler
überredete und die vorwurfsvollen
Augen eines Hammels nicht mehr ertrug.

Eine ruhigere Nacht hatte Salim seit langem nicht mehr erlebt. Der Schlaf vertrieb die Müdigkeit der letzten Monate aus seinen Knochen. Als er aufwachte, bemerkte er Afifa, die trotz der eisigen Kälte vor seinem Fenster stand. Sie lächelte verlegen. »Einen glücklichen Tag, Onkel! Willst du einen Kaffee mit uns trinken?« rief sie. Der alte Kutscher schüttelte lächelnd den Kopf und sprang munter aus dem Bett.

Kurz nach acht brachte ihm der Bäckerjunge sein Brot vorbei. Salim gab dem Jungen seit dem Tag, seit er die Rente bekam, jeden Tag einen Piaster.

Die Oliven schmeckten ihm mit dem warmen Fladenbrot und Tee an diesem Morgen besonders köstlich. Er dachte an die Geschichte des Lehrers und an Sahar und Schafak. Was ist aus dem Tischlergesellen geworden? Ist er der feuerrote Stern oder nur ein erzählender Handwerker? Mit dieser Frage im Kopf räumte er seinen kleinen Tisch ab, verschloß die Tür seines Zimmers, verwahrte den Schlüssel in seiner großen Tasche und eilte aus dem Haus.

Seine Gasse war zu dieser Stunde noch ruhig. Die Kinder waren längst in der Schule. Anders als im Sommer, wenn die Rufe der Gemüsehändler sich überschlagen, ging an diesem Wintertag hier ein einzelner Gemüsehändler mit seinem Karren an den Häusern vorbei. Ein elendes Häufchen Kartoffeln und ein paar Zwiebeln waren das einzige, was dieser Straßenhändler leise in die Höfe pries. »Drei Kilo für eine Lira!« bettelte er fast mit seiner weinerlichen Stimme. Der Hund des Konditors Nassif bellte wie an jedem Tag verzweifelt. Er war ein kleiner Köter mit einem großen Maul, der bei Sonnenaufgang anfing zu bellen, bis sein Besitzer, ein reicher Witwer, zurückkam. Mehrere Haushälterinnen verzweifelten. Auch die Nachbarn ärgerten sich dauernd über das Gejaule. Als der älteste Sohn Afifas, angestachelt von seiner Mutter, über die Mauer kletterte, den Hund in einen Sack steckte und ihn auf den fernen Feldern herausließ, kehrte der Köter zu seinem Besitzer zurück. Bis dahin wußte man in der Gasse, daß nur die Katzen zurückkehren. Hunde dagegen folgten, mit dem Schwanz wedelnd, demjenigen, der ihnen einen Knochen zuwarf. Doch dieser Köter, halb verhungert und ganz struppig, sprang in die offenen Arme des weinenden Konditors.

Die Säge des Tischlers Ismat unterbrach die Stille der Straße zwischen zwei Bell-Akkorden, gerade als Salim an Afifas Wache vor seinem Fenster dachte. Was hat sie da gesucht? Wollte sie spionieren, ob er im Schlaf reden

würde? Er schüttelte den Kopf, um sich von seinem Verdacht zu befreien.

Jede Straße hat ihr Gesicht, ihren Geruch und ihre Stimme. Die Abaragasse, in der Salim wohnte, hat ein erdfarbenes, altes Gesicht voller Furchen, Kinderkritzeleien und Geschichten. Die Fenster stehen jeden Morgen neugierig auf und warten auf jede Nachricht, jede Schwalbe und jeden Geruch. Die Gasse riecht auch im Winter nach Anis. Etwa in ihrer Mitte gibt es ein großes Lager für Anis, das zwei Brüdern gehört. Man erzählt die irrsinnigsten Geschichten über ihren Geiz. Es heißt, sie hätten sich zu gleicher Zeit in zwei Schwestern verliebt und sich darüber gefreut, daß die Hochzeit nur einen Pfarrer kosten würde. Es ging beinahe gut, bis eine der Frauen nach drei Monaten Verlobung gesagt haben soll: »Jeden Tag kommt ihr hierher und bleibt bis Mitternacht. Laßt uns einmal zusammen eine Kutsche mieten und eine Runde in Damaskus machen und dann im Hamidije-Basar ein Eis bei Bekdasch essen.« Die Brüder schauten sich entsetzt an und taumelten auf unsicheren Füßen ins Freie. Sie freuten sich ihr Leben lang dieser Rettung im letzten Augenblick vor zwei Verschwenderinnen und blieben Junggesellen. Man erzählte viele Geschichten über ihre Knauserigkeit, doch weder ihre Millionen noch der Spott der Nachbarn hat am Festklammern der zwei an jedem einzelnen Piaster etwas verändert. Im Gegenteil, je älter und reicher sie wurden, um so geiziger wurden sie.

An diesem Morgen erschien der jüngere Bruder auf dem Balkon und rief dem Kartoffelverkäufer zu: »Sind die Kartoffeln fest?« Der Verkäufer drehte sich nur kurz um und lächelte bitter. »Ich verkaufe nichts. Ich gehe hier nur spazieren«, rief er nach oben.

»Unverschämt. Die Leute sind übersättigt, und dann jammern sie auch noch, daß sie keine Geschäfte mehr machen!« empörte sich der Millionär.

»Ein gebranntes Kind«, dachte Salim und lächelte bitter. Tatsächlich kannte der Verkäufer die beiden Brüder viel zu gut. Nur ein Neuling konnte auf die höfliche Frage hereinfallen. Sobald er mit seinem Gemüsekarren nämlich bis zur Tür kam, stürzten sich die zwei auf seine Ware. Nach einer Stunde war der Verkäufer ausgelaugt und sein Gemüse angenagt. Die zwei hatten todsichere Methoden, wie sie sich mit vollen Bäuchen aus dem Geschäft zurückziehen konnten. Sie knabberten an etwas und sagten dann entsetzt: »Also hör mal, willst du uns für dumm verkaufen? Dieser halbgefressene Salatkopf soll eine Lira kosten?« Sie scheuten sich auch nicht, ungewaschenen Blumenkohl, Salatblätter und Karotten zu verdrücken.

Die geizigen Brüder lebten zurückgezogen, als gehörten sie nicht zur Gasse. Ein alter Mann mit krummen Beinen siebte für sie in großen Drahtsieben von morgens bis abends den Anis und füllte ihn in große Säcke aus Jute. Salim kannte den Mann seit über fünfzig Jahren. Er

redete nie, kam jeden Morgen und verschwand im Anis-
staub. Doch Salim merkte mit der Zeit, daß der Mann
immer kleiner wurde. Seine Beine krümmten sich mit
den Jahren, und sein Gesicht bekam die graugrüne Farbe
der Aniskörner.

Einen anderen Geruch hat die Gerade Straße, in die die
Abaragasse mündet. Schon bei der Kreuzung schlägt einem der etwas muffige Geruch der Kneipe entgegen. Es
riecht nach Pferden und nach Schweiß, und gäbe es den
Obsthändler Karim nicht, so wäre der Gestank unerträglich. Doch Karim hatte vielleicht die besten Früchte der
Welt. Sie waren immer etwas teurer als die der anderen
Obsthändler, dafür sahen sie schön aus und dufteten sehr
angenehm. Früchte ißt man zuerst mit den Augen, dann
mit der Nase und an letzter Stelle mit dem Mund. Karim
gab etwas an, wenn er seine Früchte pries: »Jedes Obst,
das du nicht aus fünf Metern Entfernung riechen kannst,
bekommst du umsonst!« Doch unbestritten wehten die
Duftfahnen weiter als nur um die Ecke. Karim stellte
seine Obstkisten in zwei Reihen am Eingang seines La-
dens auf. Wie zwei Reihen lustiger, bunter Zähne in einem großen Mund sah das aus.

Die Läden der Geraden Straße verliehen ihr das Ant-
litz eines Wesens mit großem Mund und bunten Zähnen
aus Süßigkeitskästen und Nußgläsern, die prall und ver-
lockend glänzten. Wen wundert es, daß dieser große
Schlund der Geraden Straße keinem Passanten Angst

einjagte. Wie die alten reichen Damaszener ihre Münder mit Goldzähnen schmückten, so schmückte sich diese schon von den Römern gebaute Straße seit uralten Zeiten mit Teppichen, Nüssen, Kupferkesseln und gedrechseltem Holz.

Salim schloß seine Augen und ging sehr langsam, mit seinen Ohren und seiner Nase die Straße erkundend. Hinter der Kreuzung hörte er die süßliche Stimme des Getränkeverkäufers. »Willkommen«, lud er jeden Passanten ein. Salim fragte sich, ob er geahnt hätte, daß der Mann so dick wäre, wenn er nur nach der hohen Stimme hätte urteilen sollen. Einen Schritt weiter war es ganz still, und es roch eigenartig. Ja, das war die Apotheke. Salim lächelte und hörte in dem Augenblick die Stimme des Schuhputzers Hassan: »Schuhputzeeen gefällig? ›Fröhlicher Tau‹, hier bin ich! Schuhputzeeen!«

Salim erinnerte sich an Hassan, diesen einäugigen Bauern, der jahrzehntelang mit seinen zehn Damaszener Ziegen, einer besonders friedlichen Ziegenart mit weichem, rotem Haar und großen, prallen Eutern, in der Morgendämmerung durch die Straßen Damaskus' gezogen war und warme, frische Milch verkaufte. Vor einem Jahr hatte die Regierung dies verboten, da die Milch angeblich unhygienisch sei und das Straßenbild Damaskus' durch die Ziegen geschädigt würde. Der Bauer blieb stur und kam trotz der Mahnungen der Polizei immer wieder, bis die Ziegen beschlagnahmt wurden.

Hassan trug bei den Trauerzügen Blumenkränze vor den Särgen her, oder er half dem Blumenverkäufer Nuri bei Hochzeiten und brachte die prächtigen Blumensträuße zu den Feiernden. Wenn aber niemand sterben oder heiraten wollte, schlug Hassan die Zeit mit Schuhputzen tot. Er war sicher, daß seine Ziegen eines Tages aus der Gefangenschaft ausbrechen und hierherkommen würden, wo er mit ihnen nach drei Straßenzügen täglich eine kleine Pause eingelegt und seine Lieblinge gefüttert hatte.

Ob Hassan die Blumensträuße trug oder Schuhe putzte, immer rief er laut nach seinen Ziegen. Nur bei den Trauerzügen murmelte er ihre Namen leise. Die Leute lachten ihn aus, doch Hassan glaubte felsenfest daran, daß seine zehn Ziegen kommen würden. Manchmal konnte er sein Mittagessen vergessen, aber noch nie hatte er eine Ziege mit der anderen verwechselt. »Nein, ›Fröhlicher Tau‹ hatte einen weißen, runden Fleck zwischen den Augen und keinen schwarzen Punkt auf dem linken Ohr wie ihre Zwillingsschwester ›Frische Brise‹«, antwortete er zornig, wenn die Leute ihn aufzogen und die Namen seiner Ziegen durcheinanderbrachten. »Schuhputzeeen, Salim, mein Lieber, sei gegrüßt! ›Silberner Mond‹, hier bin ich! Schuhputzeeen!« rief er wieder laut.

Salim berührte die Schulter des Schuhputzers und machte einen kleinen Bogen um den penetrant riechen-

den Schuhputzkasten. Einen Schritt weiter hörte er die Geräusche der Intarsienwerkstatt, wo feine Einlegearbeiten in Holz gefertigt werden. Salim befürchtete, jeden Moment über die in der winterlichen Sonne trocknenden Kästen der Intarsienhandwerker zu stolpern, und setzte vorsichtig seine Schritte fort. So strauchelte er um so mehr, als er in eine tiefe, schlammige Mulde trat. Heftig schlug er mit den Armen, um sein Gleichgewicht zu halten, und traf einen ihm zu Hilfe eilenden Handwerker auf die Nase. Dem traten die Tränen in die Augen, und Salim konnte ihn nur verlegen anlächeln.

Statt sich wegen seines leichtsinnigen Spiels zu schämen, verfluchte er in seinem Herzen den Staatspräsidenten, den er für alle Pfützen der alten Stadt verantwortlich machte. Nun setzte Salim seinen Spaziergang mit offenen Augen und nassem rechten Fuß fort.

Aus den Läden der Kupferschmiede tönte das Geräusch der kleinen Meißel, als plauderten sie mit den blanken Kupferblechen. Die Meißel hinterließen in den Kupferkannen und Töpfen ihre Spuren und blieben selber blank, als beeindruckte sie das blecherne Kupfergeschwätz nicht. Salim hielt bei einem der kleinsten Schuppen, dessen Besitzer er gut kannte. Der Mann, ein untersetzter Fünfzigjähriger, erkannte den alten Kutscher. Er ließ das Blech, das er gerade bearbeitete, ruhen und eilte zu ihm. »Onkel Salim, was für eine Geschichte ist das? Junis hat sie mir erzählt. Bei der Gesundheit meiner

Kinder, ich habe mir wirklich Sorgen um dich gemacht. Komm herein. Gib mir die Ehre und komm auf einen Kaffee zu mir.«

Salim begleitete den Mann, der einen Lehrling sofort zum nahen Café schickte, um dem alten Kutscher einen Mokka zu bringen.

In dem kleinen Laden roch es nach Teer und verbranntem Stoff. Der Kupferschmied bemerkte den Mißmut darüber auf dem Gesicht des alten Kutschers. »Gott war mir gnädig. Der Lehrling wollte den Teerteig etwas anwärmen, um die Kupferbleche bei der Bearbeitung vorm Zerbeulen zu schützen, da fing der Vorhang Feuer. Ich saß mit dem Rücken zur Werkstatt und habe nichts gerochen. Ich bin seit Tagen erkältet. Doch Gott hat mich und das Brot meiner Kinder geschützt, wahrscheinlich, weil ich dieses Waisenkind als Lehrling aufgenommen habe. Was ist das für eine Zeit?« fragte der Handwerker leise, faßte den alten Kutscher am Ärmel und schaute um sich. »Hast du von der Cholera gehört? Dir kann ich es ja sagen. Ich habe es von meinem Vetter erfahren. Er kam gerade aus dem Norden. Onkel, was ist das für eine Regierung, die ihrem Volk die Cholera verschweigt? Und warum? Damit die Touristen nicht erschreckt werden. Bei Gott, ich bin kein Angsthase, mir ist es auch egal. Ich habe genug gelebt, aber meine sechs Kinder! Die armen Kinder. Sie dürfen seit Wochen nichts mehr auf der Straße naschen, und alles, was wir essen, wird mit

heißem Wasser und Permanganat gewaschen. Vielleicht
übertreibe ich. Glaubst du, daß wir die Cholera haben?«

Salim zuckte die Achseln und nahm den Kaffee entgegen, den der Lehrling höflich servierte.

Der alte Kutscher schlürfte laut und genüßlich seinen
Mokka, stellte die Tasse auf den kleinen Tisch, zeigte auf
einen prächtigen, runden Kupferteller und machte mit
Daumen und Zeigefinger die Geste des Geldzählens, um
zu fragen, wieviel er kostete.

»Nimm ihn umsonst. Ich schenke ihn dir!« beteuerte
der Mann.

Salim hob seine buschigen Augenbrauen auf die Art,
wie die Damaszener am bequemsten nein sagen. Man
erzählt, daß nur die Damaszener diese besondere Faul-
heit fertigbringen, nein zu sagen, ohne ihren Kopf zu bewegen. Die tüchtigsten unter den Arabern sagen:
»Nein.« Die etwas Bequemeren heben den Kopf und
schnalzen mit der Zunge. Die faulsten aller Damaszener
heben lautlos nur die Augenbrauen. Salim blieb sein ganzes Leben lang dabei.

Der Kupferschmied lachte vergnügt. »Du magst doch
Geschichten, nicht wahr?« Und da er die Sucht des Kutschers kannte, setzte er, ohne auf eine Antwort zu warten, fort: »Du weißt doch, da wohnt im Nachbarhaus ein
Engländer, der im Museum arbeitet. Mister John heißt
er. Er hatte so eine große Angst um seine schöne Frau,

daß er sie im Haus einsperrte, wenn er wegging. Die Frauen in unserem Viertel mochten sie und luden sie immer wieder zum Kaffee ein, doch sie saß nur traurig und einsam am Fenster und lächelte. Ihr Mann befürchtete, daß seine Frau abhauen würde. Vor einem Monat mußte er nach Palmyra fahren. Sie haben dort wieder Schätze der Königin Zenobia gefunden. Du weißt schon, die wunderschöne Königin der Wüste, die den Römern die Stirn bot.

Wenn Mister John für längere Zeit verreiste, nahm er seine Frau immer mit, doch nach Palmyra wollte er sie nicht mitnehmen. Dort gab es ein Hotel mit dem Namen Hotel Zenobia. Aber der Engländer hatte Angst vor den Legenden, die dieses Hotel umhüllten. Seine Gründerin war eine Französin. Sie hieß Madame d'Andurian. Sie war klug und reich und verliebte sich in die Wüste, in die Beduinen und ihre arabischen Pferde. Madame kam also nach Palmyra und ließ dieses Hotel bauen. In ihren Stallungen hielt sie die edelsten arabischen Pferde. Madame d'Andurian war sehr großzügig und gab oft große Empfänge. Man erzählte, es waren wüste Orgien. Ihr Charme und ihre Großzügigkeit sprachen sich schnell herum, und so verkehrten die Gouverneure, Politiker, Generäle und Diplomaten in Palmyra und ließen sich von Madame d'Andurian verwöhnen, diese Wüstlinge. Madame wurde nicht nur bewundert. Sie wurde auch gehaßt. Mit der Zeit begleitete ihren Namen die Aura des Verruchten. Sie

wurde auch von manchen, nicht ohne Neid, die Zauberin der Wüste genannt.

Eines Tages wurde ihr Mann in einer Scheune ermordet aufgefunden. Weißt du, damals führten die Engländer und Franzosen im Orient heimliche Agentenkriege gegeneinander, weil sie um dessen Schätze kämpften. Bei diesen grausamen Auseinandersetzungen fielen Agenten und Unschuldige sehr leise. Du weißt doch von der unvergeßlichen und wunderschönen Sängerin Asmahan. Sie wurde ermordet, weil sie zuviel wußte oder ihren Auftrag nicht ausführte. Wie dem auch sei, man munkelte, daß der englische Geheimdienst den Mann von Madame d'Andurian ermorden ließ, weil dieser als Agent für Frankreich an einer wichtigen Stelle tätig war. Die Engländer aber ließen Gerüchte verbreiten, ein Beduine und Liebhaber der französischen Dame hätte auf ihre Anweisung ihren Mann umgebracht. Nun mieden die bekannten Persönlichkeiten das Hotel, und Madame erstickte in der Einsamkeit. Sie, die umschwärmte Abenteurerin, saß nun allein mitten im Sand. Sie hielt es nicht lange aus. Eines Tages kaufte sie einen Fischkutter und fuhr damit über die Meere der Erde, bis eine Meuterei an Bord ausbrach, und Madame, die nun sehr alt war und jede Beweglichkeit ihrer Zunge verloren hatte, stellte sich stur und stürmte allein, mit einer kleinen Pistole in der Hand, auf die Meuterer los. Die Seeleute warfen sie ins Meer, und man erzählt, daß sie mit lauter Stimme rief:

›Zenobia! Zenobia!‹, bis sie von den Wellen des Meeres verschlungen wurde.

Nun, Mister John kannte die Geschichte der Königin Zenobia, der man auch nachsagt, daß sie ihren Mann, den König Odaenathus umbringen ließ, um selbst die Herrschaft zu übernehmen. Als braver Engländer glaubte er wohl, daß die Beduinen den Ehemann der Madame d'Andurian umgebracht hätten. Er bekam Angst um sich, wenn er seine schöne Frau mitnehmen wollte. Seine Angst vor den Beduinen übertraf noch sein Mißtrauen vor den Damaszenern, und so beschloß er, seine Frau in Damaskus zurückzulassen. Er belog sie und erzählte, in Palmyra gäbe es kein Hotel. Er und seine Mitarbeiter müßten sich mit Zelten begnügen und auf dem harten Boden schlafen. Mister John kaufte für seine Frau Proviant für eine Woche. So lange wollte er wegbleiben. Er ermahnte sie, nie mit Arabern zu reden, und sie antwortete: ›Yes, yes. No, no‹, wie die Engländer antworten.

Die Frauen der Umgebung hatten aber heimlich einen Schlüssel für die Tür des Engländers anfertigen lassen. Sie nahmen die Frau in ihre Mitte und zupften ihr die Härchen an den Beinen aus, wie das unsere Frauen eben so machen. Dann feierten sie mit der Engländerin. Sie brachten ihr nicht nur den orientalischen Tanz bei, sondern sie erzählten ihr auch, wie sie mit ihrer List die Männer reinlegen. Onkel, was in diesen Kreisen über uns Männer geredet wird, läßt einem die Haare grau werden!

Nach einer Woche kam der Engländer zurück und traf seine Frau ziemlich verändert. Sie war frech und freudig. Sie zeigte ihm ihre Beine und lachte über sein blasses Gesicht.

›Hast du mit den Arabern gesprochen?‹ fragte Mister John voller Sorge. Die Frau hob nur wortlos ihre Augenbrauen.«

Salim lachte vergnügt und erschreckte den Handwerker mit seinem lautlosen Lachen.

»Sagen wir zwanzig Liras«, sagte der Kupferschmied beiläufig. »Die Händler im Hamidije-Basar verkaufen denselben Teller für fünfzig. Sie kaufen ihn bei mir.«

Salim nahm noch einen Schluck, stellte die Tasse auf den kleinen Tisch und zeigte dem Handwerker mit den Fingern, daß er nur zehn Liras dafür gäbe.

»Onkel, das ist zuwenig, lieber schenke ich ihn dir. Ein Tag Arbeit steckt in diesem Teller. Schaue dir doch das Gesicht der Frau hier an. Es spricht ja beinah. Diese Damaszener Rosen, weißt du, wieviel Arbeit in jedem Blatt steckt?«

Salim nickte und zeigte elf Liras.

»Das ist Kupfer aus Amerika. Ich zahle zweimal soviel wie die anderen für ihre billigen Bleche, die nach einer Woche blau und grün anlaufen. Hier hast du etwas fürs Leben für fünfzehn Liras, mein letztes Wort.«

Salim hob die Augenbrauen, zeigte hartnäckig elf und stand auf. Er wollte gehen.

»Nein, ich will nicht, daß du mit leeren Händen hinausgehst. Gib dreizehn Liras her«, und ohne auf die Antwort des Kutschers zu warten, rief er in die Werkstatt hinein: »Ismail, komm, wickle den schönen Teller für Onkel Salim ein!«

Salim holte seinen Geldbeutel heraus und händigte dem Handwerker zwölf Liras aus, die er einzeln zwischen den Fingern rieb, bevor er sie hergab, als hätte er Angst, daß das Rentengeld der Regierung zu schnell aus seiner Tasche entfliehen wollte.

»Mabruk, gesegnet sei der Tee, den du mit diesem Teller servierst«, sprach der Lehrling und übergab Salim den eingepackten Teller. Der Kutscher lächelte und drückte ihm zwei Piaster in seine Hand. Dann drehte er sich um, zeigte auf die leere Tasse und nickte zum Dank für den Kaffee. Er war sichtlich froh über seinen Handel. Seinem alten Teetablett hatte der Zahn der Zeit jede Farbe weggeknabbert.

Die Straße wurde immer enger, und die Warnrufe der Lastenträger ertönten immer häufiger. »Vorsicht, mein Herr, mach Platz! Vorsicht, mach den Weg frei! Vorsicht, meine Dame!« riefen sie und schlängelten sich mühselig mit ihrer sperrigen Ladung durch das Meer der Passanten, das immer dichter wurde, je näher Salim dem Gewürzmarkt kam. Auch für den alten Kutscher wurde es anstrengend, durch das Geklingele der Fahrräder, die Hupen der Karren und die Rufe der Verkäufer, Lasten-

träger und Bettler zu finden, und obwohl es ziemlich kalt war, fing er an zu schwitzen.

Als Salim den Gewürzmarkt erreichte, legte er eine kleine Pause in einem winzigen Café ein. Die Tische hatten gerade Platz für eine Tasse Kaffee, ein Glas Wasser und einen Aschenbecher. Mehr nicht. Nur ein Mann mit grauen Haaren und Stoppelbart saß da. Er schien mit dem Cafébesitzer befreundet zu sein. Das vertrauliche Gespräch erstarb, als Salim eintrat. Der alte Kutscher vernahm noch das Wort »Mazzeh« – das ist das Gefängnis für »Politische«. »Heute ist es kälter als gestern«, wiederholte der Wirt von Zeit zu Zeit und ließ bedächtig die Bernsteinkugeln seines Rosenkranzes durch die Finger gleiten.

Salim trank langsam seinen Kaffee und schaute sich durch das beschlagene Fenster die eiligen Passanten an, die zum Markt wollten. Ein altes Pferd hielt vor dem Café an. Trotz der Kälte triefte das Pferd von Schweiß. Es schnaubte laut und zog hilflos am schweren Karren. Das Rad war aber in einer tiefen Pfütze hängengeblieben. Der junge Fuhrmann fluchte und peitschte erbarmungslos sein Pferd. Salim schüttelte den Kopf und war erst erleichtert, als ein paar Passanten dem mit prallen Säcken beladenen Karren aus der Pfütze geholfen hatten.

Als Salim das Café verließ, schlug ihm eine Duftwolke aus dem Gewürzmarkt entgegen. Kreuzkümmel, Karda-

mom und Koriander triumphierten aufdringlich über alle
anderen Gewürze, doch immer wieder meldete sich Thymian aus den Bergen Syriens mit nicht überhörbarer
Sturheit und tiefer Stimme. Der Zimt flüsterte süßlich
und verführerisch zwischendurch, wenn die Herrscher
der Gewürze nicht aufpaßten. Nur die Safranblüten verließen sich stumm auf die Verlockung ihrer leuchtend-
gelben Farbe.

Lügen und Gewürze sind Geschwister. Die Lüge
macht jedes fade Geschehen zum würzigen Gericht. Die
Wahrheit und nichts als die Wahrheit wollen nur Richter
hören. Aber genau wie die Würze soll die Lüge das Geschehen abrunden. »Nicht zuwenig, aber auch nicht zuviel macht dessen Genuß köstlich«, dachte Salim, als er
an der Tür des Dampfbades kurz anhielt und die bis zur
Decke gefüllten Regale der Gewürzläden anschaute.

Salim hatte seit Jahren kein Dampfbad mehr genommen. Er badete jeden Samstag in seiner Küche in einer
uralten Blechschüssel. Er war erst ein paar Schritte hin-
eingegangen, als ein nur mit einem Tuch bekleideter junger Mann ihn anrempelte. Der Mann kreischte – er war
auf der Flucht vor einem anderen, der ihn mit einem
Eimer kalten Wassers verfolgte. Es gab ein großes Ge-
dränge von Armeeleuten, die alle Bänke im Teeraum be-
legten. Salim erkannte sie an ihren kurzgeschorenen
Haaren. Schweißgeruch erfüllte den Raum und stieß ihn
zurück. Die Männer schienen den Gang ins Dampfbad

zum ersten Mal zu machen, und sie lärmten wie auf einem Jahrmarkt. Hin war die Ruhe, die jeder Kenner des Dampfbades schätzt. Salim hörte die Leute nach Handtüchern schreien. Das hatte er in all den Jahren nie gehört, denn die Badediener sorgen schon beim Ausziehen ihrer Gäste für mehr als genügend Handtücher. »Das müssen Soldaten oder junge Offiziere sein«, dachte er und eilte hinaus, gerade als sich die zwei jungen Männer, die sich vorhin verfolgt hatten, nun vor dem Springbrunnen zur Belustigung ihrer Kameraden und unter ihrem Beifall miteinander auf dem Boden balgten.

Salim fühlte plötzlich Hunger. Nicht weit vom Bad boten zwei kleine Buden ihre Kebabspieße, Innereien, gekochte Zungen und gebratene Leber feil. Sie luden die Passanten laut und aufdringlich ein: »Komm näher und probiere, bevor ich ausverkaufe!« rief der eine. »Bei mir brauchst du keine Zähne! Das zarte Fleisch schmilzt von allein auf deiner Zunge!« konterte der andere. Viele Passanten, deren Magensäfte durch den Gewürzmarkt angeregt worden waren, ließen sich zu einem Versuch verleiten. Salim hörte den lauten Angeboten zu und entschied sich für denjenigen, der versprach, daß seine Kebabspieße mit viel frischer Petersilie besser schmecken würden. Mit drei Spießen für eine Lira wollte Salim sich verwöhnen. Er konnte aber nur den ersten Spieß genießen. Tatsächlich hatte der Verkäufer nicht übertrieben. Die frische Petersilie machte den Geschmack köstlich,

doch im Laden standen zwei gekochte Hammelköpfe auf dem Tisch. Der rechte biß auf ein Bündel Petersilie. Seine Zunge hing ihm sonderbar schief aus dem Maul. Der andere grinste Salim an und zeigte ihm sein kräftiges Gebiß. Salim drehte sich mit seinem Teller um und blickte zu Boden, aber dort war ein dritter Hammelkopf, unter der Metzgerbank, mitten im Dreck. Er war noch nicht gekocht und schaute Salim mit großen, vorwurfsvollen Augen und hängender Zunge an. Salim nahm die zwei Spieße auf ein Stück Fladenbrot und eilte hinaus, weil er einen unerträglich brennenden Druck in seinem Magen fühlte. Erst die frische Luft kühlte ihm seinen Kopf. Salim hockte sich vor einen Gewürzladen und verzehrte eilig das Brot mit den Spießen. Sie schmeckten ihm aber nicht mehr.

Nach dem Essen machte er sich auf den Weg durch den Goldschmiedemarkt zur Omaijaden-Moschee.

Eine eigenartige Ruhe strahlte die große Halle der Moschee aus. Die Leute gingen, in sich versunken oder vor sich hin betend, lautlos auf dem mit schweren Perserteppichen bedeckten Boden. Oder sie saßen in Gruppen um einen älteren Gelehrten und unterhielten sich. Andere schliefen oder stierten unentwegt auf einen Punkt in der hohen Kuppel, auf ein Ornament an der Wand oder in der Luft.

Salim schmerzten die Beine, und das fette Fleisch lag ihm schwer im Magen. Er streckte sich auf dem Teppich

aus und dachte nach, weshalb er in letzter Zeit diese Leere
im Kopf verspürte. Er hatte seine Gedanken noch nie so
schwer zu Ende führen können wie in den vergangenen
Monaten. Wahrscheinlich, weil er mit niemandem mehr
reden konnte, wurden seine Gedanken immer ver-
schwommener. Die eigene Zunge ist also, was dem Töpfer
die Hände sind, die den Ton zu nützlichen und schönen
Gefäßen formen. Salim lächelte über seine komischen
Erkenntnisse, daß er nur redend klar denken konnte. Bei
diesem Gedanken sah er seine Frau um die Ecke kommen.
Er wunderte sich darüber und rieb sich die Augen. Zaide
kam lächelnd im blauen, samtenen Kleid auf ihn zu. Ihre
feinen Finger hatten die rote Farbe des Henna. Ihr Haar
war grau, doch es schimmerte etwas rötlich. Sie lachte ihn
an. »Was machst du hier, mein Salim, Zipfel meines Herzens? Warum schläfst du hier?«

»Meine Beine schmerzten ein wenig. Ich bin auch
nicht mehr der Jüngste. Früher habe ich die Strecke von
der Gasse bis zur Moschee in einer Stunde zurückgelegt.
Heute brauche ich drei Stunden.«

»Du bist eben eine Schildkröte geworden, mein Salim,
und wie sie wirst du hundert Jahre leben. Habe ich dir das
noch nicht erzählt? Der Todesengel fragte mich, als du
einmal sehr krank warst. ›Na, Alte‹, rief der Schnitter
aller Seelen, ›bald nehme ich ihn mit, und du suchst dir
einen anderen.‹ Ich aber verhandelte so lange mit ihm, bis
er zehn Jahre aus meinem langen Leben dir schenkte. Er

nannte mich eine Verrückte und eilte zum Goldschmied Abdullah. Hatte ich es dir am nächsten Morgen nicht gesagt, daß Abdullah in der Nacht gestorben war? Du hattest über mich gelacht. ›Abdullah? Du spinnst, an dem wird der Todesengel noch brotlos werden. Er hat sieben Seelen, wie die Katzen.‹ Hattest du das nicht gesagt? Und was war am nächsten Tag? Abdullah lag tot in seinem Bett. Seine Witwe lebt immer noch vergnügt. Viele Frauen überleben ihre Männer, weil sie das Leben nicht so idiotisch ernst nehmen wie ihre Männer. Ich aber wollte eher sterben. Ich fand es immer langweilig ohne dich, und Langeweile konnte ich nie ausstehen. Das ist alles. Schau mich nicht so entsetzt an. Ich weiß, ich weiß, du hast mich jede Sekunde wahnsinnig geliebt. Ich aber fand das Leben mit dir sehr anstrengend, doch nie langweilig. Ist das nicht genug Liebe? Was hast du aber hier für ein schönes Tablett?«

»Ich habe es heute gekauft. Unseres ist viel zu alt geworden.« Gerade hatte Salim diese Worte gesprochen, als Afifa und zwei andere Frauen in die Moschee hereinkamen.

»Gib her, ich koche den Gästen einen Kaffee!« rief Zaide, aber Salim brüllte: »Nein, nicht für Afifa!« Zaide riß ihm den Teller aus der Hand.

Salim wachte erschrocken auf. Er griff um sich. Sein Teller war verschwunden. Er schaute hinüber zum Kreis um den Gelehrten. Sie debattierten immer noch leise,

aber etwas aufgeregter. Aha, sie streiten um die Beute. Sie sitzen so friedlich herum, bis einem die Augen zufallen, und dann greifen sie zu. Von wegen ein Gelehrter und seine Schüler! Das ist ein Bandenchef und seine vierzig Räuber.

Salim sprang auf und eilte hastig hinaus. Wie lange hatte er geschlafen? Wo war nun sein Teller? Im Hof der Moschee angekommen, sah er ein paar Jugendliche, die in einer fernen Ecke im Kreis saßen. Zwei Moscheediener fegten den glänzend sauberen Gang mit großen Palmzweigen. Salim trottete hinter ihnen her. Doch die Jugendlichen hatten keinen Teller bei sich. Salim versuchte, sie danach mit den Händen zu fragen, doch die jungen Männer kicherten nur.

Wütend verließ Salim die Moschee und eilte nach Hause. In seinem Kopf mischten sich seine Selbstvorwürfe mit seinem Groll gegen die ganze diebische Welt, die ausgerechnet seinen Teller auserwählt hatte. Salim war nie fromm gewesen, doch in seiner Wut fand er es auf einmal unverschämt, im Hause Gottes einen Diebstahl zu begehen. Seine Gedanken wurden immer düsterer und stanken stark nach brennendem Teer, obwohl er gerade den Gewürzmarkt überquerte.

»Onkel, he, Onkel!« hörte er plötzlich jemanden rufen. Er drehte sich um. Ein Junge winkte in der Nähe des winzigen Cafés. Er hob den Teller hoch, und Salim schaute ihn fast atemlos an.

»Onkel, du bist plötzlich verschwunden. Das gehört doch dir, oder?« fragte der Junge, der angerannt kam und nach Luft schnappte.

Salim nickte und hielt den Jungen mit dem pockennarbigen Gesicht an der Hand fest, bis er eine Lira aus der Tasche herausnesteln konnte. Er händigte dem Laufburschen die Münze aus.

»Eine ganze Lira! O Himmel!« rief der Junge und tanzte glücklich auf der Stelle. Eine Lira verdiente ein Laufbursche im Café in einer Woche, das wußte Salim wohl. Er schämte sich über seine Verdächtigungen dem Gelehrten gegenüber. Aber Salim konnte sich nie für eine längere Zeit schämen. Alsbald war er nur noch stolz auf den Tee, den er abends auf dem nagelneuen Teller servieren würde. Sein Stolz war die beste Dusche für seine Schuldgefühle.

Salim eilte nach Hause, den alten Basar hinter sich lassend, und als er am späten Nachmittag die Tür seines Zimmers öffnete, hörte er die Altstadt nur noch als fernes Raunen, das geschwätzig, bunt und dauerhaft verwoben war wie ein orientalischer Teppich.

7

*Wie
einer nach
einem Traum hungerte
und die anderen damit satt machte.*

Viel wußten die Leute nicht über Junis, obwohl er über dreißig Jahre lang das Kaffeehaus nahe beim Thomastor führte. Die Leute schwärmten von seinem jemenitischen Kaffee, von seinem libanesischen Arrak, von seinen ägyptischen Bohnen und seinem Pfeifentabak aus Latakia, doch kaum einer wußte, woher Junis kam.

Mitte der dreißiger Jahre kaufte er eine heruntergekommene Spelunke und erweiterte sie zu einem Kaffeehaus. Er sparte mit nichts, um daraus das schönste Lokal im christlichen Viertel zu machen. Er hatte aber Pech. Gerade hatte er eröffnet, als das große Kaffeehaus ausbrannte. Die Schulden verschlangen zehn Jahre seines Lebens, bis er wieder dort stand, wo er vor dem Brand gestanden hatte.

Junis war oft mürrisch und fast immer schlecht gelaunt. Man erzählte, er wäre früher lustiger als jeder Clown gewesen, doch wenn man ihn fragte, wo seine gute Laune geblieben wäre, antwortete er trocken: »Verbrannt!«

Neben seiner schlechten Laune, der vorzüglichen Wasserpfeife und dem jemenitischen Mokka machten ihn seine gekochten Saubohnen im ganzen Viertel bekannt. Er war bei allen Dingen knauserig, doch mit den Saubohnen war er großzügig. Für ein paar Piaster bekam man einen herrlichen Teller dieses deftigen und schwerverdaulichen Gerichtes. Wer von dem ersten Teller nicht satt wurde, brauchte nur zur Theke zu gehen, die Hand mit dem leeren Teller auszustrecken und »korrigiere« zu flüstern. Der Meister gab, ohne mit der Wimper zu zucken, eine zweite oder sogar eine dritte Portion kostenlos. Eine vierte »Korrektur« hätten nur Elefanten verdrücken können. Das Wort »korrigiere« hatte in keinem Restaurant von Damaskus, ja, wahrscheinlich der ganzen Welt, diese Bedeutung. Nur bei Junis hatte es ein Zuhause.

Essen gab es bei Junis täglich nur bis zum frühen Nachmittag. Dann begann die Zeit der Wasserpfeifen und des Tees, und wenn die Sonne unterging, so war die Nacht für die Erzähler reserviert. Nacht für Nacht stieg der Hakawati auf einen hohen Sitz und unterhielt die Gäste mit spannenden Liebes- und Abenteuergeschichten. Die Hakawatis mußten oft gegen den Lärm ankämpfen, denn die Zuhörer redeten und kommentierten die Geschichten mit Zwischenrufen, stritten und verlangten manchmal sogar, daß der Hakawati einen Abschnitt, der ihnen gefiel, wiederholte. Je spannender aber die Geschichte wurde, um so leiser erzählte der Hakawati. Die Zuhörer mahnten sich gegenseitig zur Ruhe, damit sie der Geschichte folgen konnten. Erreichte seine Erzählung den spannendsten Punkt, so etwa, wenn der Held zu seiner Geliebten hochkletterte und mit den Fingerspitzen an ihrem Balkon hing, kam ein Wächter oder der Vater vorbei. Hier unterbrach der Hakawati seine Geschichte und versprach, die Fortsetzung am nächsten Abend zu erzählen. Das mußten die Hakawatis tun, damit die Gäste zu Junis und nicht zu seinen vielen Konkurrenten gingen. Die Zuhörer waren manchmal so aufgeregt und scharten sich um den Hakawati, boten ihm eine Wasserpfeife oder Tee an und baten ihn leise darum, ihnen zu verraten, wie die Geschichte weiterginge. Doch kein Hakawati wagte es, die Spannung preiszugeben, denn Junis hatte es allen Erzählern strengstens verboten. »Komm morgen wieder her, und du wirst die Fortsetzung hören«, war stets ihre Antwort.

Man erzählt in Damaskus viele Anekdoten, nicht nur über die Streitereien der Zuhörer, die oft Parteien bildeten. Die einen hielten zur Familie der Braut, die anderen fanden eher die Familie des Bräutigams im Recht. Die Anekdoten erzählen auch viel von Zuhörern, die vor Neugierde und Spannung nicht schlafen konnten. So gingen sie um Mitternacht zum Hakawati nach Hause und boten ihm etwas Geld, damit er den Helden zu seiner Geliebten kommen ließe. Oder damit der Held sich aus der Gefangenschaft befreien konnte. Man erzählte, daß nur wenige Hakawatis auf ein Angebot eingingen, nicht ohne die Zuhörer zu beschwören, trotzdem am nächsten Tag ins Kaffeehaus zu kommen; denn Junis durfte von dem Handel nichts erfahren.

Als Junis kam, hatte Salim bereits den Tee und die Wasserpfeife vorbereitet. Der alte Kutscher wirkte nicht nur fröhlich, er sah so frisch aus, als wäre er um ein paar Jahrzehnte verjüngt.

»Warst du im Dampfbad?« fragte Faris.

»Hast du dich rasiert?« erkundigte sich Isam.

Salim schüttelte den Kopf. Er zeigte mit zwei Fingern seiner rechten und der linken flachen Hand, daß er spazierengegangen war.

»Was für ein schönes Tablett, wieviel hat es gekostet?« bewunderte der Emigrant den neuen Teller.

»Bestimmt über zwanzig Lira. Eine feine Handarbeit«, stellte der Minister fest.

»Für fünfzehn Lira hätte ich den Teller bekommen«, sagte Isam, der erfahrenste unter den alten Herren.

Salim nickte, zufrieden über seinen Handel, denn ein Handel war für ihn erst dann als gelungen zu betrachten, wenn die Einschätzung der anderen nicht unter dem Preis lag, den er bezahlt hatte.

»Du bist heute dran«, sprach der Minister Junis an. »Aber das wird dir nicht schwerfallen. In deinem Kaffeehaus hast du bestimmt tausend Geschichten gehört und erlebt.«

»Du irrst dich, mein Lieber«, erwiderte der Kaffeehausbesitzer. »Im Kaffeehaus erzählen die Gäste wenig, deshalb haben wir ja den Hakawati. Er ist Erzähler von Beruf. Die meisten Gäste erzählen wenig.«

»Das höre ich heute zum ersten Mal«, widersprach Faris. »Ich dachte, die Leute kämen Tag für Tag ins Kaffeehaus, um sich zu unterhalten.«

»Ja, so war es auch, aber wenn du wie ich lange Jahre das Kaffeehaus geführt hättest, wärst du auch ernüchtert. Die Leute wiederholen im Grunde immer dasselbe. Am Anfang wirkte das spannend auf mich, aber mit der Zeit wurde es langweilig. Der eine erzählt von seiner Galle, der andere von seinem unglücklichen Sohn. Es spielt auch keine Rolle, ob einer anfängt, über eine Gurke zu reden, alsbald sagt der mit der Galle: ›Gurken sind sehr gefährlich für die Galle. Ich kann ein Lied davon singen. Als meine Galle noch gesund war …‹, und er redet schon wieder davon. Der andere, der mit dem unglücklichen Sohn, hört auch nicht zu, sondern späht nur nach dem günstigsten Augenblick und lauert auf ein Stichwort, damit er wieder von seinem Sohn erzählen kann. Es gibt auch Leute, die gar nicht erzählen, sondern nur ein und denselben Satz zur bestimmten Zeit einwerfen. Ich hatte einen Gast aus dem Norden, der täglich seine fünf Gläser Arrak trank. Niemals hat er vier und kein einziges Mal sechs Gläser genommen. Bei dem konnte ich wetten, daß er das erste Glas schweigsam hinunterkippte, und vom zweiten Glas an fing er an zu reimen.«

»Du bist aber auch mit nichts zufrieden!« stichelte Tuma.

»Du mußtest seine Verse erst einmal hören: ›Prost Junis!‹ rief er beim zweiten Glas laut. ›Ich trinke auf Tunis!‹«

»Und beim dritten«, Isam lachte, »Prost Ali! Ich trinke auf Mali!«

»Ja, so ähnlich fing er jede Nacht bei mir an und endete bei irgendeiner Hauptstadt dieser Welt. Doch so wenig die Leute damals auch erzählten, es war ein Paradies im Vergleich zu heute, wo keiner mehr im Café den Mund aufmacht. Sie sitzen stumm da und hören diesem gottverdammten Radio zu. Am Anfang dachte ich, das Radio sei ein Segen für die Kaffeehäuser. Ich habe auch ein teures gekauft, um zwischendurch etwas Musik zu machen, aber seit die neue Regierung das tragbare Transistorradio für lächerliche zehn Liras auf den Markt geworfen hat, redet keiner mehr im Café. Wenn früher zwanzig Leute bei mir saßen, so waren sie zwanzig Propheten. Wenn du einen von ihnen nach einem Ding fragtest, so erzählte er dir erst einmal von dessen Vergangenheit, beschrieb dann das Ding in seiner Gegenwart und sagte anschließend, was damit in Zukunft geschehen würde. Jeder sprach laut seine Meinung aus und hatte vor nichts Angst. Heute kannst du keinen Witz zu Ende erzählen, ohne daß dich einer schräg anschaut und fragt, wen du mit dem ›Dummkopf‹ oder ›Esel‹ in deinem Witz

gemeint hast? Und wenn du erzählen willst, mußt du
dich erst einmal absichern. Du mußt die letzten Nachrichten hören, damit du weißt, wen die Regierung kurz
vorher zu Freund oder Feind erklärt hat.

Ich war gestern bei meinem Sohn in der Gaststätte.
Durch den Kummer um unseren Salim habe ich seit Wochen keine Nachrichten mehr gehört. Mein Sohn hat mir
einen Tee gebracht, und ich fing gerade an, von meiner
jüngsten Schwester zu erzählen. Sie ist mit einem Libanesen verheiratet und lebt mit ihm seit vierzig Jahren in
Beirut. Plötzlich und ungefragt rief ein Fremder laut: ›Ich
würde meine Schwester keinem Hund aus dem Libanon
geben!‹ Mein Sohn flüsterte mir zu, dieser Herr sei vom
Geheimdienst und daß unser Präsident den Libanon zu
einem feindlichen Land erklärt hätte. Das wußte ich
nicht. Ich kochte vor Wut und wollte dem Großmaul mit
meinem Stock ein paar Hiebe versetzen, damit er die
erste Regel der Höflichkeit lernt, daß man ältere Menschen nicht beleidigen darf, aber mein Sohn flehte mich
an, das würde seinen Ruin bedeuten, denn das Lokal
würde innerhalb von Stunden geschlossen werden. Jemand würde irgendwo einen Haschischklumpen oder
ein Lenin-Buch verstauen. Nach einer Stunde würde eine
Polizeitruppe eintreffen, und sie fänden den Klumpen
und das Buch Lenins dort, wo der Geheimdienstler sie
versteckt hätte. Das Lokal würde geschlossen, und sein
Besitzer bekäme zehn bis zwanzig Jahre Gefängnis.

Wie sollen die Leute da noch miteinander reden? Ich wußte vom ganzen Kram im Libanon nur, daß es dort Kämpfe gab. Sollte ich deswegen meine Schwester verleugnen?«

Faris, der ehemalige Minister, fühlte sich unwohl in seiner Haut. Das kleine Zimmer des Kutschers hatte ein Fenster zur Straße, und obwohl draußen eine Eiseskälte herrschte, wurde er unruhiger, je lauter Junis sprach. Und Junis war ziemlich erregt und laut in dieser Nacht. Faris zwinkerte Tuma zu, und dieser nickte, als wollte er dem Minister sagen, er hätte die Botschaft verstanden. »Aber die Hakawatis, die haben doch erzählt. Was haben die für Geschichten erzählt?« fragte er Junis, den Kaffeehausbesitzer.

»Ja, die haben immer erzählt. Nun, gestern nacht«, sagte Junis, »dachte ich zum ersten Mal lange über meine Hakawatis nach. In vierzig Jahren habe ich einige Kaffeehauserzähler gehabt. Sie haben Tausende von Nächten erzählt. Viele waren schlecht, und einige waren gut. Schlecht war jeder, der seine Zuhörer langweilte.

Eine Erzählung mußte meinen Gästen schmecken, sonst standen die meisten auf, zahlten ihre Wasserpfeife und gingen, denn langweilen konnten sie sich zu Hause billiger. Schlimm dran war der Hakawati, der die Langeweile nicht spüren konnte. Aber wißt ihr, wer am besten zuhört? Das wußte selbst ich lange nicht.«

»Die Frauen«, antwortete der Lehrer. Der Minister

zog seine Augenbrauen zusammen und schüttelte miß-
billigend den Kopf.

»Das weiß ich nicht, da ich in meinem Kaffeehaus nie
Frauen unter den Zuhörern hatte, aber die Kinder, mein
Lieber, hören am besten zu. Manche Erwachsene in meinem Kaffeehaus waren auch dem langweiligsten Hakawati gnädig. Von meinem Platz aus hinter dem Tresen
konnte ich sie beobachten, und ich sah, wie mancher mit
geschlossenem Mund gähnte. Aber eines Tages lud ich
aus Verlegenheit einen meiner Hakawatis zur Hochzeit
meines Sohnes ein. Da waren Hunderte von Kindern,
und als sie hörten, daß ein Hakawati da war, scharten sie
sich um ihn und bettelten so lange um eine Geschichte,
bis er einwilligte. Ich setzte mich zu den Kindern, weil
ich etwas müde war von der anstrengenden Vorbereitung
und dem fetten Essen.

Als der Hakawati anfing, waren die Kinder fasziniert,
doch langsam sah ich, wie sie eins nach dem anderen aus
der Geschichte ausstiegen. Furchtbar war das. Die Kinder machten ihn fertig. ›Erzähl doch eine andere Geschichte!‹ riefen sie mitten in einem Kampf zwischen
Drachen und Ungeheuern. Bei ihnen spürte er, wie
schlecht er war. Kinder sind gnadenlos großzügig. Ihre
Zustimmung und Ablehnung zahlen sie einem Hakawati
wie einem Eisverkäufer immer in bar.

Was mich erstaunt hat – die guten Hakawatis ließen
nicht dauernd fliegende Teppiche herumsausen, Drachen

Feuer spucken und Hexen die irrsinnigsten Gifte zusammenmischen. Bei den guten Hakawatis schauten die Zuhörer auch dann ganz gebannt hin, wenn sie von den einfachsten Dingen erzählten. Doch eins muß auch der schlechteste Hakawati haben, ein gutes Gedächtnis. Er darf weder durch Kummer noch Freude den Faden verlieren. Er muß nicht gerade das wunderbare Gedächtnis von unserem Salim haben, aber ein gutes Gedächtnis schon, sonst ist er verloren.«

»Mein Gott, das ist ja keine Kunst«, warf der Friseur ein.

»Doch, manchmal weiß ich nicht, was ich vorgestern gegessen habe«, sagte der Schlosser und lachte.

»Nein, Musa hat recht. Die Araber haben ein viel zu gutes Gedächtnis. Sie vergessen nichts, deshalb lieben sie das Kamel. Ein Kamel vergißt auch nichts. Das ist nicht nur eine Gabe, sondern manchmal ein Fluch. Kennt ihr die Geschichte von Hamad?« fragte der Emigrant.

»Nein, aber du bist heute nicht an der Reihe«, protestierte der Lehrer.

»Laß ihn doch die Geschichte erzählen. Ich möchte gerne wissen, warum ein gutes Gedächtnis ein Fluch sein soll. Natürlich nur, wenn Junis es erlaubt, denn er ist der Meister dieser Nacht«, bat Isam.

Junis lächelte. »Mach schon. Wir sind hier nicht in der Schule.«

»Well, es war einmal ein Bauer«, fing Tuma an. »Er

hieß Hamad. Eines Tages wollte der Dorfälteste die
Hochzeit seiner Tochter feiern. Sieben Tage und sieben
Nächte sollte die Feier dauern. Er lud alle Leute zu sich
ein. Der Brautvater bewirtete seine Gäste aufs freigebig-
ste. In der ersten Nacht gab es gebratene Lämmer, Reis,
Bohnen und viel Salat mit Zwiebeln und Knoblauch.
Alles mundete trefflich. Die Gäste feierten beim deftigen
Schmaus. Hamad, der ein halbes Leben gehungert hatte,
übertrieb. Es vergingen keine zwei Stunden, bis er eine
Keule, eine große Schüssel mit Reis und noch eine grö-
ßere mit Salat verdrückt hatte.

Nun, spät in der Nacht bekam er fürchterliche Blähungen. Hamad saß auf dem Boden. Als die Blähungen
qualvoll wurden, wollte er aufstehen und ins Freie gehen,
um zu furzen, doch beim Aufstehen entfloh ihm ein
fürchterlich krachender Wind. Dies geschah zu einem
Augenblick, als der Dichter des Dorfes den Vers über die
Anmut der Braut vortrug, wo es heißt: Dein Atem ist ein
Hauch von Jasminblüte! Die Leute lachten, doch der
Gastgeber warf einen vernichtenden Blick auf Hamad.
Ihr wißt, eher darf ein Gast den Gastgeber mit dem Messer stechen als an seinem Tische furzen oder rülpsen. In
anderen Gegenden der Welt freut sich ein Gastgeber,
wenn sein Gast rülpst.«

»Das müssen Vollidioten sein. Also, bei mir im Kaffeehaus hat es keiner in vierzig Jahren gewagt«, sagte
Junis.

»Well, es sind andere Sitten«, versuchte der Emigrant die Rülpsenden aller Länder in Schutz zu nehmen.

»Es gehört sich nicht. Es fehlt nur noch, daß sie einem nach einem Furz noch ›Gesundheit‹ wünschen«, protestierte Ali.

»Laß doch Tuma zu Ende erzählen. Wir wollen doch endlich zu Junis kommen«, meldete sich Faris, der Minister.

»Okay, wie gesagt, Hamad schämte sich dermaßen, daß er das Weite suchte. Tagelang wurde er von Kindern und Erwachsenen gleichermaßen derartig gehänselt, daß er es in seinem Dorf nicht mehr aushielt. Er packte seine Sachen und flüchtete nach Brasilien. Damals wanderten viele Araber nach Amerika aus. Viele, weil sie hungerten, manche, weil sie verfolgt wurden, wie meine Wenigkeit, und Hamad, nur weil er gefurzt hatte.

Vierzig Jahre lang arbeitete er in der Fremde. Ein hartes Leben ist das, kann ich euch sagen. Hamad brachte es zu einem bescheidenen Wohlstand. Eines Tages überwältigte ihn die Sehnsucht nach seinem Dorf, und er zahlte ein Vermögen, um von Brasilien nach Syrien zu reisen. Als er die Felder seines Dorfes sah, bat er den Busfahrer anzuhalten. You know, er wollte die Erde seiner Heimat riechen und zu Fuß ins Dorf gehen, so wie er es verlassen hatte. Er wanderte in langsamen Schritten auf das Dorf zu, genoß die frische Luft und berührte immer wieder die Erde. Als er den Friedhof am Eingang des Dorfes erreicht hatte, packte ihn Neugier. Er wollte wissen, wer alles in der Zwischenzeit gestorben war. So ging er hinein und wanderte von einem Grab zum anderen, las die Namen der Verstorbenen und betete für ihre Seelen. Da erblickte er den Grabstein eines seiner besten Kindheitsfreunde. Er staunte nicht wenig, da dieser Freund doch vor Gesundheit gestrotzt hatte. Auf dem Grabstein stand kein Datum. Eine ältere Frau pflegte ein kleines Grab in der Nähe. Hamad ging auf die Frau zu. Er kannte sie nicht. ›Salam Aleikum, Großmutter. Ich bin gerade aus Brasilien zurückgekehrt und sehe, daß Ismail gestorben ist. Sein Grabstein ist fast verfallen. Wann ist er gestorben?‹

›Das kann ich dir genau sagen‹, erwiderte die alte Frau. ›Ismail ist zwei Jahre nach dem Furz von Hamad gestorben. Seine Frau drei Jahre danach.‹

Da schrie Hamad wie verrückt und eilte nach Brasilien zurück.«

»Na schön. Aber wollen wir nun nicht Junis hören?« meldete sich der Lehrer.

»Wo bin ich stehengeblieben?« fragte der Kaffeehausbesitzer.

»Du hast vom guten Gedächtnis der Hakawatis gesprochen«, half ihm Isam.

»Ja, das muß ein Hakawati haben. Ich wollte euch aber noch sagen, daß der Erzählerberuf sehr anstrengend ist. Ich habe es bei meinen Hakawatis Abend für Abend gesehen. Sie kamen von der Bühne herunter und waren erschöpft wie Klempner. Sie verdienten sehr wenig. Wenn ich ihnen das Geld aushändigte, fragte ich manchmal: ›Warum erzählst du den ganzen Abend für das wenige Geld?‹ Manche sagten: ›Wir haben nichts anderes gelernt. Unsere Großväter und Väter waren Hakawatis.‹ Doch eines Tages sagte mir einer der besten Kaffeehauserzähler, die ich je gehabt habe: ›Für den Lohn, den mir die Zuhörer geben: den Genuß, aus erwachsenen Löwen lauschende Kinder hervorzuzaubern. Kein Gold auf der Welt gleicht diesem Glück, in den Augen der Zuhörer dieses Wunder mitzuerleben.‹

Nun, ich habe lange überlegt, was ich Salim und euch heute erzählen soll. Natürlich habe ich einige Geschichten der Hakawatis behalten, doch auf dem Weg hierher verspürte ich den Wunsch, euch meine Geschichte zu erzählen. Wir sind seit über zehn Jahren befreundet, und ihr wißt kaum etwas über mein Leben. Ich will euch meine Geschichte erzählen. Sie ist seltsam genug.

Wann ich geboren wurde, weiß ich nicht. Meine Mutter erzählte, ich sei an einem sehr heißen Tag geboren. Ich war das jüngste von zehn Kindern.«

»Warte bitte einen Augenblick«, sagte Faris und eilte hinaus zur Toilette. Ali nutzte die Gelegenheit und steckte zwei große Holzstücke in den Ofen, und Tuma setzte seine Brille auf.

Als Faris zurückkam, stellte er sich vor den Ofen und

rieb seine frierenden Hände. Junis holte seine Schnupf-
tabaksdose aus der Westentasche, klopfte behutsam ein
Häuflein Tabak in die Kuhle über seinem linken Daumen
und sog es, den Kopf hin und her bewegend, tief ein. Mit
seinem großen Taschentuch wischte er dann seine Nase
ab und lehnte sich zurück.

»Nun«, fing Junis erneut an, nachdem Faris sich ge-
setzt hatte, »wir lebten damals in der kleinen Stadt
Harasta. Damals war sie noch ein kleines Dorf. Mein
Vater war ein armer Steinmetz. Mit neun Geschwistern,
sechs Jungen und drei Mädchen, teilte ich ein kleines
Zimmer. Die Wohnung meiner Eltern hatte noch einen
zweiten Raum, der am Tag als Küche und in der Nacht
als Schlafzimmer für meine Eltern benutzt wurde. Ich
kannte keine glückliche Kindheit. Heute, als Großvater,
erlebe ich sie zum ersten Mal mit meinen Enkelkindern.
Wir mußten damals fast täglich um vier Uhr aufstehen.
Meine älteren drei Brüder mußten mit dem Vater auf den
Bau gehen, um sein Handwerk zu lernen. Ein Bruder
war als Gehilfe bei einem Metzger, ein anderer bei einem
Bäcker und ein dritter bei einem Messerschleifer. Verdient haben sie damals fast nichts. Die Mädchen mußten,
sobald sie sich allein auf den Beinen halten konnten, im
Haushalt mit anpacken.

Die Schule war grausam. Ein alter Scheich unterrich-
tete mehr mit Fußtritten und Schlagstock als mit dem
Koran. Ich war, wie gesagt, der jüngste Sohn. Mein Vater

gab die Hoffnung nicht auf, aus irgendeinem seiner Söhne einen Scheich machen zu können. Er war nicht fromm, aber es verschaffte großes Ansehen im Dorf, den Scheich der Moschee zu stellen. Auch mich schickte er zu diesem grausamen alten Mann. Ich hielt es aber genau wie meine Brüder nicht länger als zwei Jahre bei ihm aus. Es war eine herbe Niederlage für meinen Vater, und da ich seine letzte Enttäuschung war, hat er von diesem Tag an nicht mehr mit mir gesprochen. Nie wieder. Er antwortete jahrelang nicht, wenn ich ihn grüßte, und behandelte mich wie Luft. Ich war für ihn nicht mehr da. Nicht einmal schlagen wollte er mich. So sehr hatte ihn diese letzte Enttäuschung verletzt.

Mir war es gleichgültig, was aus mir werden sollte, nur zum Scheich wollte ich nicht mehr. Lieber wollte ich sterben. Dieser verkalkte alte Mann wollte keinen Schüler emporkommen lassen, als würde er ewig leben. Als ihn Jahre später der Schnitter aller Seelen holte, fand man unter dreitausend Einwohnern keinen einzigen jungen Nachfolger, der anständig den Koran lesen konnte. So verdorben war dieser Scheich. Man holte einen Mann aus Duma, um die Moschee nicht herunterkommen zu lassen. Der neue Scheich war sanftmütig, aber gefräßig. Die Hühner des Dorfes wären alle gerne nach Amerika ausgewandert, wenn sie das gekonnt hätten. Aber das ist eine andere Geschichte.

Nun, ich mußte mit meinen drei Schwestern und meiner Mutter von der Morgendämmerung an auf einem Feld arbeiten, das mein Vater für wenig Geld gepachtet hatte, um durch den Anbau von Weizen und Gemüse seine große Familie ernähren zu können. Nur im Winter ruhte die Arbeit. Vom Frühjahr an mußten wir jeden Morgen das Feld bearbeiten, Unkraut jäten, es bepflanzen und immer wieder bewässern. Wenn das Gemüse reif wurde, ernteten wir zusammen die Auberginen, Zucchini, Tomaten und Gurken, doch ich mußte allein auf den Markt gehen. Mein Vater wollte nicht, daß die Mädchen auf den Markt gingen, obwohl Frauen und junge Mädchen oft dort handelten. Jeden Tag eine Kiste Gemüse, mehr konnten wir nicht ernten. Am Anfang trug ich die schwere Kiste auf dem Kopf, aber dann habe ich zwei Räder und eine Stange zusammengebastelt und konnte so die Kiste hinter mir herziehen. Von nun an war der Gang zum Markt ein Vergnügen. Ich fand Gefallen am Gemüseverkauf, und die Müdigkeit nach der Feldarbeit konnte ich auf dem belebten Markt vergessen. Manchmal, wenn mir ein gutes Geschäft gelungen war, genehmigte ich mir im Sommer ein Eis. Das war so etwas wie ein Festessen. Ich wusch zuerst Hände und Gesicht am Brunnen, dann ging ich zum Eisverkäufer und bestellte laut ein Eis. ›Meister‹, rief ich, ›laß deine Hand von deinem großzügigen Herzen leiten, denn mein halber Piaster ist ehrlich verdient!‹ Die Eisverkäufer lachten vergnügt und gaben mir einen Löffel dazu.

Ich war oft todmüde, schlief jedoch nur selten beim Verkauf ein, aber als ich trotzdem einmal einnickte, wurde mir eine Aubergine geklaut.

Eins habe ich wie die Pest gehaßt, das sage ich euch, das war die Weizenernte, die ich Sommer für Sommer mit meiner Mutter und meinen Schwestern verrichten mußte. Die Arbeit des Schnitters ist ein Fluch für Rücken und Hände. Die Ähren mußten auf die Tenne getragen und dort gedroschen werden. Wir hatten weder gute Sicheln noch gute Seile, nicht einmal einen Esel besaßen wir. Die verfluchte Spreu brannte mir in Augen und Hals. Ich wünschte mir eine Eselshaut, um die Schmerzen besser zu ertragen. Die Sonne brannte erbarmungslos auf uns nieder. Für ein bißchen Schatten und einen Tropfen kühlen Wassers hätte ich die Welt hergegeben. Meine Mutter war oft krank: Ich kannte sie nur als kranke Frau, doch sie wollte uns nie allein aufs Feld gehen lassen, und wenn sie auch so sehr geschwächt war, daß sie gerade noch gehen konnte, so saß sie doch mitten auf dem Feld und sang uns Lieder vor, um uns ein bißchen zu ermuntern. Es waren lustige Lieder, und ich erinnere mich daran, daß wir manchmal Tränen gelacht haben. Aus Sorge um ihre Gesundheit baten wir sie immer wieder, zu Hause zu bleiben, aber sie wollte uns nicht allein lassen. ›Solange ich sehen kann, will ich meine Augen mit euch füllen‹, antwortete sie immer.

Nach der Ernte ging sie auch mit auf die Tenne und

hielt die verfluchte Hitze durch. Auf dem Hügel, wo die Dreschplätze des Dorfes waren, wuchs kein einziger Baum. Wer von uns Kindern müde wurde, durfte zu ihr kommen und den Kopf für eine kurze Weile in ihren Schoß legen. Sie beugte sich über uns und gab uns Schatten.

Als ich zwölf wurde, starb meine Mutter im Frühjahr. Ich lief wie verrückt auf den Feldern umher und schrie laut nach ihr. Ich weinte und verfluchte den Himmel. Eine ganze Nacht weinte ich und blieb draußen auf den Feldern. Ich glaube heute fest daran, daß ich in jener Nacht durch den Schmerz für eine Zeit verrückt geworden bin. Ich lief am nächsten Morgen durch die Straßen irgendwelcher Dörfer, die ich nie zuvor gesehen hatte, hielt die Leute auf der Straße an und fragte sie, ob sie glaubten, daß meine Mutter gestorben war. Einige schubsten mich weg, doch ich fand eine Zuflucht, bei wem, weiß ich heute genausowenig wie damals. Ich weiß nur, daß das Zimmer im Schein eines düsteren Öllämpchens auf mich unheimlich beängstigend wirkte. Es war fast leer, nur eine Matratze und ein Hocker waren da, und die Decke hatte einen seltsam gebogenen großen Balken in ihrer Mitte. Ich kauerte mich in einem Winkel zusammen und schaute lange den Balken an, bis ich einschlief.

Ich weiß nicht, wann ich zurückkam. Meine Geschwister sagten, ich sei erst einen Monat nach dem Tod meiner

Mutter heimgekehrt, halb verhungert und total verdreckt.

Als in jenem Jahr die Zeit kam, den Weizen zu ernten, baute ich auf der Tenne aus Zweigen und Laub ein kleines Zelt, das ich und meine Schwester ›Mutter‹ nannten.

Nun mußte ich den ganzen Tag auf der Tenne bleiben. Einige Kinder vom Dorf, die etwas bessergestellt waren, kamen jeden Tag und machten einen Ausflug zur Dorfquelle. Ich beobachtete sie den ganzen Tag und kochte innerlich vor Neid und Wut, weil ich nicht spielen durfte. Am Tag mußte ich den Weizen wenden und ihn bis zum Sonnenuntergang bewachen. Erst wenn es dunkel wurde, löste mich mein Vater ab. Er übernachtete auf der Tenne, nachdem er mich wortlos abgelöst hatte. Unglaublich! Er kam, setzte sich hin und stierte in die Ferne. Ich küßte ihm immer die Hand, doch er schubste mich von sich und wischte seinen Handrücken ab. Jeden Tag hatte ich fürchterliche Angst vor unserer Begegnung, und jeden Tag, wenn ich ihm die Hand küßte, schubste er mich von sich.

Rund um die Uhr mußten wir den Weizen bewachen, solange er nicht sicher in den Säcken zu Hause war, und er brauchte eine Weile, bis er trocken war. Es reichte ein Regenschauer, und schon mußten wir das Dreschen um ein paar Tage verschieben. Es war eine sehr schlechte Zeit. Die Leute hungerten. Wir hörten die irrsinnigsten Geschichten, wie die Diebe am hellichten Tag den Weizen klauten, während der Bauer sein Mittagsschläfchen hielt.

Meine älteste Schwester war schon mit sechzehn kurz vor dem Tod meiner Mutter verheiratet worden. Die zweitälteste war damals fünfzehn und mußte den ganzen Haushalt allein machen. So blieb die ganze Feldarbeit mir und meiner Schwester, die nur ein Jahr älter war als ich.

Nun, eines Tages sah ich die Jungen an der Dorfquelle spielen. Meine Schwester hatte an dem Tag gute Laune. Ich durfte für eine Stunde zu den Jungen gehen und mit ihnen spielen. Als ich die Quelle erreichte, saßen sie im Kreis, tranken Tee, den sie auf einem kleinen Feuer gekocht hatten, und erzählten sich der Reihe nach Geschichten. Ich hatte bis dahin das Wort Traum noch nie gehört. Ich war, wie gesagt, über zwölf Jahre alt, aber bis zu diesem Tag hatte ich nie geträumt. Ich setzte mich zu den Jungen, und irgendwann war ich an der Reihe und wollte eine schöne Geschichte erzählen. Da lachten sie. ›Keine Geschichte wollen wir hören, sondern deinen Traum von letzter Nacht!‹ Ich war erschrocken. Nur langsam dämmerte mir, warum jeder seine Geschichte mit ›Ich war …‹ anfing. Ich sagte den Kindern, daß ich noch nie geträumt hatte.

›Kein Wunder!‹ sagte der Sohn des Dorfvorstehers. ›Wie sollst du auch, du armer Teufel. Ihr schlaft zu zehnt in einem Zimmer, und du bist in aller Herrgottsfrühe schon wach. Ein Traum braucht Zeit und Platz!‹ Diese

Worte werde ich, solange ich lebe, nicht vergessen. In der Nacht konnte ich nicht schlafen. Ich nahm meine Decke und schlich mich aus dem Zimmer. Ich ging zur Tenne, dort legte ich mich auf dem Boden neben meinem Vater nieder. Er merkte es nicht, aber in dieser Nacht träumte ich zum ersten Mal in meinem Leben. Als ich aufwachte, war mein Vater schon arbeiten gegangen. Aber den ganzen Tag fühlte ich mich ganz anders, und ich freute mich von nun an, wie die anderen Kinder träumen zu können. Nacht für Nacht schlich ich zu meinem Vater, und eines Morgens weckte mich das Kratzen seines Stoppelbartes, als er mich küßte. Er drückte mich an seine Brust und weinte. Die Welt wurde an diesem Tag zu einem Stück des Himmels. Schon am Vormittag wendete ich den Weizen dreimal um. Das mußte man nicht, einmal am Nachmittag hätte gereicht. Aber eine neue Kraft floß mir durch die Adern. Doch dann passierte die Katastrophe.

Die Kinder kamen wie gewohnt und spielten an der Dorfquelle. Sie winkten mir zu, ich solle zu ihnen kommen und Tee trinken. Ich hatte Angst, den Weizen unbewacht zu lassen. Meine Schwester mußte an diesem Tag bei der Wäsche helfen. Ich war also allein. Meine Angst hielt mich zurück, aber meine Freude über meine Träume, die ich den Jungen hätte erzählen können, zog mich zu ihnen. Immer mehr wurde ich hin und her gerissen, bis ich vor Lust und Furcht halb tot war. Nun, als ich sah, wie sie im Kreis saßen, besiegte meine Lust meine Angst.

Ich ging zu ihnen, setzte mich hin und erzählte mehrere Träume. Die Kinder waren fasziniert und sagten, meine Träume seien besonders wild. So etwas hätten sie noch nie geträumt. Ich saß zu meinem Pech mit dem Rücken zur weitentfernten Tenne. Als ich den Träumen der anderen gelauscht hatte, verabschiedete ich mich von den Kindern und kehrte langsamen Schrittes auf die Tenne zurück. Man mußte durch einen großen Weinberg und dann um den kahlen Hügel wie um ein Schneckenhaus herumgehen. Plötzlich dachte ich an den Weizen. Ich schaute hinauf, aber ich konnte den großen Weizenhaufen, der mitten auf unserer Tenne lag, nicht sehen. Erst dachte ich, ich hätte unsere Tenne verwechselt, aber ich erkannte unser Laubzelt, es stand auf kahlem Boden. Mein Herz klopfte, und ich fühlte plötzlich kaum noch Kraft in meinen Beinen. Ich beeilte mich, so gut ich konnte. Als ich die Tenne erreicht hatte, wäre ich vor Schreck fast gestorben. Kein Weizenhalm war mehr da. Ich rannte zu den Nachbarn, aber keiner wollte etwas bemerkt haben. Sie eilten mit mir zu unserem Platz und trauten ihren Augen nicht. Weit und breit sahen wir keine Reiter oder beladenen Tiere. Ich saß da und weinte lange, doch bevor die Sonne unterging, machte ich mich auf den Weg. Ich konnte meinem Vater nicht mehr in die Augen schauen.

Ich wußte nicht, wohin. Ich folgte der Straße nach Damaskus, bis es dunkel wurde. Da sah ich einen Kutscher, der noch verspätet Fahrgäste nach Damaskus bringen wollte. Er hetzte seine Pferde, und sie galoppierten wie verrückt. Ich rannte hinter der Kutsche her und konnte mich mit einem Sprung an der hinteren Stange festhalten. Meine Füße stützte ich auf die Kante der Gepäckablage. Der Kutscher spürte, daß jemand an seiner Kutsche hing. Er hatte aber keine Zeit, anzuhalten und nachzusehen, deshalb peitschte er rückwärts, und diese gottverfluchte Peitsche war lang und traf meine Arme und Hände wie Feuerspieße. Nie wieder habe ich eine solch lange Peitsche gesehen. Immer wieder traf er mich und seine Pferde mit der Peitsche. Am liebsten wäre ich abgesprungen, aber der Boden unter mir verwandelte sich in einen rasenden Schleifstein. Ich versuchte immer wieder, meinen Fuß abzusetzen, aber die Straße rieb erbarmungslos meine nackten Zehen wund. Von oben brannte die Peitsche und von unten der rasende Boden. Das war die Hölle. Als die Kutsche in Damaskus anhielt, bluteten meine Arme. Ich stieg ab, entfernte mich auf unsicheren Beinen und verfluchte die Knochen der Urahnen dieses Kutschers. Nun, um euch nicht zu langweilen, mache ich es kurz«, sprach Junis und schaute in die Runde.

»Um Gottes willen, erzähl ausführlich weiter!« erwiderte Faris, und als hätte er den anderen aus der Seele gesprochen, nickten sie alle und murmelten ihre Zustimmung.

»Deine Worte sind wie spärliche Wassertropfen, und wir sind die verdurstende Erde«, übertrieb Mehdi, der Lehrer, und lachte selber über seine Worte.

»Nun gut. In jener Nacht habe ich schnell eine Bleibe gefunden. Es war ein Hof, vor dessen Tür ein Blinder saß. Ich grüßte im Vorbeigehen, und der Blinde, Gott ist mein Zeuge, erwiderte den Gruß und fragte mich, warum ich so verletzt sei. Ich erzählte ihm von meinen Schmerzen, und er fluchte auf den herzlosen Kutscher, gab mir Wasser und eine Salbe aus einem kleinen Topf, die meine Schmerzen linderte. Ich durfte bei ihm auf einer kleinen Matratze die Nacht verbringen. Der Blinde hatte einen Bauchladen, er verkaufte ein Durcheinander vom Fingerhut bis zu Süßigkeiten. Er war schon sehr alt, aber als ich ihm am nächsten Tag sagte, daß ich den Bauchladen für ihn machen würde, lehnte er ab. Nicht am Geldverdienen habe er Freude, sondern daran, den Leuten aus der Not zu helfen. Ein sonderbarer Mensch war dieser Blinde. Drei Tage blieb ich bei ihm. Jeden Tag ging er in aller Frühe und kam erst spät zurück. Er erzählte mir mit Begeisterung, wie eine Frau am anderen Ende von Damaskus sich freute, genau den Knopf bei ihm gefunden zu haben, den sie seit Jahren gesucht hatte. Er hatte eine große Dose mit Knöpfen. Wo immer er alte zerfetzte Kleider fand, schnitt er die Knöpfe ab. Tausend bunte Knöpfe hatte er und war darauf so stolz, als hätte er in seiner Dose den Schatz Salomons.

Nun, ich dankte dem guten Mann und lungerte wochenlang in der Stadt herum. Nie wollte ich wieder nach Hause. Ich schwor mir, entweder komme ich allein durch oder ende wie ein Hund, aber nie wieder wollte ich die Trauer und die bittere Enttäuschung in den Augen meines Vaters sehen.

Eines Tages dann habe ich Omar kennengelernt. Omar war so fein gekleidet wie ein Herr. Ich sah ihn aus einem Schneidergeschäft herauskommen. Er trug ein großes Paket. Ich eilte und bot ihm meinen Dienst an. ›Erleichtere deine Hände für einen halben Piaster, Herr!‹ rief ich, wie ich es von den anderen Kindern gelernt hatte, die mit mir auf dem Basar herumlungerten. Es gab einen richtigen Kampf um jeden Winkel im Hamidije-Basar. Als Neuling bekam ich natürlich die schlechteste Stelle. Dort war nur ein Schneider, und in den anderen Läden wurde Kleinkram wie Garn, Nadeln, Eis, Schreibwaren verkauft, also das, wofür ein Kunde selten einen Laufburschen zum Tragen brauchte. Die stärkeren Jungen bekamen die begehrten Plätze vor den Möbel-, Stoff- und Geschirrläden. Nun, an dem Tag hatte ich also Glück und traf diesen Omar. Das ist über sechzig Jahre her, aber auch heute noch weiß ich nicht, ob ich einen Engel, einen Teufel oder beide in einer Person getroffen hatte. Ich begleitete ihn nach Hause. Er wohnte in der Lazaristengasse, also ein paar Häuser weiter als das Haus von Tuma. Da wohnte Omar in einem kleinen Haus. Ich trug ihm also das Paket nach Hause, und er fragte mich, als wir ankamen, was ich dafür wolle. Ein halber Piaster hätte genügt, aber selber ein Angebot zu machen wäre dumm gewesen. Die Antwort hatte ich auch von den Kindern gelernt. ›Was deine Großzügigkeit erlaubt‹, sagte ich. Das gefiel ihm, und er fragte mich, woher ich käme. Ich scherzte, ich sei ein entflohener Prinz aus der Sahara und arbeite nun als Träger, um genug Geld zu sammeln, damit ich Pferde kaufen und Krieger bezahlen könne. Er lachte und gab mir zu essen. Dann fragte er mich, ob ich lesen könne. Ich fand Gefallen am Spiel mit ihm. Omar konnte manchmal wie ein Kind sein. Ich antwortete: ›Ja, aber ich schäme mich, dir, o Herr, meine Schreibkunst vorzuführen.‹

›Genieren?‹ sagte er. ›Für die Schreibkunst schämt man sich nicht, Junge. Das ist eine edle Kunst. Zeige mir, wie du schreibst!‹

›Herr, es wird dir weh tun!‹ antwortete ich.

›Macht nichts, zeige es mir!‹ Ich wollte aber erst meinen Lohn haben, denn ich wußte nicht, wie er reagieren würde. Er gab mir vier Piaster, das war damals der Lohn eines Arbeiters am Tag. ›Nun bin ich gespannt, warum deine Schrift weh tun soll!‹ sagte er lachend.

Ich trat ihn in den Hintern. ›Das ist A‹, sagte ich. Dann schlug ich ihm mit der Faust in den Bauch. ›Und so schreibt man B.‹

›Was ist das?‹ fragte er entsetzt.

›Habe ich es dir nicht gesagt, o Herr. Das ist die Sprache, die ich beim alten Scheich gelernt habe. Ich kenne die Schläge für jeden Buchstaben genau, doch kann ich keinen schreiben.‹

Statt zornig zu werden, schaute er mich mit traurigen Augen an. Er ging dann auf und ab, betrachtete mich mit ernster Miene und schüttelte den Kopf. Ich trank schweigsam das süße Rosenwasser und war ein wenig beschämt über meine zusammengeflickten Lumpen und nackten Füße. ›Und willst du, o Prinz, in meiner Hütte verweilen, bis du genug Gold für Reiter und Pferde angesammelt hast?‹ hörte ich seine Stimme und traute meinen Ohren nicht. Auch heute noch muß ich weinen, wenn ich daran denke …« Junis' Stimme erstickte in Tränen.

Salim stand schnell auf und reichte ihm den Wasserkrug. Junis trank einen Schluck und beruhigte sich ein wenig. »Daß ich ausgerechnet diesen Mann ans Messer liefern mußte, schneidet mir bis heute ins Herz«, sagte er.

»Erzähle und erleichtere dein Herz«, sprach Mehdi und faßte Junis am Arm. »Erzähl!« flehte er ihn leise an, während Ali dem Kaffeehausbesitzer den Rücken streichelte.

»Von nun an lebte ich bei Omar. Er ließ mir gute Kleider schneidern und schickte mich in die Schule. Ich wußte am Anfang nichts von ihm. Eine Haushälterin kam jeden Tag, kochte, wusch und putzte, und Omar bezahlte sie gut. Er lebte allein und wollte nicht heiraten. Ich durfte im Haus überallhin gehen, außer in den Keller. Als ich ihn nach ein paar Wochen fragte, woher er sein Geld habe, antwortete er: ›Aus meiner Goldgrube‹, und er lachte dämonisch.

Eines Nachts wachte ich plötzlich auf. Es war sehr heiß. Ich ging in den kleinen Hof des Hauses, um mich etwas abzukühlen, da sah ich Licht in seinem Keller. Ich schlich hinunter und lugte durch das Schlüsselloch, da sah ich ihn. Er saß an einem Tisch und goß glühendes Metall in eine Gußform. Er holte das glänzende Metallstück, das rund und golden aussah wie eine Goldlira, heraus und feilte und polierte es lange.

Am nächsten Tag sagte ich ihm, daß ich seine Goldgrube kenne. Er war sichtlich schockiert, doch ich beruhigte ihn, daß ich ein tiefer Brunnen sei, und fragte ihn, warum er nur eine einzige Goldlira gemacht habe.

›Eine Goldlira genügt für eine Woche, und niemand wird es herauskriegen‹, antwortete er. Eine Goldlira hätte auch für einen Monat gereicht. Omar hatte die feine Form und das Rezept für eine geniale Mischung von einem alten Meister der Münzfälscher bekommen. Dieser hatte ein ganzes Leben davon gelebt, jede Woche eine einzige Goldlira zu fälschen und sie dann an einem anderen Ort auszugeben. Omar fuhr immer wieder in den Norden und Süden und tauschte seine falschen Goldliras gegen richtiges Geld ein, und er lebte zufrieden damit. Er goß nie zwei Münzen.

Ich fand es dumm. Ich dachte, er sollte Hunderte machen, eintauschen und sich dann zur Ruhe setzen. ›Dann würde ich nie wieder zur Ruhe kommen, Junge‹, antwortete er.

Nun lebte ich jahrelang bei ihm. Es waren die schönsten Jahre meines Lebens. Er war für mich Vater und Freund, bis zu dem Tag, als ich einem guten Schulkameraden das Geheimnis verriet. Dieser sagte mir, wir sollten auch jeden Tag eine Goldlira für uns machen und sie anderswo verkaufen. Syrien sei groß und vertrüge zwei falsche Goldliras, und Omar würde keinen Argwohn schöpfen. Ich lehnte ab, doch dieser verdammte Teufel bedrängte mich immer mehr, bis ich einwilligte, eine einzige Goldmünze zu probieren. Als Omar verreist war, schlichen wir, mein Schulkamerad und ich, in den Keller. Wir erhitzten die gelbe Legierung, bis sie geschmolzen war, und gossen sie in die Form. Die Goldlira sah schäbig aus, und meine Angst war groß, doch der Freund sagte, er kenne einen gierigen Händler, der alles kaufen würde, wenn es nur billig wäre. Zwei Tage später umstellte die Polizei nicht nur das Haus, sondern die ganze Gasse. Sie nahm Omar fest und schleppte seine ganze Werkstatt aus dem Keller mit. Als ein Offizier ihn schimpfend fragte, welcher Hurensohn ihm das beigebracht hätte, antwortete er lächelnd: ›Der Sultan.‹

Am nächsten Tag eilte ich ins Gefängnis von Damaskus, um ihn zu sehen, doch er wurde wie ein Staatsverbrecher behandelt und durfte, bis zum Urteil nach einem halben Jahr, niemanden sprechen. Ich war der erste, der ihn dann sehen durfte. Ich ließ mir Papiere fälschen, die mich als seinen Neffen auswiesen. Seit diesem Tag heiße ich auch Junis. Ich zitterte vor der Begegnung mit ihm, doch er strahlte mich an. Ich sagte ihm, daß ich mich zu Tode schäme, den einzigen Menschen in Damaskus, der mir Liebe gab, verraten zu haben. Ich würde lieber sterben, als ihn hier im Gefängnis schmachten zu sehen. Er lachte. ›Statt zu sterben und dich dauernd zu schämen‹, erwiderte er, ›sollst du deinen Kopf benutzen und lernen: Erzähle nie alles, was du weißt.‹

Jeden Tag besuchte ich ihn und brachte ihm Früchte und Schnupftabak mit. Damit ich ihm unkontrolliert Sachen bringen durfte, mußte ich eine Reihe von Wächtern durchfüttern. Er gab mir heimlich Briefe, die ich zu Adressen in Damaskus bringen sollte. Es waren vornehme Häuser. Von dort bekam ich Antworten, die ich ihm ins Gefängnis schmuggelte. Ich war erschöpft in dieser Zeit, denn ich arbeitete in einem großen Kaffeehaus und bediente dort für wenig Geld. Ich sparte jeden Piaster von Lohn und Trinkgeld. Ich beklaute den Kaffeehausbesitzer immer, wenn ich konnte, und kaufte Omar Früchte und Schnupftabak. Nach einem Monat fragte er mich so nebenbei, was ich wohl aus mir machen wolle.

Ich antwortete: ›Erst wenn du rauskommst, werde ich an mich denken.‹

›In zehn Tagen komme ich raus‹, antwortete er und lachte. ›Also, was willst du in elf Tagen aus deinem Leben machen?‹

›Ich will ein Kaffeehaus aufmachen.‹

›Jetzt höre mir gut zu. Du gehst in den Keller, dort siehst du unter dem Holzofen eine große Marmorplatte. Ziehe sie heraus, dann findest du einen Kasten, in diesem Kasten sind zwei Säcke. Ein Großer, der mit Heu gefüllt ist, gehört mir, und ein kleiner, in dem du zweihundert Goldliras bester Fälschung zählen kannst. Kein Mensch auf Erden kann sie von den echten unterscheiden. Du bist gegen den leisesten Verdacht gefeit. Sie gehören dir, wenn du mir versprichst, daß du keinen Gast in deinem Lokal hungrig und unzufrieden gehen läßt. Heute in zehn Tagen ist Donnerstag, verstanden? Donnerstag nacht bringst du den Heusack zum Kaffeehaus am Springbrunnen, nahe der Omaijaden-Moschee. Du setzt dich in die erste Reihe, hörst die Geschichte des Hakawati und gehst. Gnade dir Gott, wenn du dieses Geheimnis nicht für dich behalten kannst. Wehe dir, wenn du den Heusack aufmachst. Ich werde dich umbringen. Hast du gehört? Umbringen.‹

Ich eilte nach Hause und schob die Marmorplatte zur Seite, und da waren die zwei Säcke, aber der große Sack war so schwer, daß ich ihn am Donnerstag nur mit Mühe tragen konnte. Ich fand das Kaffeehaus, und gerade begann ein alter Hakawati mit der Liebesgeschichte von Antar und Abla, als Omar hereinkam. Er hatte ein weißes Gewand an mit einem wunderbaren, schwarzen Umhang und einer bestickten seidenen Weste, die nur die vornehmsten Leute in Damaskus damals trugen. Der schönste Prinz der Wüste konnte ihm in jener Nacht das Wasser nicht reichen. Er setzte sich zu mir, ohne mich zu grüßen, und als der Hakawati zu Ende erzählt hatte, stand ich auf und wollte ohne Abschied gehen, wie er das befohlen hatte. Da packte er mich am Ärmel. ›Was ist in diesem Sack?‹ fragte er.

›Schweres Heu‹, antwortete ich. Er lachte, nahm den Sack und ging hinaus. Er stieg auf sein Pferd, das er vor dem Kaffeehaus angebunden hatte, und ritt an mir vorbei. Ich ging mit langsamen Schritten die Gasse hinunter.

›Die Polizei wird bestimmt eine Razzia durchführen. Wo wirst du heute übernachten?‹ fragte er.

›Ich habe schon ein Versteck für die nächsten Jahre‹, antwortete ich.

›Ja, aber wo könnte ich dich sehen? Sage mir, wo du wohnst!‹ flüsterte er.

›Ach, Herr, zwei Berge werden sich nie treffen können, aber Menschen finden sich schon, wenn sie sich suchen‹, antwortete ich.

›Du hast es gut gelernt. Dafür war die Zeit im Gefängnis ein guter Preis. Halte dein Wort, lasse niemanden deinen Tisch hungrig und unzufrieden verlassen!‹ rief er, lachte und ritt davon im Mantel der Dunkelheit.

Ich kam in euer Viertel und kaufte eine damals heruntergekommene Kneipe. Mit dem Geld konnte ich sie zu meinem Kaffeehaus machen, das ihr ja alle kennt. Doch mit dem Essen allein konnte ich die Leute nicht zufrieden machen. Ich sah, wie sie betrübt nach Hause gingen. Eines Nachts dann erzählte ein Gast zufällig eine schöne Geschichte, und die Leute saßen länger da und gingen mit seligen Gesichtern nach Hause. Von nun an ließ ich Nacht für Nacht einen Hakawati bei mir erzählen.«

»Mein Gott, und hast du Omar jemals wiedergetroffen?« fragte Musa.

»Nein«, antwortete Junis, aber ein Lächeln umspielte seinen Mund.

»Du hörst doch. Der Meister hat es ihm beigebracht. Er soll nie alles erzählen, was er weiß«, sagte Isam, und Junis nickte erleichtert. Isam zog fünf Karten, und wie am Vorabend wollte der Schlosser erst als letzter dran sein. Der Emigrant war es, der das As bekam.

8

Wie
einem die Wahrheit
nicht abgenommen wurde,
dafür aber eine faustdicke Lüge.

Tuma, der Emigrant, war ein kräftiger, etwas klein geratener Mann. Sein Gang war mehr ein Hüpfen, trotz der fünfundsiebzig Jahre, die er schon auf seinem Buckel trug. Treppen sprang er hinauf, als wäre er ein verliebter Vierzehnjähriger auf dem Weg zu seiner Freundin. Kaum ein anderer der Herrenrunde sah so jung und kräftig aus wie dieser Emigrant, dessen ganze Philosophie über die Gesundheit darin bestand, jeden Morgen eine eiskalte Dusche zu nehmen, im Sommer wie im Winter. Er sagte immer, er fühle sich nach der Dusche wie neugeboren.

Tuma stammte aus einem Dorf an der syrischen Küste, nahe bei Latakia. Aber als er aus Amerika zurückkehrte, war niemand mehr aus seiner Familie in der Küstenstadt. Einige waren schon gestorben, die übrigen in andere Städte umgezogen oder ausgewandert. Tuma blieb mit seiner Frau Jeannette in Damaskus. Seine Frau war eine Emigrantentochter aus zweiter Generation. Sie wurde in Kalifornien geboren. Ihre Mutter war Mexikanerin. Ihr Vater stammte aus den Bergen des Libanon; in den Massakern von 1860 verlor er seine Eltern und überlebte als

140

einziges Kind seiner Familie. Sechzig Jahre danach beschwor er, kurz vor seinem Tod, seine einzige Tochter, nie wieder nach Arabien zu fahren. Daher bestand sie bei der Rückkehr auf einer Stadt mit Flughafen, und Damaskus hat einen Flughafen.

Tuma mietete ein winziges Haus in der Lazaristengasse. Wäre seine Frau Jeannette nicht sehr klein und dünn gewesen, so hätten sich die zwei nie gleichzeitig in den Puppenzimmern dieses Hauses bewegen können. Trotzdem ließ Tuma es sich nicht nehmen, in seinen zwei mal zwei Metern Innenhof das Glück der arabischen Höfe aufzubauen, so wie er davon seiner Frau dreißig Jahre lang vorgeschwärmt hatte. Ein Springbrunnen so groß wie ein Suppentopf war das Zentrum dieses kleinen Dschungels aus Pflanzen und tausend kleinen Blumentöpfen, die Tuma mit seinen geschickten Händen aus Konservendosen fertigte, bemalte und so gut zusammenbaute, daß der Hof durch die vielen Pflanzen sogar größer wirkte. Nur ein Pinguin aus Plastik störte Tumas Freunde. Der Plastikpinguin spuckte ununterbrochen und geräuschvoll Wasser in den Suppentopf, und wäre er nicht aus Amerika gewesen, dann hätten ihm Salim, Mehdi oder Junis empfohlen, ihn auf den Müll zu werfen. Oder Isam hätte den Plastikvogel für ihn verscherbelt. Faris und Musa dagegen waren sich auch hier einig, daß der Anblick des Eisbewohners, mitten in Damaskus, Kühlung für die Seele verschaffte.

Jeannette sprach nur gebrochen Arabisch, aber sie sagte ihre Gedanken geradeheraus und ohne jeden Schnörkel. Salim konnte nicht genug davon hören, wenn er zu Besuch bei Tuma war. Er mochte die Frische ihrer Sprache. Die Nachbarinnen schätzten – nicht ohne Neid – diese kleine, leise, ja, fast unhörbar auftretende Frau, deren Worte aber nie wiederholt werden mußten. Jeannette war gar nicht gerne aus Amerika weggegangen – schon wegen der erwachsenen Kinder, die sie dort zurückließ. Aber Tuma hatte ihr den Himmel auf Erden versprochen, wenn sie mit ihm nach Syrien käme: Sie würde die Königin, er der Sklave sein. So erzählten es sich jedenfalls die Nachbarn. Sklave war der sture Tuma nie, aber er achtete Jeannette auch in der Öffentlichkeit sehr. Er war der einzige Mann im Viertel, der Hand in Hand mit seiner Frau durch die Straße ging.

Tuma trug, wie viele Rückkehrer aus Amerika, einen europäischen Anzug und immer einen Hut, und davon hatte er eine Menge. Schöne Hüte waren das wie die der Gangsterbosse in den amerikanischen Filmen. Und wenn Tuma im Winter seinen hellen Regenmantel trug und den Kragen hochgeschlagen hatte, so grüßte ihn Faris oft mit: »Hallo, Mister Humphrey Bogart!«

Tuma hatte eine Angewohnheit, die keiner seiner Freunde verstehen konnte. Wenn jemand anfing zu erzählen, setzte er seine Brille auf, die er sonst nur morgens bei der Zeitungslektüre gebraucht hatte. Als Faris sich wieder einmal darüber lustig machte, jammerte Tuma: »Okay, du kannst es nicht verstehen, aber ich kann nicht gut hören, wenn ich die Brille nicht aufsetze. Ich muß die Augen und die Hände des Erzählers sehen.«

Als Tuma ins Zimmer eintrat, waren alle Freunde schon versammelt.

»Oh, Tuma denkt an seinem Abend auch an unseren Gaumen«, scherzte Isam und machte auf dem kleinen Tisch etwas Platz für die Schale mit Keksen, die Tuma mitgebracht hatte. Salim schaute seinen Gast etwas mißmutig an. So etwas macht ein arabischer Gast nicht, Kekse mitbringen. Tuma lächelte verlegen. »In Amerika«, sagte er, »bringen die Gäste immer etwas mit. Jeannette wollte das unbedingt. Sie läßt dich grüßen und will gerne wissen, ob dir ihre Kekse schmecken. Sie hat sie nach einem alten mexikanischen Rezept gebacken.«

Salim lächelte und nahm ein Stück, danach griffen auch die anderen zu. »Bei diesen feinen Keksen kannst du nun alles erzählen. Du hast uns schon bestochen«, sagte Mehdi und lachte.

»Okay, ihr wißt alle, daß ich über dreißig Jahre in Amerika lebte, aber keiner von euch hat jemals gefragt, warum ich ausgewandert bin.« Tuma nahm einen Schluck Tee. »Ich war achtzehn, als der Erste Weltkrieg ausbrach«, begann der Emigrant seine Geschichte.

»Achtzehn!« unterbrach Musa. »Du warst mindestens achtundzwanzig, mein Lieber!«

»Well, sagen wir ein Zwanziger«, bot der Emigrant einen Kompromiß an, um weiterzuerzählen.

»Meinetwegen«, winkte Musa.

»Wir lebten am Rande Latakias. Als die osmanische Militärbehörde nach mir schickte, flüchtete ich, aber ich wußte nicht, wohin. Bis dahin war Latakia meine Welt gewesen. Meine Eltern waren sehr arme Korbflechter. Ich hatte einen Onkel und eine Tante, die in Tartus lebten, doch zu ihnen konnte ich nicht gehen, denn ihre Söhne waren auch fahnenflüchtig. Ihre Häuser wurden immer wieder von der Polizei durchsucht.

Ich irrte in der Stadt umher und schlief bei den Fischern am Meer. Die Fischer waren verschwiegene Leute, schweigsam wie die Fische, die sie fingen. Ihre Seele war aber so weit wie das Meer. You know, sie fragten nie, was du suchtest oder wolltest. Wenn es Arbeit gab, sagten sie nur kurz: ›Halte das fest!‹ Oder: ›Trag die Kiste dorthin und bring das Salz hierher!‹ Mehr sprachen sie nicht mit mir. Doch ihre klugen Augen und jede Furche ihrer gegerbten Gesichter erzählten tausend Abenteuer.

Nun, wir waren über zwanzig junge Männer, die sich bei den armen Fischern aufhielten. Zwei Jahre lang versteckte ich mich bei ihnen. Eines Tages, es war im Sommer 1916, wachten wir in der Morgendämmerung auf. Ein großer Suchtrupp kämmte die Küste nach uns durch. Wie eine Schar Todesengel marschierten die Soldaten, vom Landesinnern kommend, gegen das Meer und such-

ten in jeder Hütte und unter jedem Stein nach uns. Irgendein Spitzel hatte uns verpfiffen. Ich hörte, er bekäme für jeden gefaßten Mann einen Piaster! Wer wegrannte, wurde erschossen. Ich sah die Fackeln der Soldaten und hörte die Schreie der Gefaßten.

Im weiten Meer ankerte ein italienischer Frachter, der Tabak aus Latakia geladen hatte und auf die Papiere wartete, um abzulegen. Ich rannte und rannte, doch die Soldaten kamen immer näher. Es gab keinen Baum und keinen Strauch, hinter dem ich mich verstecken konnte. In meiner Angst suchte ich einen hohen Felsen und kletterte hinauf. Ein Ausrutscher, und du stürzt dich in den Tod. Von meinem Versteck aus sah ich den flachen Strand zu meiner Rechten. Die Soldaten trieben die Flüchtenden ins Wasser und schlugen mit Gewehrkolben auf sie ein. Dann ketteten sie die Gefangenen aneinander, als wären sie aufmüpfige Kamele. Ich lag flach auf dem Felsen. Doch bald wurde es hell, und die Soldaten suchten weiter. Zur Strafe steckten sie viele Fischerhütten in Brand. Ich dachte aber, daß mein Versteck sicher wäre, bis einer mit einem Fernglas unten am Strand rief: ›Holt den Hund herunter!‹ Drei Soldaten kletterten zu mir hoch. Ich sah mein Ende kommen. Hinter mir war der Krieg und vor mir das Meer: zwei Ungeheuer! Ich konnte nicht schwimmen. Komisch, nicht wahr? Wir lebten am Meer, doch viele meiner Freunde waren genau wie ich wasserscheu.«

»Das Sprichwort sagt: Der Schuster geht barfuß, und der Schneider ist nackt«, bestätigte Faris.

Isam lachte. »Ja, man könnte auch sagen: Die Fischer ertrinken!«

»Well«, setzte Tuma fort, »die Soldaten kletterten fluchend zu mir herauf. Sie rutschten mit ihren klobigen Schuhen immer wieder auf dem glitschigen Felsen aus. Ihr Unteroffizier drohte ihnen mit Strafe, falls ich ihnen entkommen würde. Es waren vielleicht nur noch fünf Meter, die uns trennten, da richtete ich mich auf. Die Soldaten sprachen leise auf mich ein, ich solle ihnen die Gefahr ersparen. Sie seien auch nur arme Schlucker, die Befehle auszuführen hätten. Ich ging einen Schritt auf sie zu, aber dann schrie ich und sprang ins Meer. Wie hoch der Felsen war, wußte ich damals nicht.

Well, vor ein paar Jahren nahm ich meine Frau mit an die Küste, um ihr die Stelle zu zeigen. Sie ist, wie ihr wißt, in Amerika geboren und sah unser Land zum ersten Mal gemeinsam mit mir bei meiner Rückkehr. Ich erkannte den Felsen wieder. Die Fischerhütten waren kaum verändert. Die Söhne der Fischer arbeiteten an derselben Stelle und vielleicht mit denselben alten Booten wie ihre Väter. Als Jeannette den hohen Felsen sah, glaubte sie mir nicht mehr, daß ich von dieser gefährlichen Klippe ins tiefe Meer gesprungen war. Ich muß ehrlich sagen, mir kamen angesichts dieses mächtigen Felsens auch Zweifel. Die Fischer konnten sich nicht daran erinnern,

daß jemals einer von dieser Stelle hinabgesprungen und lebend aus dem Meer wieder herausgekommen war.

Well, ich tauchte damals ins Wasser und schlug um mich. Ich hörte und sah nur das Wasser. Der Frachter war nicht weit, aber das Meer zog mich in die Tiefe. Ich kämpfte wie ein Wahnsinniger. Wie lange ich aushielt, weiß ich heute nicht mehr. Ich schrie: ›Ich will leben!‹, und schlug und schlug, bis meine Kräfte mich verließen. Als ich zu mir kam, erblickte ich freundliche Gesichter. Ich sprang erschrocken auf und wollte fliehen, doch die Matrosen beruhigten mich. Sie hatten die ganze Suchaktion beobachtet und mich beim Sprung gesehen. Sie ließen heimlich ein Boot ins Meer. Ihr Kapitän durfte es nicht erfahren, solange das Schiff ankerte, sonst hätte er Scherereien bekommen und mich ausliefern müssen. Am nächsten Tag aber legte das Schiff in Richtung Venedig ab.

Well, ich konnte mich in Venedig als Lastenträger verdingen. Dort arbeiteten viele Araber. Aber ich wollte nach Amerika. Ich hatte dort einen Vetter in Florida. Damals dachte ich, was soll es? Ich werde ihn finden. Amerika ist groß, aber viel größer als Latakia kann es nicht sein, und in Latakia konnte man einen Namen nennen, und es brauchte keinen Tag, bis der Gesuchte ausfindig gemacht wurde.« Tuma lachte, zog an der Wasserpfeife und übergab Salim den Schlauch.

»Oh dear, etwas größer war Amerika schon«, fuhr er

fort. »Ich habe euch früher oft erzählt, was für Schwierigkeiten die Einwanderungsbehörden gemacht hatten. Well, mein Vetter war inzwischen auf der Suche nach Arbeit nach Argentinien weitergewandert. Argentinien bedeutet das Silberland, und mein Vetter hoffte, etwas davon in diesem großen Land zu finden. You know, wenn ein Emigrant etwas zum Festhalten braucht, kommt ihm eine Spinnwebe wie ein Holzbalken vor. Ihr seid nie ausgewandert. Ein hartes Leben führten wir. Das Brot war ein Reiter, und die Emigranten rannten mit hängender Zunge zu Fuß hinter ihm her. Ein Fluch, sage ich euch.

Well, ihr habt wunderbare Geschichten erzählt. Ich habe aber in Amerika soviel erlebt und will euch nur die Wahrheit erzählen. Mich hat es oft geschmerzt, daß viele hier denken, daß dort das Geld auf der Straße liegt. Irgendwelche Leute erzählen, ja, in Amerika ist es anders. Dort braucht man sich nur nach den Dollarscheinen zu bücken, und sie lassen sich leichter als die Tomaten auf den Feldern von Damaskus pflücken. Wenn du den Leuten aber sagst, das stimmt nicht, sagen dir die meisten nicht, daß du ein Idiot bist, nein, sie lassen es dich spüren. Schau dir den und den an, heißt es, die gingen zwei Jahre nach Amerika und kehrten als Millionäre zurück! Es schmerzt, wenn du in den Augen der Leute die Verachtung spürst. Ein Nachbar sagte mir, als er betrunken wurde: ›Wer was geworden ist, kehrt nicht zurück.‹ Well,

das stimmt vielleicht für viele, aber je älter ich wurde, um
so größer wurde meine Sehnsucht nach meiner Stadt Latakia. Ich hatte nie Sehnsucht nach Heimat, Vaterland
und ähnlichem Shit, doch nach Latakia wollte ich unbedingt zurück. Es ist so, als ob du dich für die Schmach der
Flucht rächen willst. Du kehrst zurück, um zu sagen, daß
du als Mensch stärker bist als Krieg, Hunger und Meer.
Aber hier erwarten sie dich mit der Frage: ›Amerikaner,
warum kaufst du keine Villa?‹ Keiner fragt dich, was hat
dir die Fremde gebracht? Gestern nacht dachte ich sehr
lange an das, was die Fremde mir gegeben und genommen hat. Das will ich euch erzählen. Hört es bitte an, als
wäre es eine Geschichte. Okay?

Mich machte die Fremde sehr reich, nicht an Geld,
sondern an einem zweiten Leben. Ich glaube, mit dem
Sprung ins Meer war der eine Tuma gestorben, der andere wurde auf einem Schiff geboren. Im ersten Leben
war ich ein Angsthase, von Bord des Schiffes ging ich als
Löwe in die Neue Welt. Was kann man noch mehr verlieren als Eltern und Heimat? Von nun an war jede Be-
drohung nicht mehr als das Gackern einer Henne. Ich
bekam in der Fremde einen mir bis dahin fremden Mut.
In Latakia lebten wir wie die Bienen, der einzelne galt
nichts, die Sippe alles. Das gibt dir Schutz, doch es bindet
dir auch Hände und Füße. In Amerika leben die Leute
wie die Gazellen, jeder für sich allein, auch wenn sie
zusammengehen. Du bist einsam, doch du bist auch frei,

etwas Neues zu wagen. Dort nimmt einer allein ein Boot und rudert über den Fluß. Hier mußt du zwei Großväter und zwei Großmütter, Vater und Mutter, Brüder und Schwestern, Tanten und Onkel, Schwiegereltern und Schwager mit ins Boot nehmen, wenn du den Fluß zum neuen Ufer überqueren willst.«

»Du hast Pfarrer und Imam vergessen«, fügte Faris zustimmend hinzu.

»Ohne den arabischen Mokka und die Wasserpfeife will ich keine neuen Ufer entdecken, die müssen auch mit aufs Boot«, fügte Isam mit ernster Miene hinzu.

»Well, das wäre nicht schlecht, ist aber leider unmöglich. Doch nun zurück nach Amerika! In Latakia hätte ich vielleicht ein paar fremde Seeleute im Hafen getroffen, aber in Amerika lebte ich mit Griechen, Chinesen, Schwarzen, Polen, Juden, Italienern und noch mehr Leuten aus allen Ländern der Erde. Dort triffst du unter deinen Hafenkumpeln Fremde, die in ihren Heimatländern ganz anders gelebt haben. Du triffst arme Teufel und feine Leute, die dort mit dir am Hafen als Lastenträger arbeiten, was sie in ihrer Heimat nie gemacht haben. Dort traf ich auch 1921 Khalil Gibran bei einer Lesung.«

»Meinst du den berühmten Dichter Gibran?« vergewisserte sich Faris ungläubig.

»Ja, Gibran. Wir lebten beide in New York. Er war ein guter Kerl und hatte eine Sprache und eine Stimme, die

vom ersten Augenblick an leise in mein Herz floß und es mit Ruhe füllte. Doch er wurde zu Lebzeiten von vielen Neidern bekriegt und mit Dreck beworfen. Seine Gegner ließen nicht einmal sein Privatleben aus dem Spiel. Doch was schadet der Dreck einer Fliege einem Elefanten? Gibran war so groß in seiner Seele wie ein Elefant. Eines Tages traf ich ihn in einer kleinen Bar. Er war sehr traurig und fragte mich, was er gegen seine Feinde machen solle. Sie ließen ihn keinen Tag in Ruhe. Stellt euch vor, der große Gelehrte Gibran fragte mich, einen einfachen Hafenarbeiter, was er machen solle. Ich sagte ihm, er solle es wie mein Großvater machen. Mein Großvater verwirrte seine Feinde damit, daß er immer geradeaus ging.

Ich habe alle seine Bücher gekauft und mir eine feine Widmung schreiben lassen. ›Meinen Freunden Jeannette und Tuma‹, schrieb er. Meine Frau liebte ihn genau wie ich. Als er 1931 an Krebs starb, trauerten viele Araber und Amerikaner um ihn. Meine Frau zeigt bis heute noch jedem Besucher die Bücher und sagt mit Recht, das sei unser großer Schatz.

Was hat mir die Fremde gegeben und genommen? Well, bevor ich nach Amerika ging, war ich redselig. Ich erinnere mich heute noch daran, daß ich damals in Latakia zweimal meine Arbeit verloren hatte, weil ich zuviel geredet und gesungen hatte. Ich wußte nicht, wie wertvoll das Wort ist, bis ich in der Fremde stumm wurde. Worte sind unsichtbare Juwelen, die nur die sehen,

denen sie entzogen wurden. Salim weiß es heute besser denn je.«

Der alte Kutscher nickte nachdenklich.

»Die Stummheit in der Fremde ist aber schlimmer als die angeborene. Salim versteht mich genau! Es ist eine bittere Stummheit, denn diejenigen, die von Geburt an stumm sind, können mit Händen, Augen und Kopf reden. Außer ihren Zungen spricht alles an ihnen. Uns Fremden geht es wie dem Helden in Mehdis Geschichte. Wie hieß er noch, Schafik?«

»Nein, Schafak«, korrigierte Mehdi.

»Genau wie bei Schafak ist alles am Anfang tot. Ich habe es genausowenig wie Salim gelernt, mit den Händen zu reden. Plötzlich war ich in Amerika. Aber ich bin stumm geblieben, auch lange Zeit, nachdem ich Englisch sprechen konnte.«

»Warum denn das?« wollte Mehdi wissen.

»Wie willst du Leuten erzählen, die von all dem, was dich ausmacht, nur eine blasse Ahnung haben? Ich bin mit dem Herzen eines Löwen und der Geduld eines Kamels in die Fremde gegangen, doch Mut und Geduld halfen mir nicht gegen mein Stummsein. Die Fremde schenkte mir die Zunge eines Kindes, und bald machte sie mein Herz zu ihresgleichen. Ihr wißt, Herz und Zunge sind vom selben Fleisch. Und mit dem Herzen und der Zunge eines Kindes und der Geduld eines Kamels habe ich erzählt. Doch was auch immer ich erzählte, die

Einheimischen dort hielten es für ein Ammenmärchen. Die Amerikaner bewohnen ein großes Land, doch von der übrigen Welt wissen sie wenig. Mich nannten sie Türke, obwohl ich ihnen tausendmal erklärte, daß Syrien ein Nachbarland der Türkei sei. Es ist egal, alles sind Türken, antworteten die meisten. Sie bestanden aber darauf, daß ich mir ihre Herkunftsorte mit der Straßenseite merkte. In New York wohnten verfeindete Gruppen manchmal Mauer an Mauer, und wehe dir, du verwechseltest die eine Straßenseite in Harlem mit der anderen. Oder erkläre einem Amerikaner, daß du Araber und Christ zugleich bist. Da wäre Aladins Wunderlampe für sie leichter zu schlucken.

Ich fuhr mit dem Zug und wollte einen Freund namens Mahmud Elhadsch besuchen. Er war Ingenieur bei einer Elektrogeräte-Fabrik.«

»Elhadsch aus Malula?« fragte Junis.

»Nein, Mahmud stammte aus dem Süden des Libanon. Well, die Fahrt zu ihm dauerte mit dem Zug dreißig Stunden. Irgendwann kam ein Amerikaner in mein Abteil. Er schaute mich freundlich an, und ich freute mich über eine Unterhaltung, mit der wir die Zeit der Reise kürzen konnten. Aber ich hatte mich zu früh gefreut. ›Bist du ein Türke?‹ fragte er.

›Nein, Araber‹, antwortete ich.

›Das macht nichts. Mohammedaner ist gut. Ich bin zum Islam übergetreten. Aschhadu anna la ilaha illa Al-

lah wa anna Muhammadan Rasul Allah‹, sprach der Amerikaner die Worte seines Glaubensbekenntnisses daher, aber mehr als diesen Satz konnte er nicht auf arabisch.

›Okay, schön für dich, aber ich bin kein Muslim. Ich bin Christ, verstehst du, Mann?‹

›Hm‹, seufzte der junge Amerikaner verwirrt und dachte lange nach, dann schaute er mich mißtrauisch an. ›Dann bist du kein Araber, sondern ein Mexikaner!‹

›Doch, doch, ich bin ein waschechter Araber. In meiner Familie gab es in jeder Generation einen Dichter.‹

›Hm‹, seufzte er wieder und hielt lange inne. ›Wenn du Araber bist, dann bist du Mohammedaner, klar!‹

›Nein, nichts ist klar. In Arabien leben Juden, Christen, Muslime, Drusen, Baha'is, Yesiden und noch mehr Religionsgemeinschaften.‹

›Hm‹, stöhnte er wieder und schaute mich entnervt an. ›Nein, alle Araber sind Mohammedaner. Sie haben doch den Islam erfunden!‹ Er war enttäuscht, als hätten die Araber ihn mit dem Islam im Stich gelassen.«

»Sind die Amerikaner dumm, oder hat der Teufel diesen Mann geritten?« wollte Isam wissen.

»Nein, you know, die Amerikaner sind weder dümmer noch klüger als die Araber. Ihr werdet auch nicht glauben, daß es in New York Wolkenkratzer gibt!«

»Doch, warum nicht. Ich habe so ein Bild in der Zeitung gesehen!« beschwichtigte Junis.

»Well, aber ihr werdet bestimmt nicht glauben, daß die Amerikaner im Geschäft nicht handeln!«

»Wenn sie nicht handeln, was tun sie dann, Fliegen klatschen?« empörte sich Isam.

»Nein, aber du gehst in einen Shop und schaust auf die Preisetiketten, zahlst und gehst.«

»Jetzt übertreibst du aber«, widersprach Isam.

»No, ich habe es am Anfang auch nicht geglaubt, aber als ich der Sprache mächtig wurde, ging ich in ein großes Geschäft, sechs Stockwerke hoch. Alles, was du willst, findest du da: Kleider, Essen, Spielzeug, Stoff, Farbe und Radiogeräte.«

»Das ist ja ein Basar. Ist das alles in einem Haus?« fragte Musa erstaunt.

»Ja, ein Basar in einem Haus, nur darfst du nicht handeln. Ich weiß, ihr glaubt das nicht, sogar die Augen meines lieben Freundes Salim bezichtigen mich der Lüge.«

Salim fühlte sich ertappt und lächelte.

»Nun, ich bin hingegangen. Ich wollte eine Jacke kaufen. Ich suchte mir eine aus und ging zu einer Verkäuferin. ›Wieviel kostet die Jacke?‹ fragte ich.

Die Frau schaute mich erstaunt an. ›Du kannst lesen, Mister, es steht drauf: fünfzig Dollar‹, sagte sie freundlich.

›Das steht drauf, aber das Leben ist ein Gespräch, Frage und Antwort, Geben und Nehmen! Ich zahle zwan-

zig‹, sagte ich ihr, wie jeder hier bei einer Verhandlung anfängt.

›Geben und Nehmen, Frage und Antwort?‹ stammelte die Frau erstaunt. Sie beruhigte sich aber schnell und sprach laut, da sie dachte, ich sei schwerhörig. ›Jacke kostet fünfzig. Einen halben Hundertdollarschein!‹ Und um sicherzugehen, zeigte sie mir den Preis auf dem Etikett.

›Ist das dein letztes Wort? Ich zahle fünfundzwanzig, damit du ein gutes Geschäft machst.‹

›Was soll das: letztes Wort? Fünfundzwanzig? Es steht fünfzig drauf. Eine Fünf und eine Null‹, schrie die Frau und malte die Zahl Fünfzig auf das Packpapier vor der Kasse.

›Well, ich will nicht knauserig sein und eine junge Verkäuferin enttäuschen, also zahle ich dreißig‹, sagte ich ihr, denn ich wollte ihr helfen. ›Ich bin ein neuer Kunde, und wenn wir uns heute einigen, dann werde ich ein Stammkunde bei dir‹, fügte ich hinzu, also das, was bei einem Händler in Damaskus den letzten Widerstand bricht.

Die Frau wurde aber nur verwirrter. ›Stammkunde? Was ist das? Ich mache hier meinen Job, Mann. Fünfzig. Nimm die Jacke oder laß sie‹, stöhnte sie ungeduldig.

Ich war verärgert. Doch ich folgte dem Rat meines Vaters. Er riet mir einst: ›Wenn ein Händler so dumm ist und dir mit dem Preis nicht entgegenkommt, erhöhst du

dein Angebot ein wenig und sagst, ich gehe. Wenn er so dumm ist, daß er die Glocken nicht läuten hört, dann gehst du mit langsamen Schritten hinaus. Dreh dich nicht um, damit er nicht erkennt, daß du an dem Ding hängst. Dreh dich nicht um. Das steht schon in der Bibel! Er wird bestimmt nach dir rufen und mit dem Preis etwas heruntergehen.‹ Mein armer Vater, er hat Amerika nicht erlebt! Ich erhöhte also mein Angebot auf vierzig Dollar und sagte der Verkäuferin: ›Wenn du an diesem Tag kein Geschäft machen willst, dann gehe ich zu einem anderen Händler und kaufe die Jacke für zwanzig Dollar dort.‹ Ich ließ die Jacke fallen und ging, ohne mich umzudrehen. In Latakia oder Damaskus hätte jeder Händler mir nachgerufen und versucht, nun das Geschäft zu retten, aber sie rief mir nicht nach. In dreißig Jahren rief mir niemand nach. Ich habe es aufgegeben zu handeln.«

»Nein, ich kann nicht in Amerika leben«, stöhnte Isam.

»Ihr werdet aber auch nicht glauben, daß die Amerikaner ihre Friedhöfe schmücken und sauberhalten. Immer, wenn es sonnig war, gingen sie auf dem Friedhof spazieren.«

»Nein, jetzt hörst du mit deiner Wahrheit auf und erzählst uns ein Märchen! Auf dem Friedhof spazierengehen?« schrie Junis empört, und die anderen schüttelten den Kopf, als bedauerten sie den Emigranten. Ali steckte gerade ein großes Holzstück in den Ofen, als das Wort

Friedhof fiel. »Gott wende den Schaden von uns!« flehte er. Nur Faris wußte aus seiner Studentenzeit in Paris, daß der Emigrant nicht gelogen hatte, aber der Minister schwieg lieber und überließ Tuma dem Zorn der Herrenrunde.

Salim war auch der Meinung, daß Tuma log, aber er lächelte über seine Verzweiflung, diese Lüge unbedingt als Wahrheit verkaufen zu wollen.

»Ich schwöre es bei der heiligen ...« wollte er seine Behauptung vom Spaziergang auf dem Friedhof unterstützen.

»Schwöre nicht!« schrie Junis ihn an. »Wir wollen nicht, daß dir was zustößt.«

»Oh, my God«, stöhnte Tuma verzweifelt, als die anderen laut lachten.

»Ein Friedhof ist ein Ort der Vernichtung«, sagte Junis zürnend, »und nicht zum Vergnügen da. Schau doch unsere Friedhöfe an! Sie verfallen mit der Zeit wie die Knochen, die sie unter der Erde beherbergen. Erde zu Erde, sagen alle Heiligen Schriften, und nicht Erde zum Vergnügungslokal. Welcher Verrückte kommt auf die Idee, die Friedhöfe noch haltbarer zu machen? Die Araber wollen den Tod lieber heute als morgen vergessen.«

»Die Amerikaner auch, aber auf eine andere Weise«, schrie Tuma zurück. »Sie tun so, als würde der Tod ihnen nichts ausmachen, und gehen an seinem Ort spazieren, als hätten sie ihn vergessen.«

»Nur einmal werde ich dort spazierengehen«, sagte Musa, dem der hitzige Streit nicht gefiel. »Kennt ihr die Geschichte mit der Mutprobe auf dem Friedhof?«

»Welche?« fragte Isam, der eine Menge solcher Geschichten wußte, die in Damaskus vor allem in den Winternächten erzählt werden.

»Die mit dem Huhn!« erwiderte Musa.

»Nein, mit einem Huhn kenne ich keine, erzähl bitte! Vielleicht bringst du unseren Tuma auf bessere Gedanken«, bat Isam und klopfte Tuma auf die Schulter.

»Bei einer Wette«, fing Musa an, »sollte derjenige gewinnen, der in der Abenddämmerung auf dem Friedhof ruhig ein mit Reis, Rosinen und Pinienkernen gefülltes Huhn essen konnte. Der Herausforderer bezichtigte ein Dorf der Feigheit und stellte einen großen Geldbeutel als Belohnung für den Helden in Aussicht, der mit den abgenagten Hühnerknochen vom Friedhof zurückkäme. Alle angesehenen Männer verloren die Wette, denn wer es gerade noch schaffte, hineinzugehen und sich neben ein Grab zu setzen, den verließ der Mut, als eine blasse Hand aus der Erde kam und nach dem Essen griff. Dazu brüllte eine Stimme aus dem Grab: ›Laß uns mal kosten!‹ Natürlich wußte niemand, daß ein Komplize des Herausforderers sich vorher in dem leeren Grab versteckt hatte.

Da meldete sich ein fast verhungerter, ausgemergelter Typ. Die Leute bogen sich vor Lachen, als er fragte: ›Ist das Huhn frisch?‹

›Ja, für jede Wette wird ein Huhn ganz frisch zubereitet.‹

Also ging der Mann ohne jedes Zögern zum besagten Grab, setzte sich hin, riß das Huhn in zwei Stücke und fing gierig an, das Fleisch zu verschlingen. Als die Hand aus der Erde kam und die Stimme brüllte, drehte sich der Mann weg und rief: ›Erst sollen die Lebenden satt werden, dann kommen die Toten zu ihrem Recht!‹ Doch die Hand grabschte wieder nach dem Huhn. Da sprang der Mann auf und fing an, nach der Hand zu treten, bis der Komplize im Grab um Gnade bettelte.

Mit den abgenagten Knochen kam der Mann ins Dorf zurück. Er wurde auf den Schultern getragen. Der Dorfälteste hielt eine große Rede auf den heldenhaften Mann, doch dieser rülpste nur immer wieder und jammerte: ›Das Huhn war aber nicht frisch.‹«

Tuma lachte. »Well, ihr seid unverbesserlich, aber wie dem auch sei, die Amerikaner leben anders und glaubten mir genausowenig wie ihr, wenn ich ihnen von unserem Leben erzählte. Sie hielten alles für Märchen. Sie glaubten nicht, daß wir Kamele reiten und Feigen essen, auch nicht, daß wir tagelang Hochzeit feiern und noch länger die Toten beweinen, aber nie den Geburtstag feiern.«

»Warum soll man auch seinen Geburtstag feiern?« unterbrach Isam. »Und überhaupt, wenn man sein eigenes Geburtsdatum kennt, wird man nur noch älter. Ich fühle

mich aber heute zwanzig Jahre jünger als vor zehn Jahren.«

»Für die Amerikaner aber ist ein Birthday wichtiger als Ostern«, nahm Tuma den Faden wieder auf. »Und sie feiern Geburtstag im dritten Stock, obwohl ein Nachbar im zweiten gerade gestorben ist. Sie glaubten mir nicht einmal, daß wir den Beruf des Kaffeehauserzählers haben. Sie lachten mich aus. Vom Dampfbad wollten sie erst recht nichts hören.«

»Ja, sage mal, sind das Barbaren?« wunderte sich Ali.

»Nein, aber das Neue glaubt man nicht, und an ein Wunder gewöhnt man sich, wenn es ein paar Tage anhält. Ihr werdet nicht glauben, daß die Amerikaner den Hund besser als den Menschen behandeln?«

»Also, ich möchte vorschlagen, daß du uns ein Märchen erzählst statt dieser Lügen über die Amerikaner. Ich bin nur wegen deiner guten Kekse so langmütig«, stichelte Junis.

»Nein, das mit den Hunden kenne ich aus Frankreich«, sagte der Minister, dem Tuma einen flehenden Blick zugeworfen hatte. »Die Franzosen behandeln den Hund nicht besser als den Menschen, aber sie verwöhnen ihre Köter sehr!«

Faris' Parteinahme goß aber nur Öl ins Feuer. Nun fing Salim an, in die Hände zu klatschen und zu lachen.

»Ihr werdet uns doch heute nicht mit Frankreich und Amerika verrückt machen«, sagte Junis. »Es fehlt noch, daß Hunde im Restaurant bedient werden. Der Kellner verbeugt sich vorm räudigen Hund und fragt: ›Was wünschen Sie, Herr Hund, zum Mittag? Heute empfehle ich meine rechte Wade mit Thymian und Tomatensoße!‹« Alle lachten, und Salim warf sich auf sein Bett und hielt sich seinen Bauch. Die Tränen liefen ihm über seine roten Wangen.

»Keiner spricht vom Restaurant! Aber Hunde haben in Amerika über zwanzig Sorten Fraß!« sagte Tuma zürnend.

»Hoffentlich haben sie auch einen Friseur?« giftete Musa.

»Nein«, log Tuma und haßte sich dafür, weil er seinen Schwur gebrochen hatte, denn er hatte sich auf dem Weg zu Salim vorgenommen, der Herrenrunde nur das zu berichten, was er in Amerika erlebt hatte. Jahrelang trug er diesen Wunsch in seiner Brust. Er wußte schon, daß es schwierig sein würde, aber nun erkannte er, daß er den Widerstand der alten Herren unterschätzt hatte.

»Und einen Hundefriedhof?« wollte Ali plötzlich wissen.

»Nein, nein«, log Tuma müde und verzweifelt. Er schaute die Runde an und hielt Moses, Jesus und Mohammed für glücklich, solche Weggenossen nicht gehabt zu haben. Nun beschloß er, sie zu belügen. »Well«, sagte

er und atmete erleichtert auf, »ich wollte euch noch von einem merkwürdigen Mann erzählen. Ich habe bei ihm zehn Jahre in der Buchhaltung gearbeitet. Er war als junger Mann sehr arm, aber er war ein gerissener und gewissenloser Mann. Er wurde durch die Kriege reich und handelte mit allem, was man kaufen und verkaufen konnte. Wir arbeiteten für ihn. Und er war nicht geizig, hielt aber nichts von langen Reden. Hattest du ihm von einem Menschen erzählt, so fragte er: ›Was verkauft er?‹ Hattest du ihm gesagt, der Mann verkaufe nichts, aber er wäre sehr wichtig, so antwortete er: ›Wieviel kostet er?‹ Man konnte diesem Neureichen gar nichts erzählen, ohne daß er sich nach dessen Preis erkundigte.

Well, in der Mittagspause saßen wir im Hof und erzählten uns von unseren Ländern. Er aber lachte über uns. ›So werdet ihr es zu nichts bringen. Handeln, kaufen und verkaufen muß man können, und sonst gar nichts‹, höhnte er.

Eines Tages wünschte sich ein Einwanderer aus Kreta eine echte arabische Liebesgeschichte. Dieser Mann war wie unser Salim. Er liebte Geschichten über alles. Ich wollte ihm die Geschichte von Kais und Leila erzählen, doch er kannte sie genauso gut wie die von Antar und Abla. Er hatte sie früher von anderen Arabern gehört. Well, ich erzählte ihm dann vom traurigen Schicksal einer Frau, die ihren Vetter nicht heiraten wollte, weil sie den Dorfschmied liebte. Mein Großvater hatte mir diese Geschichte vor langer Zeit erzählt. Er hatte sie ja selbst erlebt, er war der Dorfschmied.

Die Arbeiter hörten zu, und manch einer weinte, obwohl er nie in Arabien war. Well, Mister Wilson, so hieß jener Mann, stand an der Türschwelle und schien sich in seine Börsenberichte zu vertiefen. Als ich zu Ende erzählt hatte, lachte er sich krumm über die Leiden der Helden. ›My dear Thomas – so heißt Tuma auf Englisch –, was soll diese dumme Story?‹ Dann sagte er, ausführlicher als sonst: ›All das Glück, das du in deiner komischen Geschichte stundenlang beschreibst, kann ich in fünf Minuten kaufen. Ich kann in einer Badewanne voller Milch oder Champagner baden. Ich kann diese schöne Frau in deiner Geschichte kaufen und das arabische Pferd dazu. Den sturen Vater der Braut, der der Ehe nicht zustimmte, killt einer für ein paar Dollar. Was ist daran so tragisch? Dafür braucht man keine Geschichte, dafür muß man hart arbeiten.‹

›Mister, es gibt vieles, was kein Mensch auf Erden kaufen kann‹, erwiderte ich verbittert, weil er den Leidensweg und Mut meiner Großmutter lächerlich gemacht hatte.

Er lachte. ›Was denn, was denn?‹

›Die Zeit, eine Windböe lang das Glück zu genießen‹, antwortete ich und ging hinaus. Ich hörte noch, wie er schallend lachte.

›Wind macht man selbst, my dear Thomas! Mein Ven-

tilator kostet zehn Dollar und fünfzig Cents‹, brüllte er in den nächsten Wochen immer, wenn er mich sah.

Well, Mister Wilson hatte Erfolg. Ihn interessierten nur Börsenberichte und Nachrichten über Krieg und Dürre. Geschichten hören war für ihn verhaßt. So vergingen die Jahre. Plötzlich verließ ihn seine Frau. Er war todunglücklich, weder Drohungen noch Geld konnten sie umstimmen. Sie war die Tochter eines großen und gefürchteten Hotelbesitzers. So unglücklich sah ich Mister Wilson nie wieder. Er verlor jeglichen Halt und war in seinem Lebensmut geknickt. Tagelang wollte er nichts mehr zu sich nehmen. Er hing lustlos in seinem Büro herum, wollte sich weder waschen noch rasieren. Nach drei Tagen benachrichtigten wir einen sehr guten Geschäftsfreund von ihm, denn andere Freundschaften konnte Mister Wilson nicht halten. Nun, dieser Mister Eden war ein Lebemann und mochte Wilson gut leiden. Er eilte zu ihm und zwang ihn, mit auf eine Insel zu reisen. Well, Mister Wilson war schon über fünfzig, und sosehr er großmäulig verkündete, das Glück kaufen zu können, im Grunde war er ein unglücklicher Mensch, der sich nie Ruhe gegönnt hatte.

Well, er ging mit seinem Freund und blieb einen Monat weg. Als er zurückkam, war er sonnengebräunt und lustig. Auf Anraten seines Freundes wollte er von nun an jeden Morgen ausgedehnt frühstücken, jeden Mittag eine Stunde schwimmen, jeden Nachmittag eine Massage haben und jeden Abend eine junge Frau ins Restaurant, Theater oder Kino mitnehmen. Jeden Tag wollte er im Büro alle Boulevardzeitschriften lesen. Wir brachten ihm jeden Schrott, der in New York auf Papier gedruckt wurde. Er las diese bunten Blätter und lachte.

Eines Tages las er, daß das Teuerste im Leben die Zeit sei. Sie sei teurer als Gold und Juwelen. Mister Wilson erinnerte sich meiner und schickte nach mir. ›Du hast recht, my dear Thomas, Zeit ist teurer als Gold. Das steht hier!‹ Er zeigte mir das Bild eines Meisters, dessen Hände und Kraft das Leben um Jahre verlängern könnten. Der Meister soll hundertfünfzig Jahre alt gewesen sein. Sein Gesicht aber war glatt wie das eines Achtzehnjährigen. Mister Wilsons Augen glänzten, während er mir aufzählte, was er nun alles nachholen wollte. Well, er ging zu diesem Meister und ließ sein Leben für teures Geld um ein Jahr verlängern. Von nun an lebte Mister Wilson sehr glücklich. Ob Zufall oder nicht, einen Tag darauf verliebte er sich in eine junge Frau; sie schenkte ihm noch mehr Glück. Es vergingen aber nicht mehr als neun Monate, als er mich zu sich rief. Er sah wieder bekümmert aus. Seine Sorge war, daß er nun, da er das Glück gekostet hatte, viel zu schnell sterben würde. Er versuchte den Meister zu überreden, ihm zwanzig Jahre zu verkaufen, doch der Meister lehnte ab. Er könne nur noch monatsweise Zeit verkaufen, da die Kunden Schlange stünden.

Nach ein paar Tagen war er wieder etwas erleichtert.

Er hätte mit größter Mühe und für viel Geld dem Meister zweieinhalb Monate abgekauft. Der Wundermann hätte ihm versichert, daß nur Henry Ford noch ein paar Monate mehr kaufen durfte.

Well, die Monate des Glücks vergingen schnell und machten Mister Wilson noch gieriger auf die Zeit. Als er zwei Tage vor dem Ende der gekauften Zeit eine Lungenentzündung bekam, weigerte er sich, zum Arzt zu gehen. Er schickte nach dem Meister mit den wundersamen Händen, aber dieser war eine Woche zuvor gestorben.

Mister Wilsons Sekretär eilte zu ihm, in der Hoffnung, ihn doch noch überreden zu können, den Arzt zu holen. Als Mister Wilson aber die Nachricht hörte, schrie er wie ein verwundetes Tier. Einen Tag darauf ist er gestorben.« Tuma schaute in die blassen Gesichter seiner Zuhörer, und ein Lächeln umspielte kurz seinen Mund.

»Das ist eine Geschichte, mein Lieber! Du hast wirklich die Welt gesehen!« schwärmte Junis.

»Das ist wahr«, sagte Musa. »So etwas kann keiner erfinden. Das muß man erlebt haben!«

»Der große Napoleon hat nicht von ungefähr gesagt, drei Jahre muß einer in die Fremde gehen, bevor er zum Mann wird«, ergänzte Faris.

»Napoleon hat gut reden«, erwiderte Tuma trocken. »Er sagte das bestimmt nicht im Hafen von New York oder am Hudson River an einem eiskalten, regnerischen

Tag, wo du die Stunde verfluchst, in der du geboren wurdest.«

Lange unterhielten sich die Freunde über das Glück und die Zeit, aber Tuma hörte kein Wort. Er kaute an seiner Enttäuschung, daß die anderen diese Lüge, die er aus einer kleinen Meldung der New York Times und den Namen von Präsidenten und Ministern zusammengezimmert hatte, für bare Münze nahmen und sie auch noch lobten.

Kurz nach zwölf wollte Isam die Karten legen, aber der alte Friseur klopfte ihm auf die Schulter. »Laß es, mein Freund. Nach einer solch tollen Geschichte kriegt man ja eine wahnsinnige Lust zu erzählen. Morgen werde ich freiwillig das As sein, wenn ihr nichts dagegen habt.«

Der Minister und Isam hatten
nichts dagegen, und Ali,
der Schlosser? Der
rief erleichtert:
»Großartig!«

9

*Wie
einer, der alle
Lügen der Welt überblickte,
die Wahrheit vor der eigenen Nase übersah.*

Hätte man am Ende der fünfziger Jahre einen Passanten im alten Stadtviertel nach Musa, dem Friseur, gefragt, dann hätte jeder zweite mit Sicherheit zurückgefragt: »Meinst du den Taubenzüchter oder den Geizhals?« Und da der Freund des Kutschers keine einzige Taube besaß, wäre es nicht schwer zu erraten gewesen, was für einen schäbigen Ruf Musa in der Altstadt genossen hatte. Doch wie so oft, war auch dieser Ruf ungerecht. Die Schandmäuler unterschieden in Damaskus wenig zwischen sorgfältig versteckter Armut und offensichtlichem Geiz. Musa war arm, sehr arm sogar. Er hatte eine große Familie zu ernähren. Frisieren brachte nach einer halben Stunde Kampf mit den wildesten Haarbüscheln eine halbe Lira. Eine Rasur brachte eine schäbige viertel Lira. Eine Stunde lang ackerte er, um dreiviertel Lira zu verdienen. Er war danach erschöpft, und doch freute er sich, wenn ein zweiter Kunde den Frisierstuhl nicht kalt werden ließ. Zehn Stunden am Tag ackerte Musa tagein, tagaus, außer am Montag, und vermochte mit dem Geld doch nicht mehr, als den Hunger von seiner Türschwelle fernzuhalten.

Einem Friseur sah man in Damaskus die Armut nicht an. In seinem weißen Kittel, immer frisch rasiert, parfümiert und die Haare geölt, glänzte er wie ein wohlhabender Herr. War er wie Musa noch dazu etwas dicklich, so konnte keine Macht auf Erden die Damaszener davon überzeugen, daß er arm sei. Dicksein galt in Arabien als Zeichen des Reichtums. Wen wundert es, da die Mehrheit der Araber kaum zu essen hatte und ein so hartes Leben führte, daß es den Menschen unter der sengenden Sonne kaum gelang, ein Gramm Fett zuviel auf den Knochen zu halten. Nur die, die bequem in den Palästen lebten, wurden dick. Es war deshalb fast die Regel, daß alle Filmschauspieler und Bauchtänzerinnen sich vollstopften, damit sie dick wurden und Wohlstand ausstrahlten.

Musa war nicht nur etwas dicklich. Er ölte auch seine Haare und scheitelte sie in der Mitte. Sein Lächeln legte zwei Reihen perlweißer Zähne bloß, die man schon aus großer Entfernung sehen konnte, als wäre er eben ein wohlgenährter Schauspieler. Wer sollte noch glauben, daß dieser Friseur jeden Morgen von neuem anfing, die Kunden aufzuteilen? Die ersten drei für die Miete, die nächsten zwei fürs Gemüse. Ein Kunde für Salz, Zucker und Tee, und zwei mußten für die Medikamente und Kleider der Kinder herhalten. Kam noch ein Kunde, konnte es etwas Fleisch geben, und wenn Musa Glück hatte, kam ein großzügiger Herr und gab ihm zusätzlich

eine viertel Lira Trinkgeld. Die gab Musa sofort für Früchte aus, die er an dem Tag fröhlich und stolz nach Hause trug.

Wie gesagt, Musa sparte nie mit Öl und dunkler Farbe für seine Haare. Man munkelte im Viertel, daß er junge Mädchen verführe, doch das war übertrieben. Ein einziges Mal hatte er vor über vierzig Jahren eine junge Frau verführt, die ihn dann heiratete.

Gegen eine Extrarasur besorgte sich Musa jeden Tag vom Gärtner eine rote Nelke, was die Nachbarschaft endgültig verwirrte, denn eine Nelke im Knopfloch trugen nur der Millionär Georg Sehnaui und Farid Elatrasch, der berühmte Sänger aus edler Familie. Musa schien aber die Verwirrung der Nachbarn zu amüsieren.

An diesem Abend fieberten alle der Erzählung des Friseurs entgegen. Es war im ganzen Viertel bekannt, daß er ein miserabler Friseur, aber ein guter Erzähler von Anekdoten und kurzen Geschichten war, und seine Kunden nahmen den schlechten Haarschnitt und manche Schnittwunde in Kauf, um in den Genuß seiner Erzählkunst zu kommen oder ihm eine Geschichte zu erzählen, denn er war der Geheimnisträger des Viertels. Ein tiefer Brunnen, aus dem keiner auch nur ein Wörtchen aushorchen konnte.

Als Musa das Zimmer des alten Kutschers betrat, wunderten sich Salim und seine Freunde über die alte, braune Ledertasche, die er in der Hand trug, kehrten aber augenblicklich zu ihrem Streit zurück. »Überall sagt dir einer: ›Leise, die Wände haben Ohren‹, aber seitdem die Wände Ohren bekamen, verloren wir die Zunge«, brüllte Junis den Minister an.

»Aber was hat das mit dem Transistorradio zu tun?« wollte dieser erbost wissen.

»Ich weiß es nicht, aber diese verfluchte Zeit fing mit diesem Transistorteufel an ...« stöhnte Junis.

»Das ist auch mein Eindruck«, bestätigte der Lehrer. »Früher stritt man miteinander, aber unter Gleichen. Heute hat das Transistorradio das Land wie ein Heuschreckenschwarm überfallen. In jedem Zimmer steht ein Radio, sogar da, wo kein Strom ist. Auch in der entferntesten Steppe erreicht dich die Regierung und sagt dir die einzig gültige Wahrheit. Keine Mauer steht mehr zwischen der Regierung und ihren Untertanen. Der Präsident und seine Gehilfen flüstern und brüllen ihnen direkt ins Ohr, was sie meinen, so als wären sie Kumpel. Ja? Versteht ihr mich? Da wart ihr, mein lieber Faris, arme Teufel ohne dieses tragbare Radio. Der kleine Mann hört auf einmal den Staatspräsidenten Nasser Witze erzählen, ja, Witze, und Nasser spricht mit dem lachenden Bürger am Apparat, er sagt ihm, lache nur, mein Lieber, soll ich dir den nächsten Witz über die Preiserhöhung erzählen? So gekonnt hat noch keiner vor Nasser die Bevölkerung verarscht.«

»Nun laß doch Musa erzählen!« unterbrach Faris.

Ali und Salim unterstützten ihn mit einem deutlichen Nicken.

»Darf ich endlich anfangen. Ich bin der Meister dieser Nacht, oder?« mischte sich Musa unmißverständlich ein.

»Ich habe das Gefühl«, sagte er, als Salim ihm das Teeglas reichte, »daß sich die Gesichtsmuskeln beim Einseifen lockern und daß die Kunden mir deshalb Sachen erzählen, die sie nicht einmal ihren Frauen und Beichtvätern zumuten. Doch vieles davon ist auch langweilig, und man braucht eine Hiobsgeduld, um eine Rosine herauszupicken.«

»Ich würde sofort abschalten, wenn die Geschichte nicht spannend ist«, warf der Lehrer ein.

»Ja, ja, ich auch«, sagte der Friseur, »aber ich glaube, wir sind alle schlechte Zuhörer, da wir von Salim auch noch mit den besten Geschichten verwöhnt wurden. Spannenden Geschichten kann jeder zuhören, aber ein guter Zuhörer ist wie ein Goldsucher, der geduldig im Schlamm nach dem begehrten Metall sucht. Ich wollte aber weniger vom Zuhören als vielmehr vom Erzählen reden.

Ja, als ich mit der Lehre anfing, sagte mir mein Meister: ›Ein Friseur erzählt jedem Kunden das, was er hören möchte.‹ Das ist nach meiner Meinung ein weitverbreiteter Ratschlag für schlechte Friseure. Ich habe nur das erzählt, was ich wollte. Unter meiner Schere war jeder

Kopf gleich, ob er einem Richter oder einem armen Teufel gehörte. Ich hatte nie Angst beim Erzählen, denn ich hielt ja das Messer, nicht der Kunde.

Ja, heute abend will ich euch eine kurze Geschichte über die Lüge erzählen, weil ich weiß, daß mein Freund Salim die Lüge liebt. Wenn es euch nicht stört, möchte ich dabei dem Freund die Haare schneiden. Ein Scherenklappern und ein Wort, ein Kammstrich und ein Satz – so fühle ich mich wohler, und überhaupt hat Salim seine Haare seit einer Ewigkeit nicht schneiden lassen.«

Salim verdrehte die Augen, als wollte er lieber stumm bleiben, statt sich den Messern des Friseurs auszuliefern.

»Hab keine Angst, mein Salim«, tröstete Ali, der Schlosser. »Ich sitze dir gegenüber, und wenn es zwickt, so schließe die Augen, dann klatsche ich Musa eine, daß er dahinten neben dem Bild deiner Frau an der Wand klebt.«

Das Lachen der anderen ermunterte Salim, und er setzte sich mitten in den Raum, nachdem Junis eine Zeitung unter den Stuhl gelegt hatte, damit sich das geschnittene Haar nicht in dem kleinen Teppich verfing.

Musa holte mit Schwung seinen schneeweißen Friseurkittel, und einen bräunlichen Frisiermantel legte er Salim um. Dann ordnete er sorgfältig seine Scheren, Haarbürsten und eine alte Haarschneidemaschine auf einem Tuch, das er auf dem Bett ausgebreitet hatte. Musa

fühlte sich wohl wie seit langem nicht mehr. Er klapperte mit seiner Solinger Schere ein paarmal in der Luft, nahm mit dem Kamm ein Haarbüschel vom Kutscher auf und schnitt es mit einem Schwung ab.

»Ja, man erzählte mir, daß Damaskus so viele Herrscher sah wie die Zahl der Steine ihrer Häuser, doch der kleinste Haufen Mörtel und der winzigste Stein leben länger als der Mensch.« Musa griff ein zweites Büschel, doch er fuhr mit dem Kamm in die Kopfhaut des Kutschers.

»Paß auf!« rief Ali.

»Salim soll noch lange leben!« erinnerte Isam den Friseur.

»Meine Hände sind nicht mehr wie früher«, fuhr der Friseur fort und gab beim nächsten Schnitt besonders acht. »Ja, ja, wie gesagt. Damaskus ist eine uralte Stadt. Ihre Herrscher starben selten im Bett, aber der König, von dem ich euch heute erzählen will, lebte lange, und nun lag er auf dem Sterbebett. Als der Tod ihn leise an den Füßen berührte, schickte er nach seinem einzigen Sohn, Prinz Sadek. Der Prinz kam und setzte sich an den Rand des königlichen Bettes. Der König wünschte mit leiser Stimme, mit seinem Sohn allein zu bleiben, und im Nu verließen die Minister und Knechte das königliche Gemach.«

Salim zuckte zusammen, doch Ali bemerkte es diesmal nicht, weil er ein Holzscheit in den Ofen steckte. Als

Salim noch einmal einen Stich hinter seinem Ohr spürte, hob er ruckartig die Hand.

Isam lachte. »Also, hör mal, Musa, auch wenn Ali nicht aufpaßt, du darfst unseren Salim nicht umbringen!«

Der Friseur schnitt weiter und klapperte mit der Schere. »Ach was, das gehört dazu. Sein Haar ist struppig. Es zupft nur ein bißchen«, aber er tränkte einen Wattebausch mit etwas Rasierwasser und betupfte die verletzte Stelle.

»Ja, nun sprach der König, der auf dem Sterbebett lag, zu seinem Sohn: ›Mein Sohn, bald werde ich diese Welt verlassen und an die Tür klopfen, die für uns Menschen nur ein einziges Mal aufgeht. Du erbst ein mächtiges Reich. Erbarme dich deiner Freunde, wenn sie aus deiner Schüssel essen, und deiner Feinde, wenn sie in deine Hand fallen. Befreunde dich mit Straßenräubern und Schmugglern, aber hüte dich vor den Lügnern. Sie sind dein langsamer Tod.‹ So sprach der König und hauchte seine Seele aus.

›Der König ist tot! Es lebe der König!‹ riefen die Boten im ganzen Land.

König Sadek war am Tag seiner Thronbesteigung nicht einmal achtzehn Jahre alt. Er war gnadenlos mit Freund und Feind. Es verging kein Jahr, bis aus Damaskus eine elende Stadt wurde. Die Leute hungerten, doch König Sadek kümmerte das wenig. Dagegen ließ er verkünden,

daß er von nun an alle Lügen der Welt lernen wolle. Von morgens bis spät in die Nacht hörte er von den Meister-lügnern alle bis dahin bekannten Lügen, ob von Füchsen, Menschen, Dämonen oder Elfen. Ja, dreißig Jahre lang lernte der König fleißig die Lügen der Araber, Juden, Inder, Griechen und Chinesen. Dreißig Jahre lang zahlte er großzügig dafür, bis er tausendundeine Lüge auswendig konnte. Als sich das einunddreißigste Jahr seiner Herrschaft jährte, rief der König: ›Kein Mensch auf Erden kann mir eine neue Lüge erzählen!‹

›Ach was!‹ widersprach der Hofnarr. ›Lügen und Heu-schrecken sind verwandt. Wenn ein Mensch auf die Erde kommt, begleiten ihn sieben Lügen und sieben Heu-schrecken. Keiner kann lange genug leben, um all diese Lügen und Heuschrecken zu zählen‹, erläuterte er.«

»Ein weiser Mensch, dieser Narr. Unsere Regierung besteht offensichtlich nur aus lügenden Heuschrecken«, sagte Faris. Salim schüttelte sich vor Lachen, und wäre Musa nicht aufmerksam gewesen, so hätte sich der alte Kutscher eine zweite Schnittwunde eingehandelt. Und Ali brüllte vor Lachen. »Leise doch«, mahnte Junis, »ge-stern haben sie den Sohn der Hebamme Um Chalil ge-holt, weil er über eine Banane sprach«, erzählte er.

»Wegen einer Banane, ja?« wunderte sich Musa.

»Er hielt eine gerade, grüne Banane in der Hand. So eine kleine, seltsame Banane; weiß der Teufel, wo er die aufgetrieben hatte. Er war betrunken und rief: ›Ich kann

euch sagen, warum die Bananen nicht mehr beim Obsthändler zu kaufen sind. Sie werden auf die Linie der
Regierung gebracht, diese krummen Dinger. Ich habe
eine desertierende Banane hier. Sie riecht noch wie eine
Banane, aber sie sieht schon heute aus wie eine Gurke!‹
Er stand vor der Gaststätte meines Sohnes, lallte laut und
lachte. Die Nachbarn versuchten ihn hineinzuzerren,
doch plötzlich waren zwei Geheimdienstler da. Sie
schlugen auf den Jungen ein und nahmen ihn mit.«

»Was für elende Schurken«, seufzte Tuma.

»Ja, wo bin ich stehengeblieben?« fragte Musa, und
ohne auf eine Antwort zu warten, fuhr er fort: »Ja, gut.
König Sadek dachte also, er habe alle Lügen schon gehört
und nichts in der Welt könnte ihn mehr verwundern, da
sagte ihm dieser Hofnarr, daß Lügen und Heuschrecken
miteinander verwandt seien, kein Mensch auf Erden
könnte sie zählen. Ja, da bin ich stehengeblieben.

›Nun, gut‹, herrschte der König seinen Hofnarr an,
›laßt es verkünden, daß ich jeden, der mir eine neue Lüge
erzählt, mit so viel Gold beschenke, wie er wiegt. Kann er
mich aber nicht in Erstaunen versetzen, so rollt allerdings
sein Kopf!‹

Gesagt, getan! Die Kunde reiste so schnell wie der
Wind bis Indien und China, und die Lügner und Wahrsager eilten herbei, um sich am Gold zu ergötzen, doch
was immer sie auch erzählten, es konnte den König nicht
überraschen.«

»Glücklich war er, weil er unsere Regierung noch nicht kannte, sonst hätten sie ihn um sein ganzes Gold erleichtert. Ihre Lügen haben einen Anfang und kein Ende«, giftete Faris.

»Nun laß doch Musa endlich erzählen!« bat Tuma.

»Ja, wie gesagt«, fuhr dieser fort, »die Lügner und Wahrsager aller Länder machten sich große Hoffnungen und kamen scharenweise nach Damaskus. Doch was auch immer sie erzählten, ob sie aus einem Ei eine Kuh schlüpfen ließen oder von Städten berichteten, in denen Melonen so groß wie Kamele wuchsen, der König antwortete gelangweilt: ›Was ist daran neu? Das ist die Lüge Nummer siebenhundertundzwei, oder die Nummer dreizehn!‹

Jeder Lügner hatte nur eine Stunde Zeit, länger hörte der König nicht zu. Sobald das letzte Sandkorn in seiner Uhr herunterfiel, winkte er mit der Hand und überließ den Lügner dem Henker.

Diese Nachricht eilte um die Welt, so daß viele Lügner und Wahrsager kehrtmachten, als sie hörten, was der König alles schon für gewöhnliche Lügen hielt und daß er dafür die Erzähler um einen Kopf kürzer machen ließ. Gold hat keiner der Armseligen je erblickt.

Nach ein paar Jahren wagte es keiner mehr, dem König eine Lüge zu erzählen, nicht seine Minister und nicht seine Frau. Bald saß König Sadek stolz auf seinem Thron und lachte den Hofnarren aus. ›Siehst du, die Tür ist offen, aber niemand kommt. Wo sind deine Heuschrecken?‹

›Majestät weiß aber auch alles‹, winselte der Hofnarr untertänig.

Ja, während nun der König mit seinem Hofnarren scherzte, trat ein ausgemergelter Mann in zerfetztem Hemd in den Saal. Die anwesenden Gäste, Minister, Prinzen und Gelehrte, lachten laut, bis der König seine Hand hob. ›Sprich, Fremder!‹ befahl er.

›Salam Aleikum, soll jeder Erzähler erst sagen, und dann kann alles kommen, was will‹, sagte der Mann ohne jede Furcht.

›Aleikum Salam‹, erwiderte der König. ›Und nun läuft deine Zeit, Fremder‹, fügte der König hinzu und drehte die Sanduhr um.

›Ich habe Hunger. Seit einer Woche habe ich außer Wasser nichts zu mir genommen, und wenn mein Magen leer ist, so entspringen meinem Kopf keine Lügen, sondern nur die Namen der köstlichsten Gerichte‹, wandte der Mann ein, und als ob er einen Witz erzählt hätte, lachte der König. ›Ich sehe schon, wenn du so weiterlügst, wirst du bald um deinen Kopf erleichtert werden‹, sagte er zur Erheiterung seiner Gäste und ließ dem Mann einen reichlich gedeckten Tisch aufstellen.

›Ich muß erst das Essen genießen, dann werde ich deine Erhabenheit in kürzester Zeit besiegen. Darf ich aber, o Fürst der Gläubigen, meine Frau zu mir rufen? Sie hungert auch schon eine Woche und einen Tag, denn sie schenkte mir die letzte Mahlzeit‹, sprach der Mann ruhig.

Der König fand Gefallen an seinem Mut und erfüllte ihm den Wunsch. Eine kleine Frau trat herein. Sie war dünner als ein Schatten. Wortlos setzte sie sich zu ihrem Mann und aß sehr langsam mit ihm zusammen.

›O mächtiger König, ich danke dir für das Essen, das habe ich nicht einmal beim Kaiser von China genossen. Du mußt wissen, Chinesisch ist eine meiner hundert Sprachen. Ich kann mit Menschen und Tieren reden. Ein Esel kann mich besser verstehen als du, o Herrscher der Gläubigen.‹

›Frecher Lügner!‹ riefen viele Gäste, doch der König lächelte. ›Das ist Nummer fünfunddreißig, und wenn du mich weiter so langweilst, wirst du in einer halben Stunde mit den Fischen reden.‹

›Du hast noch nichts von dem gehört, was ich alles erlebt habe‹, fuhr der Mann unerschrocken fort. ›Gedulde dich, o König, jede Sache zu ihrer Zeit, denn der Frühling entfaltet seine Schönheit nur so zauberhaft, weil es einen Winter vor ihm gab. Nun, als ich beim Kaiser war, da hat er Kriege geführt. In einem dieser Kriege trafen ihn dreitausend Pfeile. Aber die Pfeile konnten ihn nicht verletzen, weil ich ihn mit der Milch der Ameisen eingerieben hatte. Ich pflegte jeden Morgen meine Ameisen zu melken. Doch die Ameisenmilch konnte ihn nicht vor der Bananenschale retten. Er rutschte aus, schlug hin und war auf der Stelle tot. Die Chinesen vertrieben mich, und so wanderte ich mit meiner Frau aus und litt Hun-

ger. Ich war so dünn geworden, daß der Wind zwischen meinen Rippen Lieder sang. Als der Todesengel die Melodie meiner Knochen hörte, bekam er Lust auf meine Seele. Er kam sie holen. Aber er mußte mich lange suchen, da ich so dünn war, daß ich keinen Schatten mehr hatte. Ich wollte leben, der Todesengel wollte jedoch nicht mit leeren Händen zurückkehren, so kämpften wir wild gegeneinander. Er mit seiner Sense und ich mit meiner Liebe zum Leben. Drei Stunden dauerte der Kampf, bis ich ihn tötete.‹

›Unerhört!‹ brüllte ein Gelehrter empört.«

Der Friseur kämmte die Haare des Kutschers glatt auf die Stirn. »Hier vorne etwas kürzer, ja?«

Salim nickte. Es war ihm gleichgültig. Er wollte nur noch wissen, was mit diesem frechen Lügner passiert war.

»Ja, wie ich gerade erzählt habe«, fuhr Musa fort, »als der Mann sagte, er hätte den Todesengel getötet, rief ein frommer Gelehrter zornig: ›Unerhört!‹ Und: ›Lügner!‹ riefen die anderen Gäste. Der König fand in seiner Erinnerung keine Nummer für diese einmalige Lüge: Er hörte viel über die Lügen der Leute, mit denen sie den Todesengel um etwas Verlängerung ihrer Zeit auf Erden überlisteten, doch noch keiner war darauf gekommen, den unsterblichen Todesbringer zu töten. Der Hofnarr wollte dem König aber zu Hilfe kommen. ›Du warst auch dabei, nicht wahr?‹ fragte er die Frau und lachte.

Die Frau antwortete nicht.

›So sprich doch, ja oder nein?‹ rief der König aufgeregt.

›Euer Gnaden! Sie kann nicht reden‹, sagte der Mann. ›Wie soll sie auch? Seit sie meinen Kampf mit dem Todesengel gesehen hat, ist sie blind, taub und stumm‹.

›Du hast mich besiegt, so etwas habe ich noch nie gehört. Dir steht dein Gewicht in Gold zu‹, sprach der König.

›Majestät, meine Zeit ist noch nicht abgelaufen, und die dickste Lüge habe ich noch nicht aus ihrem Käfig befreit‹, sagte der Mann seelenruhig. Ein Raunen lief durch die Versammelten.

›Aber du wirst deinen Kopf verlieren, wenn das letzte Sandkörnchen die Stunde beendet, ohne daß du mich noch einmal erfolgreich belügst. Das hat noch keiner geschafft‹, mahnte der König den Übermütigen.

›Ich bin meiner Sache sicher. Gedulde dich, o Herrscher der Gläubigen. Nun, nach dem Kampf mit dem Todesengel war ich hungrig. Wir suchten drei Monate lang nach Nahrung, bis wir eine Rosine fanden. Ich stillte meinen Hunger mit einem Drittel. Meine Frau aß das zweite Drittel, und mit dem dritten Drittel eröffnete ich in der Nähe von Aleppo eine Weinkellerei. Ich konnte verkaufen, soviel ich wollte, doch die Weinfässer blieben voll.‹

›Zweiundzwanzig!‹ rief der König.

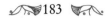

›Eines Tages‹, fuhr der Mann fort, ›lud ich den König von Aleppo zu mir ein. Als er kam, sah ich seinen Kummer, und er berichtete mir weinend, daß er einen Fisch liebe. Der Fisch aber erwidere seine Liebe nicht und weine in seinem Teich.‹

›Sechshundertvierzehn‹, triumphierte der König und blickte auf den Sand. Nicht mehr als eine Viertelstunde trennte den Mann vom Tod.

›Ich ging also am nächsten Tag zum königlichen Palast. Dort kniete ich vor dem Teich und rief nach dem Fisch. Er kam und war immer noch am Weinen. Ich fragte ihn, warum er weine. Ich will nach Hause, antwortete mir der Fisch, der König hält mich hier gefangen. Ich bin kein Fisch, sondern eine Prinzessin. Was soll ich mit einem blöden König anfangen, der nichts Besseres in seinem großen Reich zu tun weiß, als sich in Fische zu verlieben? Befreie mich, und du wirst es nicht bereuen. Küß mich!

Obwohl ich Fische nicht ausstehen kann, nahm ich ihn aus dem Wasser und küßte ihn auf sein glitschiges Maul – doch statt einer Prinzessin lag eine Schildkröte auf meinen Händen. Sei nicht enttäuscht, junger Mann. Ich bin eine Prinzessin von der Wakwak-Insel. Sobald wir in die Fremde gehen, verwandeln wir uns in Schildkröten. Unser Heim lebt in uns, und wir leben in ihm. Bring mich in meine Heimat, und mein Vater wird dich reichlich belohnen!

Im Mantel der Dunkelheit entflohen wir dem Palast-
wächter. Ich verabschiedete mich von meiner Frau, weil
sie nicht schwimmen konnte, und tauchte ins Wasser.
Die Schildkröte lag auf meinem Rücken und hielt sich
mit dem Maul in meinen Haaren fest. Sie durfte nicht
sprechen. Ein Wort bringt manchmal den Tod. Ich überquerte die sieben Meere. Sie sprach kein Wort, doch ich
hörte in der Stille der Ozeane ihr Herz klopfen. Am
siebten Sonntag erreichte ich die Wakwak-Insel. Dort
war Sommer, als bei uns Winter war.‹

›Hundertsiebenundvierzig!‹ triumphierte der König.

›Als wir das flache Wasser erreichten, sprach die Schildkröte: ›Danke dir, guter Mann!‹ Voller Angst drehte ich
mich um. Eine Frau mit dem Kopf und den Schwingen
eines Paradiesvogels schlüpfte aus dem Panzer der Schildkröte. Sie erhob sich in die Luft und flog mir voraus. Ich
wurde wie ein Held empfangen. Die Wakwakis sind Vo-
gelmenschen. Sie haben Köpfe und Flügel wie die Vögel
und Körper wie die Menschen. Fremden gegenüber
waren sie sehr gastfreundlich, vor allem, wenn ein Fremder wie ich nackt und ohne ein Zuhause ankam. Aber
mir grauste es bei ihnen. Ihre Spatzen waren so groß
wie unsere Elefanten, und jeder Sperling verspeiste
zwei Löwen zum Frühstück. Ihre Krokodile trillerten
wie Kanarienvögel, und ihre Esel spielten Harfe.‹

›Vierhundertdrei‹, warf der König nur kurz ein.

›Und wie die Wakwakis aßen, das hast du, o König,

bestimmt noch nie gehört. Lämmer, Hühner, Gänse und Schweine liefen in der Gegend herum und riefen: Bitte, genieß mich! Bitte, iß mich! Und wenn einer nach seinem Begehren auswählte und das zarte Fleisch genüßlich verzehrte, so brauchte er nur dem Knochen zu sagen: Geh! Ich bin fertig mit dir, und da erstand ein Lamm, eine Gans, ein Huhn oder Schwein aus den Knochen und rief: Bitte, iß mich!‹

›Sechshundertzweiundzwanzig‹ winkte der König ab.

›Nun gut, der König der Wakwak-Insel erwies mir beim Empfang alle Ehren und gewährte mir hochherzig Gastfreundschaft. Er schenkte mir zur Belohnung ein Fernrohr, mit dem ich die Planeten sehen konnte. Ich konnte gar das Essen auf den Tischen der Lebewesen dort sehen.‹

›Siebenundneunzig‹, kommentierte der König.

›Nun das Wichtigste, mein König. Rate mal, wen ich auf der Insel getroffen habe?‹ fragte der Mann unbeirrt.

›Mich?‹ belustigte sich der König.

›Nein, deine Mutter. Sie saß dort im Gefängnis.‹

›Majestät!‹ rief ein Gelehrter. ›Bis wohin reicht deine Geduld, der Mann ist ein ungläubiger Schurke!‹

Doch die anwesende Königsmutter lächelte.

›Ob du es glaubst oder nicht, o König. Ich habe sie mit dem Faden einer Spinne aus dem Gefängnis befreit und

in meinem Palast versteckt, wo ihr mein Esel Nacht für Nacht mit der Harfe den Kummer vertrieb.

Fünfzehn Tage blieb ich als Gast auf dieser Insel. Meine Frau sagte, ich wäre fünfzehn Jahre lang weg gewesen. Ein Glücksjahr vergeht schneller als ein Tag, und eine Nacht voller Kummer verwandelt sich gar in eine Ewigkeit. Nun, in der vierzehnten Nacht saß ich bei deiner Mutter, o König. Sie war sehr traurig. Ich fragte sie nach dem Grund. Sie seufzte und schaute nach dem Esel, der ihr mit seiner Harfe vorspielte. Siehst du diesen Esel? fragte sie. Der hat mehr Verstand als mein Sohn!‹

›Schande über dich, elender Aufschneider!‹ rief die Königsmutter nun entsetzt.

Der König aber hob seine Hand. ›Dreiunddreißig‹, sagte er nur knapp.

›Ich habe es auch nicht geglaubt, aber sie erwiderte: Du bist meinem Sohn noch nicht begegnet. Wenn du das Pech hast, wirst du meine Worte verstehen. Er ist sogar dümmer als ein Esel.«

Musa nahm die große Haarbürste und fegte damit die geschnittenen Haare von den Schultern des Kutschers. Er drehte sich zu Ali. »Gib mir in dieser Schale etwas warmes Wasser aus dem Kessel, damit ich diesen Igel einseifen kann. – Ja, der Mann schimpfte den König also einen Esel, dann fuhr er fort: ›Voller Neugier über mein Land und seinen König kehrte ich zurück. Ich muß sagen, deine Mutter hat sich geirrt, denn du hast, o König,

das Leben in deinem Reich zu einem Paradies gemacht. An den Toren von Damaskus sah ich zwei Engel, die weinten. Sie waren ziemlich heruntergekommen. Warum weint ihr? fragte ich.

Seit König Sadek Damaskus in ein herrliches Paradies verwandelte, will keiner mehr zu uns in den Himmel. Wir sind brotlos geworden. Fremder, geh nicht hinein, erbarme dich unser und stirb, bevor du Damaskus betrittst.

Ich aber hatte noch keine Lust zu sterben. Ich trat durch das Osttor in deine Herrlichkeit ein. O König, schon am Tor hielt mich einer deiner Soldaten an, küßte mich und hieß mich mit Brot und Honig willkommen. Ich wunderte mich über diese neue Sitte, doch der Soldat sagte, das habe König Sadek befohlen. Überall strahlten die Leute vor Glück, und die Armen bekamen von deinen Wesiren keine Almosen, nein, o König, sie bekamen ihr Land zurück, das du vor Jahr und Tag unter deinen Angehörigen aufgeteilt hast.‹

›Das ist eine Lüge‹, rief der König empört und erkannte zugleich seine Niederlage.

›Ein zweites Gewicht an Gold hat der Mann gewonnen‹, witzelte der Hofnarr, nicht ohne Freude.

›Die Bauern bekamen Pferde und Werkzeug, damit sie sich selber helfen konnten. Bei all dieser Herrlichkeit konnte ich kaum gehen. Ich starrte mit offenem Mund die Glückseligen an und blieb wie angewurzelt stehen.

Plötzlich trat ein Betrunkener auf mich zu und beschimpfte ohne Grund meine Mutter und meinen Vater. Er war der Sohn dieses Ministers, der dir zur Rechten sitzt. Doch seine edle Herkunft hat ihm nicht geholfen. Ein Richter ließ ihn peitschen. Er las ihm aber vorher noch dein Gesetz vor, wonach sogar du gepeitscht werden solltest, wenn du einem deiner Untertanen Unrecht getan hättest.‹

›So eine gemeine Lüge! Ein solches Gesetz habe ich nie erlassen‹, brüllte der König, und die Gäste lachten. Der Hofnarr stand kopf und rief: ›Dreimal dieser Schurke in Gold, was für eine Pechsträhne hat unser König heute!‹ Der fremde Mann fuhr mit unbewegtem Gesicht fort. ›König, o Erschaffer aller Güter in Damaskus! Ich wanderte einen ganzen Tag in der Stadt umher. Als ich die Passanten nach den Gefängnissen fragte, lachten sie mich aus. Wozu braucht ein Paradies ein Gefängnis? Das Wort Hunger hörten die Kinder zum ersten Mal aus meinem Mund. Gelähmt soll meine Zunge werden, mit der ich die kleinen Ohren der Kinder mit diesem Wort belästigte. Ja, in einem solchen Land, so sagte ich meiner Frau, da möchte ich der König sein. Alles läuft wie von Engelshand. Wenn ich da König wäre, hätte ich keinen Kummer mehr und würde meine Zeit damit vertreiben, Lügen zu hören und Gold und Köpfe rollen zu lassen. Warum nicht?

Die Worte deiner Mutter ließen mich aber nicht ruhen.

Ich mußte mit eigenen Augen sehen, warum deine Mutter dich beschimpfte; denn nur selten machen Mütter ihre Kinder vor Fremden schlecht. Ich ging also zur Palastwache und verlangte Einlaß zu dir. Der König empfängt keinen räudigen Hund, antwortete der Wächter. Ich aber ging erhobenen Hauptes durch das Tor zu dir. Da hob der Wächter sein Schwert und schlug auf mich ein. Wie sollte der arme Kerl auch wissen, daß ich ausgerechnet am heutigen Tag vergessen hatte, mich mit der Ameisenmilch einzureiben. Das Schwert traf mich auf mein Haupt, und ich fiel tot um.‹

›Du lügst‹, rief der König, ›du lebst ja noch!‹

›Viermal in Gold‹, rief der Hofnarr.

›Leben? Das nennst du Leben? Verzeih, König, deine Mutter hatte wirklich recht!‹ sagte der Mann, stand auf und ging mit seiner Frau hinaus.

›Warte doch! Du hast viermal dein Gewicht in Gold gewonnen‹, rief der König. Der Mann drehte sich nicht einmal mehr um.

Ja, das ist meine Geschichte. Ich habe sie euch anvertraut, versteckt sie gut und erzählt sie dem nächsten. Dir, lieber Salim, habe ich den Bart ohne eine einzige Schnittwunde rasiert. Ja, ist das nicht einmalig?«

Als Salim aufstand, nahm Ali die Zeitung voll mit abgeschnittenen Haaren, drückte sie zu einer Kugel zusammen und trug sie zum Müll hinaus.

»Bist du müde?« fragte Tuma. Salim fühlte sich nach

der Rasur frisch. Die Freunde aber saßen noch lange beisammen und amüsierten sich mit Anekdoten über die Lügen der Regierung.

Als die Turmuhr zwölfmal schlug, gähnte Musa laut. Isam legte drei Karten. »Nicht mehr viel!« belustigte er sich. Ali lehnte sich zurück. »Du bist der älteste von uns dreien. Gäbe es Achtung vor dem Alter, so müßte das As in deine Hand springen.« Der ehemalige Minister nickte lächelnd, auch er wünschte Isam den Vortritt. Isam schaute die drei Karten an und entschied sich für die rechte. Es war tatsächlich ein Karoas.

Weit weg donnerte es, als
wären wilde Reiter auf
dem Weg nach
Damaskus.

10

*Wie
einer den
Durchblick verlor, als
jemand in sein eigenes Auge biß.*

Isam, der ehemalige Häftling, hatte es nicht nötig, sich mit Gemüse, Erbsen und billigen Singvögeln abzugeben. Seine zwei Söhne, die unter der Obhut seiner strengen Frau aufwuchsen, waren zur Zeit seiner Entlassung schon angesehene Automechaniker. Ihre Werkstatt war in ganz Damaskus bekannt. Sie bewohnten ein großes Haus mit Garten in der Salihije, einem vornehmen Viertel. Isam und seine Frau wohnten in einem Flügel dieses großen Hauses. Eine Haushälterin pflegte beide so hingebungsvoll, als wäre sie ihre eigene Tochter. Die Söhne ließen es an nichts fehlen. Sie flehten Isam an, sich nach den Strapazen seiner Gefängniszeit auszuruhen und zu amüsieren. Doch er schlug all ihre Bitten in den Wind. Von seinem Handel wollte er nicht ablassen. Aus Liebe zu seinen Söhnen handelte er aber nur in fernen Straßen, damit niemand schlecht über sie sprach.

Hatte Isam auch einen guten Namen und eine großzügige Hand als Gemüsehändler, so genoß er auf dem Vogelmarkt einen nicht gerade tugendhaften Ruf. Dort riefen ihm die Eingeweihten »Färber« hinterher. Isam

färbte nämlich die Singvögel, damit sie edler aussahen. Billige Vögel bekamen ein Bad in gelber oder orangener Farbe, so daß sie wie schäbige Verwandte der Kanarienvögel aussahen; andere bekamen eine exotische Vielfalt der Farben, so daß nur noch Phantasienamen der Farbtracht würdig waren. Brasilienprinz, König Rotkopf und Regenbogenvogel waren einige seiner Lieblingsnamen. Nur wenn es regnete, blieb er dem Markt fern.

Das meiste Geld verdiente er mit Distelfinken, welche die Damaszener sehr liebten. Junge Distelfinken waren überhaupt nichts wert, weil sie ein Jahr lang fressen, einen Haufen Dreck machen und nur dann jämmerlich piepsen, wenn sie Hunger haben. Erst wenn sie einen roten Kreis um den Schnabel bekommen, gelten sie als reif und sind teuer. Sie singen dann sehr anmutig. Isam verpaßte den jungen Vögeln einen roten Kreis um den Schnabel und verkaufte sie günstig an Anfänger, die ihn für einen Trottel hielten. In der Annahme, Isam übervorteilt zu haben, machten sie sich schnell aus dem Staub. Doch sie warteten und warteten und wunderten sich, daß der Kreis um den Schnabel immer blasser und das Trinkwasser im Gläschen immer rötlicher wurde.

An diesem Tag kam er mit einem prächtigen Käfig in der Hand. Als er ins Zimmer trat, brach ein Gelächter los.

»Der ist echt!« brüllte er. »Ein prachtvoller Kerl. Mein Sohn hat sich diesen Distelfink gewünscht, doch ich

bringe ihn Salim. Er soll so schön reden, wie dieser wunderschöne Vogel singt. Gott schütze ihn vor den Neidern!«

Die Freunde wußten nicht, ob sie lachen oder vor Rührung weinen sollten. Der kleine Singvogel ließ mit seinem Gesang nicht lange auf sich warten. Gerade hatte Isam den Käfig an einen Haken an der Wand gehängt, als der Distelfink schon wie verrückt trillerte.

Salim lächelte zufrieden und reichte Isam ein Glas Tee.

Isam setzte sich auf das Sofa und schwieg eine Weile. Salim rieb seine Hände, und statt sich auf den freien Stuhl neben dem Sofa zu setzen, hockte er sich auf den Boden zu Füßen seiner Gäste. Er schaute Isam erwartungsvoll an.

»Weißt du«, sprach dieser ihn an, »zwölf Jahre saß ich in Einzelhaft. Die Zelle war auch am hellichten Tag dunkel. Wem sollst du da erzählen? Wer Papier hat, kann zumindest dem Papier erzählen, was aber willst du feuchten, dreckigen Wänden erzählen? Damals konnte ich auch weder lesen noch schreiben. Gestern nacht habe ich kaum geschlafen. Weißt du, ich wollte wissen, wie lange ich gelebt habe. Ich bin heute achtundsechzig, doch eigentlich bin ich nur sechsundfünfzig Jahre alt, denn die zwölf Jahre waren kein Leben.«

Isam stockte, doch Salim legte mitfühlend seine Hand auf das Knie seines Freundes.

»Du bist ein prachtvoller Kerl, Salim! Weißt du, deine Hände sprechen, auch wenn deine Zunge nicht reden kann. Ja, da habe ich im Knast einen gekannt. Er war stumm, doch wir verstanden seine Worte durch seine Hände. – Aber nun zu mir! Als Kind habe ich gerne gesungen. Meine Stimme war sehr beliebt, so daß ich immer in der Moschee und auf Hochzeiten singen durfte, und wenn ich sang, weinten die Leute und sagten, aus mir würde eines Tages ein berühmter Sänger. Doch an einem Tag war alles aus. Wer sollte mir denn glauben, nachdem man mich mit dem Messer in der Hand neben meinem toten Vetter gesehen hatte?

Ich habe ihm nie verziehen, daß er mich vor allen Leuten im Basar beleidigt und gedemütigt hat. Doch meine Frau sagte, es gehöre sich nicht, daß Vettern so verfeindet blieben, und da ich der Jüngere war, mußte ich zu ihm gehen und mit ihm über das Mißverständnis reden. Weißt du, mein Vetter dachte, ich hätte ihn mit Absicht reingelegt. Sicher, ich war damals ein gerissener Fuchs.«

»Du bist es bis heute noch!« scherzte Musa.

»Na ja, nur auf dem Freitagsmarkt, doch damals war ich es jeden Tag. Ich habe ihn aber nicht reingelegt.«

»Wieso nicht?« fragte Junis.

»Wir, mein Vetter, ein Mann namens Ismail aus Aleppo und ich, hatten einen Schatz gefunden. Der Mann hatte in seinen geheimen Büchern gelesen, daß im Hof

meines Vetters ein großer Krug mit Goldmünzen vergraben liege. Den soll ein osmanischer Offizier dort vor seiner Flucht versteckt haben. Weißt du, der Offizier hatte gehofft, daß er später in aller Stille zurückkommen und sein Gold würde ausgraben können. Auf der Flucht aber raffte ihn die Cholera samt seiner Familie in der Nähe von Aleppo dahin. Ismail war angeblich sein Diener, doch heute weiß ich, daß er der Teufel in Person war. Wie hätte er mich sonst unter Tausenden von Damaszenern herauspicken können? Weißt du, auch heute noch bekomme ich eine Gänsehaut, wenn ich seinen Namen erwähne. Schau her, ich habe schon eine. Er war der Teufel selbst. Er traf mich neben der Takije Suleimanije. Ich hätte ahnen sollen, daß es nicht gut ausgehen würde, aber ich war noch jung und dumm. Ich stand da, wo sich der Baumeister dieser Moschee zu Tode stürzte. Auf diesem mit Neid und bösem Blut getränkten Boden war mir dieser Teufel begegnet.«

»Welcher Meister, welches Blut?« fragte etwas verwirrt der Emigrant.

»Kennst du die Geschichte der Moschee nicht?« Und da der Emigrant den Kopf schüttelte, fuhr Isam fort: »Der große osmanische Sultan Suleiman gab einem berühmten Baumeister namens Sinan den Auftrag, eine Moschee und Wohnräume für pilgernde Derwische zu bauen. Dieser verbrachte Tage und Nächte mit Bauen, bis ihm nach Jahren der Mühsal diese schöne Moschee

gelungen war. Zufrieden besichtigte der Sultan mit seinem Gefolge die Moschee. Er sparte nicht mit Lob, vor allem über das schlanke Minarett. Der Baumeister beteuerte laut, wie sehr er sich gequält habe, bis das Kunstwerk ihm gelungen sei. Die Gäste applaudierten begeistert und ließen den Sultan und seinen Baumeister hochleben. Doch plötzlich meldete sich ein alter Mann mit leiser Stimme: ›Es war doch kinderleicht!‹ Der Sultan ließ den Mann bringen. Es war ein alter, zerbrechlicher Geselle des Meisters.

›Kinderleicht?‹ rief der Sultan. ›Das ist eine Unverschämtheit. Wehe dir, unglücklicher Greis! Ich gebe dir ein Jahr, damit du ein ähnliches Minarett baust, schaffst du es nicht, so wird dein Kopf rollen!‹

›Ein Monat genügt!‹ antwortete der alte Geselle. ›Nehmt Meister Sinan mit. Er darf nichts sehen, und in einem Monat soll er mit verbundenen Augen hierhergebracht werden. Wenn er sein Minarett herausfindet, so will ich sterben.‹

›Der Meister ist für einen Monat mein Gast. Wehe dir, o Greis, wenn dein Neid dich verführt hat‹, sagte der Sultan und ging mit dem Baumeister zu seinem Palast im Norden.

Nach genau einem Monat ritt der Sultan mit seinen Gästen und dem Baumeister wieder nach Damaskus. Scharenweise liefen die Damaszener voller Neugier auf dem Platz zusammen. Weißt du, die Leute standen so

dicht beieinander, daß, wenn man eine winzige Nadel vom Minarett geworfen hätte, sie an diesem Tag nicht auf dem Boden, sondern auf einem der tausend und aber tausend Köpfe gelandet wäre.

Sultan Suleiman war berühmt für seinen Gerechtigkeitssinn. Er hielt die Bedingung der Wette ein und ließ dem Meister erst die Binde von den Augen abnehmen, als er mit den Gästen die Bühne vor der Moschee erreicht hatte. Der Meister wurde blaß, denn die zwei Minarette glichen einander wie Spiegelbilder. Er rieb sich die Augen, doch es gelang ihm nicht zu erkennen, welches Minarett nun seins war.

›Ich muß hinaufgehen, denn von oben kann ich es besser erkennen‹, sagte der Baumeister und eilte in das eine Minarett hinauf. Er war sicher, dort oben einige seiner Geheimzeichen zu erkennen. Weißt du, es waren Kerben in bestimmten Steinen und einige Kacheln, die er eigenhändig bemalt hatte. Oben angekommen, sah er die Kerben und Kacheln und hätte beinahe gerufen, daß dieses Minarett das seine wäre, doch plötzlich erkannte er dieselben Kacheln und Kerben am nahen Zwillingsminarett. Er eilte hinunter und in das zweite hinauf. Auch dort stieß er auf seine Handschrift. Der Meister stand nun oben und schaute auf die Menschen unten, die anfingen, ihn mit ihrem Lachen zu geißeln. Er schrie so laut, daß die Erde zitterte, verfluchte den Gesellen und stürzte sich in den Tod.«

»Stimmt doch nicht«, unterbrach der Minister. »Der Großmeister Sinan baute nach der Moschee in Damaskus noch viele wunderschöne kleine und große Moscheen, so auch die Moschee von Edirne in der Türkei. Ich war mit meinem Vater da. Ein Traum in Stein und Farbe, von Licht und Schatten. Der, der hier unter den Minaretten am Tag nach ihrer Fertigstellung ermordet aufgefunden wurde, war ein Derwisch, den die Tochter des Statthalters von Damaskus liebte und der sie des Nachts heimlich im Garten der Moschee besuchte. Eine traurige Geschichte. Ich habe ...«

»Ist auch egal«, nahm Isam den Faden wieder auf. »An dieser Stelle war ich diesem Teufel begegnet. Er wußte von mir mehr als meine Eltern. Er erzählte mir, daß unsere Sterne sich im Himmel getroffen hätten. Weißt du, Worte kitzeln empfindlicher, als es die Finger je vermögen. Er sprach so weise und süß, ein Nilpferd hätte er zum Fliegen bewegen können! Er behauptete, mein Vetter habe einen schlechten Stern, und deshalb müsse er das Haus am Tag der Aushebung des Schatzes verlassen, sonst verwandle sich der Schatz in Schlangen. Sein Drittel bekäme er trotzdem. Mein Vetter war immer ein mißtrauischer Kerl. Er hatte Angst, daß Ismail uns hereinlegen wollte, doch ich überredete ihn, und er verließ mit Frau und Kind das Haus. Wir, dieser Teufel und ich, gruben an der bezeichneten Stelle von der Morgendämmerung bis zum Mittag ein großes Loch, mitten im Hof

des Hauses. Doch wir fanden nichts. Zu Mittag aßen wir Brot, Käse und Oliven, das weiß ich bis heute noch. Ich kochte einen Tee. Dann mußte ich auf die Toilette gehen. Als ich zurückkam, saß dieser Teufel seelenruhig da, trank seinen Tee und sprach über seine Reisen. Ich setzte mich unter einen Orangenbaum und trank ahnungslos den guten Tee. Plötzlich überfiel mich eine eigenartige Müdigkeit. Ich schleppte mich in die Küche und wusch meinen Kopf mit kaltem Wasser, doch ich konnte keinen Schritt aus der Küche wieder heraus machen. Dunkelheit umgab mich, ich hörte aber noch, wie dieser Teufel schallend lachte.

Als ich zu mir kam, war der Mann über alle Berge. Die Scherben eines großen Tonkruges waren auf dem Erdhaufen verstreut. Zwei osmanische Goldliras lagen auf einem flachen Stein. Ich steckte sie in meine Tasche.

Ich war immer noch benommen, als mein Vetter kam. ›Wo ist mein Anteil?‹ fragte er, als er die Scherben sah.

›Ismail hat mich betäubt und ist mit dem Gold abgehauen‹, antwortete ich zerschlagen. Mein Vetter packte mich und riß mir Hose und Hemd vom Leib. Da bekam er die zwei Goldstücke in die Hand. Nun konnte ihn kein Mensch auf der Erde mehr überzeugen, daß auch ich, genau wie er, dem Gauner auf den Leim gegangen war. Die Goldliras waren für ihn mehr als Beweis. Erbarmungslos schlug er auf mich ein, und wären mir nicht

die Nachbarn zu Hilfe gekommen, ich wäre ein toter Mann gewesen. Damit noch nicht genug! Überall redete mein Vetter schlecht über mich, und die Leute mieden mich, als wäre ich die Pest.

Eines Freitags dann ging ich zur Moschee. Als ich herauskam, prügelte er mich wieder einmal vor allen Gläubigen, und diesmal kam mir keiner zu Hilfe. Ich habe ihn verflucht und geschworen, ihn umzubringen. Drei Monate lang habe ich nicht mit ihm gesprochen. Doch dann rückte das Opferfest heran. Meine Frau sagte, es gehöre sich nicht, daß wir voller Haß die heiligen Tage begingen. Also machte ich mich auf den Weg zu ihm.

Als ich die angelehnte Tür aufdrückte, kam mir keiner von seinen Angehörigen entgegen. Ich rief nach ihm, doch es herrschte Stille. Ich rief noch einmal, da hörte ich sein Röcheln aus der Küche. Sofort eilte ich hin, und da lag er auf dem Bauch in einer furchtbaren Blutlache. Ich drehte ihn um, aber es war zu spät. Er starb in meinen Armen, ohne ein Wort zu sagen. Das Messer lag neben ihm. Ich wollte zum Hof hinausrennen und die Nachbarn zu Hilfe rufen, da standen plötzlich seine Frau und sein junger Sohn wie versteinert an der Küchentür. Sie waren gerade von einem Besuch zurückgekommen. Die Frau blickte meine mit Blut verschmierten Hände und Kleider an und schrie wie eine Wahnsinnige. Ich weiß bis heute nicht, warum ich das Messer in die Hand nahm

und stammelte: ›Mit… dem Messer…‹ Das war es. Für die Richter war es sonnenklar, daß ich es getan hatte.«

»Und der Mörder, warum hatte er es getan?« fragte Faris.

»Weiß der Teufel! Mein Vetter hatte sich dauernd mit den Leuten angelegt. Er war ein unangenehmer Bursche. Wie ich erfahren habe, soll der Mörder für ihn einen angesehenen Mann verprügelt haben. Er war ein Schläger, nun kam er, um seinen Lohn zu holen. Mein Vetter wollte ihn hinausschmeißen. Er hatte immer solche Leute auf seine Gegner gehetzt, verbot ihnen jedoch, zu ihm nach Hause zu kommen, damit niemand etwas davon erfuhr.«

»Wie ging es weiter?« wollte Ali wissen.

»Nein, erzähl doch endlich eine Geschichte«, mischte sich der Lehrer ein.

»Geschichte? Ja. Das stimmt. Ich wollte euch von einem Mitgefangenen erzählen, der nie wetten wollte.«

»Moment mal!« unterbrach Ali.

»Die Nacht ist lang. Zu der Geschichte kommen wir noch, aber ich will noch wissen, wie es dir danach erging. Wir kennen uns schon seit Jahren, und du hast nie davon erzählt. In dieser gesegneten Nacht hast du dein Herz geöffnet. Erzähle weiter. Das ist uns wichtiger als irgendeine Geschichte«, drängte Musa.

Isam schaute Salim an. »Bist du nicht müde von all dem dummen Zeug, das ich hier von mir gebe?«

Salim lächelte, drückte die Hand seines Freundes und gab ein Zeichen, als wollte er »Nur mit der Ruhe!« sagen.

»Ja, dann machte die Hölle ihre Tore für mich auf. Zwölf Jahre lang hielt mich der Gefängnisleiter, Gott verfluche ihn, in einem Keller gefangen, bis ich dem Bild des Unmenschen glich, das er schon lange in seinem Herzen trug. Erst als er starb, seine Seele soll in der Hölle schmachten und schmoren, ließ mich der neue Leiter in eine Gemeinschaftszelle bringen. Da habe ich die zweite Hälfte meiner Zeit verbracht. Die war viel leichter als die Hölle der Einzelhaft. Weißt du, wenn du jahrelang nicht redest, werden sogar deine Träume stumm. Deine Worte verwelken und verfaulen in deinem Mund. In jenem Loch hatte ich nur mit den Ratten gelebt. Ich wünschte manchmal, daß sie über mich herfallen und meinen Schmerzen ein Ende bereiten würden, aber sie waren gnädiger als der Mensch und ließen mich leben. Ihr könnt euch nicht vorstellen, wie sehr es mich gequält hat, daß nur ich von meiner Unschuld wußte. Meine Frau glaubte zwar daran und blieb mir treu an der Seite, doch gewußt hat es niemand außer mir.«

»Und deine Freunde?« fragte Faris.

Isam lächelte bitter. »Die Freunde haben erst mir und dann den Richtern geglaubt und auch meine Frau im Stich gelassen. Zwei Kinder mußte sie allein aufziehen, und mich quälte der Gedanke, daß sie draußen mit mir

leidet. Ich haßte gar ihre Treue. Manchmal fühlte ich Feuer in meinem Kopf, weißt du, ein Feuer, das hinauswill. Es brannte in mir weiter, auch wenn ich erschöpft einschlief. Ich wachte plötzlich auf und fing an, gegen die Wände zu rennen und wie ein wildes Tier zu schreien, bis das Feuer erlosch. Erst in der Gemeinschaft fing ich wieder an zu leben. Es war ein hartes Leben in der Zelle, doch das Feuer verbrannte meine Seele nie wieder. Wir wurden damals oft geschlagen, und doch, wenn einer dem Tode nahe zurückgebracht wurde, nahmen wir ihn in unsere Mitte, gaben ihm Zigaretten und Tee und sangen, und langsam lächelte sein verwundetes Gesicht, und wir wußten, daß er die Wächter besiegt hatte.

Ein Dichter, der mit uns fünf Jahre wegen eines Liedes saß, brachte mir Lesen und Schreiben bei. Wir wurden gute Freunde. Er hatte in seinem Leben Tausende von Büchern gelesen, und ich war durstig wie ein Schwamm. Ich konnte ihm aber auch etwas beibringen. Er dachte viel zuviel nach und kam nur durch das Mitleid der anderen zu seinem Recht. Ich brachte ihm bei, wie er sich Zigaretten, Tee und sogar Arrak erhandeln konnte. Er war ein guter Schüler. Erst hat er zugeschaut, wie ich das machte, und dann ging er ans Werk. Nach und nach verschaffte er sich auch bei den schlimmsten Schlägern Respekt, auch sie brauchten seinen Rat. Er kannte sich besser aus als ein Rechtsanwalt, und im ganzen Knast konnte nur einer von hundert die Buchstaben enträtseln.

Auch Jahre nach seiner Entlassung besuchte er mich wöchentlich, bis er das Land verlassen mußte.

Nun aber genug von mir gequasselt! Ich will euch eine wahre Geschichte erzählen. Gott ist mein Zeuge, daß ich nur das erzähle, was ich von Ahmad gehört habe.

Im Knast wetten die Gefangenen gern. Wißt ihr, sie schlagen damit die Zeit tot, und sie versuchen, durch die Wetten Tee, Zigaretten oder ein Stück Brot zu gewinnen. Nur ein Gefangener wettete nie, er hieß Ahmad. Ich fragte ihn also, warum er nie mitspielte. Ich mische mich sonst nie ein, doch immer, wenn wir mit Feuereifer wetteten, saß er wie ein Stein in der Ecke. Er war ein armer Teufel, und wenn ich was gewonnen hatte, so gab ich ihm ein Stück ab. Na ja. Ich habe ihn also gefragt: ›Warum wettest du nie?‹ Ich dachte, er sei ein Geizhals. Er war aber sehr großzügig. Einmal verlor ich recht viel, ich hatte schlechte Karten. Nach ein paar Runden war ich pleite, doch als ich mich zu ihm in die Ecke setzte, zog er, ohne ein Wort zu verlieren, sein neues Hemd aus und schenkte es mir. Ich tauschte das Hemd gegen drei Schachteln Zigaretten, und mit denen konnte ich mein verlorenes Geld zurückholen. Aber er wettete nie.

Wir wetteten um alles. Manchmal, wenn wir nichts fanden, worum es sich zu wetten lohnte, rief einer: ›Wetten, daß diese Fliege sich auf mich setzt?‹, und schon stürzten wir uns in das nächste Spiel. Es gab Tricks! Auch eine Fliege kann man beeinflussen. Wenn man nämlich

eine Fliege von einer Stelle vertreibt, nicht zuwenig und nicht zuviel wedelt, dann kommt sie hartnäckig auf dieselbe Stelle zurück.«

»Ich kenne das bei diesen verfluchten Viechern, wenn eines meine Nase liebgewonnen hat, dann verdirbt es mir das Mittagsschläfchen«, bestätigte Musa und lachte.

»Ich kann euch sagen«, fuhr Isam fort, »man geht mit einem Beruf in den Knast und kommt mit tausendundeinem Beruf heraus. Du kannst alles lernen. Ich habe dort, wie ich euch erzählt habe, das Lesen gelernt. Man kann nicht nur Bäcker, Metzger oder Schlosser werden, dort lernst du zusätzlich noch das Messerstechen, Geldfälschen, Schmuggeln oder Witzeerzählen. Wollt ihr einen Witz hören? Ja?«

»Ja, erzähl doch!« ermunterte Tuma.

»Das ist ein politischer Witz über einen Staatspräsidenten. Der Dichter, von dem ich euch erzählt habe, hat ihn mir erzählt. Er erzählte damals nur politische Witze, weißt du. Nun aber der Witz: Zwei Attentäter lauerten vor dem Palast des Präsidenten. Ihre Finger klebten am Abzug der Pistolen. Sie warteten einen Tag, zwei Tage, drei Tage, doch der Präsident kam nicht aus dem Palast.

›Wo bleibt er nur?‹ fragte der eine ungeduldig.

›Hoffentlich ist ihm nichts zugestoßen!‹ stöhnte der andere besorgt.

Wir erzählten dauernd Witze, um zu lachen. Weißt du,

oft wurden wir wie Tiere behandelt, doch wir lachten miteinander über die Wächter. Soll ich euch noch einen Witz über die Wächter erzählen?«

»Nein, nein, erzähl lieber von diesem Mann, der nicht wetten wollte«, bat der Minister ungeduldig. Er war der einzige in der Runde, der über den Witz nicht gelacht hatte.

»Ja, genau. Er hieß Ahmad. Ich fragte ihn, warum er nicht wettete. Er erzählte mir seine Geschichte. Unglaublich war sie, wie die Geschichten vieler Gefangener. Weißt du, im Knast wird viel erzählt. Fünfzig Prozent wirfst du ins Meer, und dreißig Prozent gibst du dem Zoll ab. Was bleibt, ist immer noch unglaublich. Wirklich unglaublich! Also, ein Armenier kam für ein Jahr ins Gefängnis. Er hieß Mehran. Ein kleiner Bursche. Er war klein und spindeldürr. Als wir ihn fragten, was er so verbrochen hatte, sagte er nur knapp: ›Eine große Bär kaputtgemacht!‹ Er konnte kaum arabisch reden. Erst nach einem Monat haben wir seine Geschichte zusammengekriegt. Er habe einem Koloß von einem Nachbarn ein paar Knochen gebrochen. Weißt du, er soll so groß und stark wie unser Ali gewesen sein. Er habe diesem Nachbarn gesagt, er solle in der Mittagszeit seine Kinder nicht schlagen, da er, Mehran, sein Mittagsschläfchen genießen wolle und es nicht ausstehen könne, wenn Kinder geschlagen werden. Der Nachbar brüllte zurück, ab heute werde er jeden Tag zur Mittagszeit nicht nur die

Kinder, sondern auch ihn schlagen. Er griff ihn an; da faßte Mehran ihn mit seiner rechten Hand und schleuderte ihn ein paar Meter weit weg. Der Koloß mußte ins Krankenhaus.

Der Gesetzgeber versteht einen Dreck. Der Koloß hätte in den Knast gemußt und nicht dieser Armenier. Ach, was sage ich da? So viele Jahre haben sie mir von meinem Leben geraubt. Nun wollen wir aber nicht traurig sein. Wo bin ich stehengeblieben?«

»Beim tapferen Armenier?« sagte der Schlosser Ali.

»Bei Ahmad, von dem du erzählen wolltest, warum er nicht wettete«, brummte der Minister ungeduldig.

Isam schaute Faris etwas verwirrt an. »Ja, bei Ahmad, aber erst noch kurz der Armenier. Mehran war, wie gesagt, sehr schmal. Als wir seine Geschichte verstanden, lachten wir alle und hielten ihn für einen Taschendieb. Taschendiebe waren im Knast nicht gerade hochangesehen, und so versuchten sie mit Geschichten Eindruck zu schinden. Doch eines Tages waren wir im Hof. Zwei große Burschen wollten ihn lächerlich machen, so ohne Grund, denn Mehran tat nicht einmal einer Fliege weh. Mehran hat nie einen Streit angefangen. Aber wenn jemand ihm unrecht tat, verzieh er es ihm nie. Er war nachtragender als ein Kamel. Wie dem auch sei, zwei große Burschen, die ihn sozusagen auch ohne einen Schluck Tee zum Frühstück verspeisen konnten, griffen ihn an. Er blieb wie ein Fels stehen, nahm blitzschnell

den ersten huckepack und warf ihn, als wäre er eine
Erbse, gegen den anderen. Die zwei hinkten wochenlang, und wir amüsierten uns über sie. Mehran wollte
nicht der Boß der Zelle sein. Der Stärkste unter uns war
ein Mann aus Homs. Nach dieser Vorführung stellte er
Mehran im Hof seinen Platz am Fenster zur Verfügung,
doch dieser komische Kauz lehnte ab.«

»Dem hat seine Mutter bestimmt Löwenmilch zum
Frühstück gegeben«, kommentierte der Friseur.

»Die Armenier sind sehr tapfer«, bestätigte Junis, der
Kaffeehausbesitzer. »Ich kannte da einen, der hieß Ka-
rabet. Er kam jeden Tag in mein Kaffeehaus. Er redete
nur gebrochen arabisch, doch wenn er ein Wort sagte, so
war das eine ganze Geschichte. Eines Tages ...« wollte
Junis fortfahren, doch der Minister hatte nun kein bißchen Geduld mehr. »Und Ahmad, was ist nun mit dem
gottverdammten Ahmad?« stöhnte er.

»Du hast recht. Ich muß endlich von Ahmad erzählen.
Als Ahmad jung war, hatte er eine berühmte Nase für
Wetten und eine flinke Zunge. Durch seine Nase verdiente er viel Geld von den armseligen Nachbarn, die auf
seine Wetten hereinfielen. Er konnte so gut reden, daß
sogar der damalige Staatspräsident ihn zu seinen Festen
einlud, damit er die Gäste unterhielt. Auch im Knast war
er ein Meister der Witzeerzähler. Aber seine Zunge war
nicht nur für Witze gut, sie war so scharf wie ein Messer
aus Damaszener Stahl. So eine Zunge hatte vielleicht nur

Abu Nuwas in seiner Zeit. Kennt ihr die Geschichte mit den Hühnern und dem Kalifen?«

»Nein, was für eine Geschichte?« wollte Tuma wissen, obwohl der Minister die Augen verdrehte.

»Nun, ich bitte dich doch«, sagte der Minister energisch, »die Geschichte von Abu Nuwas kann man für ein paar Piaster kaufen. Du wolltest von der verfluchten Seele deines Mitgefangenen erzählen.«

»Ja, entschuldige, jetzt schwöre ich bei der Seele meiner Mutter, daß ich die Geschichte von Ahmad zu Ende erzähle. Eines Tages veranstalteten der Präsident und seine Gattin ein Fest, dessen Ertrag den armen Waisenkindern zukommen sollte. Die Zeitungen schrieben wochenlang über das bevorstehende Fest, an dem alle bekannten Familienoberhäupter, angesehenen Händler, reichen Bauern, Schriftsteller, Schauspieler und ausländischen Gäste teilnahmen.

Das Essen war traumhaft. Gebratene Gazellen, Pfauenleber und Pistazienrollen gab es auf den Tischen, und die Gäste spendeten Beifall für die Tänzerinnen, Sänger und Gaukler. Der Präsident trank an jenem Abend sehr viel und wurde bald betrunken. Wenn der Präsident betrunken war, wurde es sehr gefährlich, in seine Nähe zu kommen. Weißt du, er war unberechenbar. Man erzählte, er wurde eines Tages nach Malula eingeladen …«

»Gesegnet sei die Seele deiner Mutter!« erinnerte Faris.

»Ja, du hast recht, das ist eine andere Geschichte. Nun, als der Präsident betrunken wurde, erinnerte er sich an Ahmad. Er ließ ihn zu sich rufen und sprach zornig zu ihm: ›Die Gäste sind geizige Heuschrecken. Sie leeren die Tische und spenden nur Beifall! Eine Schande für unsere arabischen Sitten vor den ausländischen Botschaftern. Sieh zu, daß du mit deiner Zunge ihren letzten Piaster aus der Tasche holst, sonst schicke ich dich, Großmaul, in die Wüste.‹

Ahmad lächelte. Er stieg auf die Bühne und rief dem edlen Publikum zu: ›Meine verehrten Damen und Herren. Die Spenden sind mager, deshalb will unser Allerliebster das Allerteuerste eines Mannes für die Waisen spenden: ein Haar aus seinem Schnurrbart.‹

Der Staatspräsident stand auf und klatschte Beifall für diesen genialen Einfall. Eine Frau in weißem Kleid ging mit einem kleinen, roten Kissen in der Hand auf den Präsidenten zu. Er beugte sich zu ihr, und sie zupfte ein Haar aus seinem Schnurrbart. Man sah das Gesicht seiner Exzellenz kurz zucken, und die Leute klatschten, ohne zu ahnen, daß sie in eine Falle geraten waren.

›Seine Exzellenz möchte wissen, wie sehr die verehrten Anwesenden ihn lieben. Er wird ein Haar seines Schnurrbarts zur Versteigerung anbieten, und er ist gespannt, wieviel für das ehrenhafte Haar geboten wird. Jeder, der seine Hand erhebt, zahlt für seine Teilnahme ein Goldstück, und dann braucht er nur etwas Glück, und das edelste aller Haare der Welt gehört ihm.‹

Die Anwesenden wurden still. Sie schauten verlegen um sich, doch einer meldete sich schon und bot hundert Goldliras dafür. Pech gehabt, denn sein Nachbar bot schon hundertfünfzig. Der erste Mann zahlte ein Goldstück und lehnte sich zurück, doch es blieb nicht bei hundertfünfzig. Schon bald hörte man tausend, dreitausend, sechstausend. Eine Schar von Mädchen und Jungen sammelte die Goldliras von den Anwesenden ein, und die Versteigerung ging weiter. Bald hörte man zwanzigtausend, hunderttausend gar. Die Rufe wurden immer lauter und zorniger, da jeder nun zeigen wollte, daß er den Präsidenten mehr liebte. Erst nach drei Stunden hörte man Ahmad rufen: ›Dreihunderttausend zum ersten, dreihunderttausend zum zweiten und … dreihunderttausend zum dritten. Mein Herr, ich gratuliere! Sie haben das edle Haar erworben. Was für ein Gewinn!‹ Die Leute streckten ihre Hälse, um den Mann zu sehen, den Ahmad beglückwünscht hatte. Es war ein Eisenwarenhändler aus Damaskus. Er ging nach vorn und übernahm etwas unsicher das kleine Kissen. Die Anwesenden klatschten, doch so mancher hatte auch Mitleid mit dem Händler.

Die Gäste hatten sich davon noch nicht erholt, als Ahmad wieder auf die Bühne ging und in den Saal brüllte: ›Seine Exzellenz ist mit dem Publikum zufrieden, deshalb möchte er es mit ein paar Wetten erheitern. Seine Exzellenz wettet gerne. Wetten, daß keiner der Anwesenden seine Exzellenz ohrfeigen kann? Wer es wagt, be-

kommt hundert Goldliras, alle anderen verlieren jeder wieder eine Goldlira!‹ Sicher wollten viele den Präsidenten für diese hundsgemeine Idee dreihundertmal ohrfeigen, doch keiner wagte es. So zahlten sie und verfluchten in ihren Herzen die Seele seines Vaters für dessen Erziehung.

›Wetten‹, rief Ahmad unter dem Beifall seines Präsidenten, ›daß ich Ihnen eine Aufgabe stelle, die keiner lösen kann? Seine Exzellenz erlaubt mir, eine halbe Million Goldliras aus der Staatskasse demjenigen zu geben, der die Aufgabe löst.‹

›Eine halbe Million? Was für eine Aufgabe? Hat der Staat überhaupt soviel Gold?‹

Man sah den Präsidenten lachend nicken.

›Meine Damen und Herren. Wenn Sie aber die Aufgabe nicht lösen, zahlt jeder zehn Goldliras in die Kasse der Waisen.‹

›Was nun ist diese gottverfluchte Aufgabe?‹ rief einer aus den hintersten Reihen. Die Leute lachten und bewunderten seinen Mut.

›Wer kann in sein eigenes Auge beißen?‹ rief Ahmad. Nur der Präsident lachte laut und schlug sich vor Begeisterung auf die Schenkel.

›Seien Sie nicht traurig! Meine Wette gewinnt keiner, doch Sie sollen durch Ihre Spenden der Liebe der Waisenkinder versichert sein‹, tröstete Ahmad das zornige Publikum.

›Doch, ich kann es!‹ hörten die Leute einen rufen. Es herrschte Totenstille. Der Eisenwarenhändler von vorhin stand auf.

›Mein Herr, das kann keiner!‹ Ahmad lachte laut.

›Doch, ich kann ins rechte Auge und ins linke Auge beißen!‹ brüllte der Mann zurück.

›Nun, kommen Sie nach vorne und zeigen Sie uns bitte, wie Sie in Ihre eigenen Augen beißen können‹, rief Ahmad fast mitleidvoll.

Der Händler ging zur Bühne. Er drehte sich zum Publikum. ›Hier ist mein Auge!‹ sagte er, zog sein rechtes Auge heraus, hielt es mit zwei Fingern hoch und führte es in den Mund. Die Zuschauer stöhnten, und manch eine Dame drehte ihr Gesicht angewidert zur Seite.

›Ja, das geht aber nicht. Das ist ein Glasauge‹, triumphierte Ahmad. Erst jetzt lachten einige, doch die meisten waren verwirrt.

›Na gut, ich kann auch in mein linkes Auge beißen‹, erwiderte der Händler, nahm sein künstliches Gebiß aus dem Mund, klapperte damit ein paarmal und ließ es in sein linkes Auge beißen. Das Publikum jauchzte. Ahmad wurde blaß. Der Staatspräsident mußte zahlen, weil mehrere ausländische Botschafter anwesend waren. Ahmad ließ er dafür lebenslänglich in den Knast stecken.

Als der Staatspräsident wie durch ein Wunder das erste Attentat überlebt hatte, ließ er sogar Kindermörder begnadigen, nur Ahmad nicht.

Ein prachtvoller Kerl, dieser Ahmad, mit einer unverbesserlichen Zunge.

Als eines Tages der Aufseher uns anfauchte, wir sollten die Zelle bis zum frühen Morgen putzen, so daß sie nur so blitzt und blinkt, sonst würde er uns zwingen, den Boden sauberzulecken, fragte ich ihn nach dem Grund.

›Der neue Staatspräsident kommt morgen um zehn Uhr hierher‹, sagte der Aufseher.

Da rief Ahmad verwundert: ›Wie? Habt ihr den Gauner endlich auch erwischt?‹

Das ist meine Geschichte, hoffentlich hat sie euch etwas unterhalten.«

Salim richtete sich auf und küßte Isam auf den Schnurrbart.

»Mein Lieber«, gähnte der Minister, »das waren tausendundeine Geschichte.« Er schmunzelte.

»Sei froh«, stichelte Musa, »wenn du Scheherazade wärst, hätten deine Geschichten nur für eine Nacht gereicht.«

Isam lachte. Er nahm zwei Karten aus dem Spiel, zeigte sie dem Minister und dem Schlosser. »Ich bin gespannt, wer von den beiden Herren morgen unsere Scheherazade sein wird.« Er legte die Karten auf den Tisch.

»Morgen bist du dran, Exzellenz«, freute sich Ali, als der Minister das As zog.

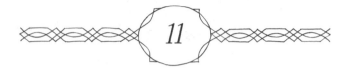
*Warum
einer nach seinem
Tod hören mußte, was
er zu Lebzeiten überhörte.*

Der ehemalige Minister Faris stammte aus einer alten Damaszener Adelsfamilie. Sein Vater besaß Ländereien und bekam für seine Treue vom Sultan in Istanbul den Ehrentitel Pascha. Der Pascha aber war ein gerissener Fuchs. Er ahnte, daß die Tage des Osmanischen Reiches gezählt waren, und streckte seine Fühler nach Frankreich aus. Immer öfter war der französische Konsul sein Gast, und so war der Pascha der erste Vertraute der französischen Besatzer, die in Syrien alsbald die Osmanen ablösten.

Der erfahrene Pascha wußte aber auch, daß die Franzosen in Syrien nicht ewig bleiben würden. Er empfing weiter den französischen Gouverneur, spendete jedoch heimlich Geld an die nationalistischen Kreise, die immer lauter die Befreiung des Landes forderten. So dachte und handelte der Pascha, bis er starb. Man erzählte von ihm, daß er als gläubiger Muslim in seinem langen Leben mehrmals nach Mekka gepilgert sei. Dort schreibt eine der obligatorischen religiösen Übungen vor, daß die Gläubigen den Berg Arafat aufsuchen und den Teufel

symbolisch mit sieben kleinen Steinen bewerfen. Der Pascha machte alle Übungen mit. Beim Steinigen bewarf er den Teufel jedoch nur mit sechs Steinen.

»Und warum wirfst du nicht den siebten Stein?« fragten ihn seine Freunde jedesmal.

»Ich will es mir mit dem Teufel nicht ganz verderben«, soll er geantwortet haben.

Der Pascha ließ seinen jüngsten, sensiblen Sohn Faris, der weder für Handel noch für Landwirtschaft zu taugen schien, an der Sorbonne in Paris Jura studieren, damit er später die Interessen der Familie in der Regierung vertreten könnte.

Zwei Tage vor der Unabhängigkeit starb der Vater, doch sein Paschatitel lebte jahrzehntelang in seiner Familie weiter, obwohl das Osmanische Reich, das haufenweise merkwürdige Titel erfunden hatte, schon längst untergegangen war.

Der Wunsch des inzwischen verstorbenen Vaters schien sich zu erfüllen, als Faris, kurz nach der Unabhängigkeit des Landes, der ersten Regierung angehörte. Statt aber sein Amt bequem zu verwalten, ließ er die Elektrizitätswerke, die Tabak- und anderen wichtigen Industrien verstaatlichen. Er zog sich dadurch den Zorn seiner Familie zu. Die Armen jubelten dem »roten Pascha« zu, obwohl sie im Grunde nichts davon hatten außer der Erhöhung der Preise von Tabak, Wasser, Strom und ähnlichen Erzeugnissen der staatlichen Industrie, die

nun angeblich in der Hand des Volkes lag. Man erzählte in Damaskus viele Anekdoten über diesen Minister, der es in seiner Amtszeit ablehnte, wie die anderen Minister Leibwächter und Chauffeure zu haben. Täglich um acht verließ er sein Haus, ging durch den Basar und erreichte sein Ministerium kurz nach neun. »Im Basar rieche ich, wie es den Leuten geht«, soll er eines Tages gesagt haben.

Ende März 1949 zog ein Oberst mit ein paar veralteten Panzerwagen und Jeeps zum Sitz des Präsidenten. Sie rissen in der Morgendämmerung das Staatsoberhaupt aus dem Schlaf und setzten es ab. Danach fuhren sie schnell zum Rundfunk. Dort weckten sie den schlafenden Pförtner. »Dies ist ein Putsch für die Freiheit und gegen den Zionismus. Die Politiker sind schuld, daß Syrien an den Rand des Abgrunds gekommen ist!« schrie der Anführer den Pförtner an. Der hörte das Wort Putsch zum ersten Mal, denn das war der erste Staatsstreich nicht nur in Syrien, sondern in ganz Arabien. »Und was ist mit meiner Rente?« soll der verschlafene Pförtner besorgt gefragt haben.

Kurz nach sechs Uhr informierte der Oberst die Bevölkerung und die ganze Welt über seine ehrenhaften Putschmotive und fuhr gegen halb sieben gleich zu Faris, den er gut kannte. Der Minister schlief noch, der füllige Oberst erzwang aber, daß er geweckt wurde. In seinem Pyjama kam Faris in den großen Gästesalon seines Hau-

ses, wo der Oberst mit ausgebreiteten Beinen auf einem Sofa saß. Zwei junge Offiziere standen rechts und links vom Sofa.

»Na, wie findest du meinen Putsch? Kein Tropfen Blut ist geflossen. Ist das nicht genial?«

»Exzellenz, hast du mich deshalb geweckt?« fragte Faris verschlafen.

»Ja, weil ich deine Meinung achte. Wie findest du das?«

»Willst du meine Meinung hören, dann schicke die Offiziere hinaus. Ich kann bewaffnete Eindringlinge in meinem Haus nicht dulden«, erwiderte Faris mürrisch.

Die Offiziere wollten aus Sorge um ihren Oberst nicht hinaus, doch ihr Anführer beruhigte sie, und sie zogen ab.

»Nun, ist das nicht genial?«

»Sicher, Exzellenz, sicher. Aber du hast in Syrien eine Tür aufgeschlagen, die du niemals mehr schließen kannst. Du hast mich aus dem Bett geholt. Sieh dich vor, denn bald wirst du aus deinem Bett geholt.«

Der Offizier lachte. »Ich bin kein Zivilist. Ich schlafe in meiner Uniform, und meine Pistole bleibt immer wach«, sagte er und ging hinaus.

Ob dieses Gespräch jemals stattgefunden hat, weiß man in Damaskus nicht, doch der Oberst wurde in einer unerträglich heißen Augustnacht von neuen Putschisten

verhaftet, die auch nicht weniger wollten, als Syrien vor
dem Gang zum Abgrund zu schützen. Er, der geniale
Erfinder des ersten Putsches, regierte nur 134 Tage. Er
wurde aus seinem Bett geholt und in einem Vorort von
Damaskus erschossen. Er war in seinem Pyjama. Die Tür
zum Putsch blieb in Syrien lange offen.

Faris wollte nie wieder in eine Regierung eintreten. Er
konnte ein Vermögen durch seine Anwaltskanzlei verdienen und war eine geachtete Autorität am Gerichtshof.
Man munkelte, daß viele Richter mehr als Respekt vor
ihm empfanden. Manche rechneten dauernd damit, daß
er bald zum Minister ernannt würde. Er verneinte die
Möglichkeit nie, und das beeindruckte, so daß die Richter seiner Darstellung mehr Gehör schenkten als der seiner Kontrahenten.

An diesem Abend kam er als erster, aber er sah verschlafen aus. »Hast du einen starken Kaffee?« bat er Salim, und dieser eilte in seine Küche und kochte ihm einen
starken Mokka.

»Eure Geschichten und Ausführungen«, sagte Faris,
»haben mir den Schlaf geraubt. Ich saß auf der Terrasse
und dachte nach. Was ist Erzählen überhaupt? Warum
erzählen die Menschen? Ich grübelte bis zur Morgendämmerung, so hatte ich nicht einmal drei Stunden geschlafen, als meine Frau mich weckte. Ich sollte für meinen Sohn und seine verwöhnte Frau einiges vom Markt
holen, weil sie heute abend Gäste bekämen. Dort traf ich

meinen Freund, den persischen Dichter Said, ihr kennt ihn doch, oder?«

Salim, Musa und Mehdi nickten. Sie kannten den kleinen schmächtigen Dichter, der in Damaskus Zuflucht gefunden hatte. »Und was ist mit ihm?« wollte der Emigrant wissen.

»Als hätte Said meine Gedanken gelesen, sagte er mir nach der Begrüßung und ohne daß ich danach fragte: ›Was für ein guter Erzähler ist doch dieser afghanische Messerschleifer. Ein kleiner Teufel, doch wenn er anfängt Geschichten von seiner Heimat zu erzählen, wächst er. Ich habe nie etwas von Afghanistan gewußt, doch dieser Teufel entführt mich in seine Gassen, und ich rieche, schmecke und verstehe, was jeder in diesen Gassen fühlt. Auf einmal bin ich mit den Afghanen verbunden. Ist das nicht ein Wunder?‹ Ich hätte gern mit Said länger gesprochen, aber er hatte wie immer keine Zeit. Er verabschiedete sich und eilte davon.

Ich kannte einmal einen alten Mann. Er brachte mir im Ministerium Kaffee, und jeden Tag erzählte er mir eine kleine Geschichte, so ganz nebenbei. Ich habe leider nie so richtig zugehört. Nur einige Fetzen drangen durch meine Ohren, und wenn ich mich heute an sie erinnere, so finde ich sie voller Weisheit. Schade, daß ich damals als Minister nicht gut zuhören konnte. Als Minister habe ich auch nie erzählt. Ich ließ mir von meinen Mitarbeitern, Bittstellern und Speichelleckern knapp schildern, was sie

wollten, und entschied mich dann. Wenn ich etwas sagte, dann war das ein Befehl.

Ich fragte meine Frau heute beim Frühstück, wann ich mit dem Erzählen angefangen habe, und sie antwortete: ›Seitdem du unsanft deines Amtes enthoben wurdest, bist du redselig geworden.‹ Wen wundert es, daß entmachtete Herrscher auf einmal anfangen zu reden und Wälzer über ihr Leben schreiben? Ich glaube, Herrscher können nicht zuhören, und von einem solchen Herrscher will ich euch eine äußerst lustige und weise Geschichte erzählen, wenn ihr mir eure Geduld und euer Gehör schenkt.«

Gerade wollte der Minister anfangen, als der Distelfink aus dem Schlaf erwachte und anfing laut zu singen. Isam lachte triumphierend.

»Es war einmal«, fing Faris an, doch der Distelfink zwitscherte immer lauter.

»Decke den Käfig zu, damit dieser Teufel schläft!« stöhnte Musa.

»Ja, der Distelfink will auch was erzählen«, verteidigte Isam seinen Schützling, und als hätte der Singvogel die Worte verstanden, trillerte er nun ununterbrochen.

»Deck diesen Mistvogel zu, sonst kann ich nicht erzählen«, sagte Faris. Salim, der den Ernst der Worte in seinem Ohr schmeckte, warf schnell ein schwarzes Kopftuch über den Käfig.

»Es war einmal, oder es war keinmal«, fing Faris er-

neut an. »Es war in ferner Zeit ein König. Weiter als die Wakwak-Insel lag das Land, wo dieser König herrschte. Sein Gesicht hätte dem Vollmond in einer Sommernacht sagen können: ›Steige herab, damit ich an deiner Stelle die Menschen verzaubere.‹ Er war sehr jung, als er den Thron in der Nachfolge seines Vaters bestieg. Der junge König war klüger als eine Schlange und hinterlistiger als ein Fuchs, und so sammelte er nur die gerissensten Minister um sich, die das Land mit eiserner Hand verwalteten. Im Jahr seiner Thronbesteigung heiratete er eine Prinzessin, deren Anmut die Rosen von Damaskus vor Neid erblassen ließ.«

»Das hast du schön gesagt«, flüsterte Mehdi, der Lehrer.

»Wenn ich nur ein paar Wochen mit einer solchen Schönheit leben könnte, da wäre ich um Jahre jünger«, schwärmte Musa, der Friseur.

»Und dein Gebiß, was machst du mit dem?« giftete Isam.

»Wie dem auch sei«, erzählte der Minister weiter, »der König wünschte sich einen Sohn. Doch seine Frau schenkte ihm eine Tochter. Die übertraf ihre Mutter noch an Schönheit. Der König aber blickte auf die Tochter und entbrannte in Zorn. Weinend gab er den Befehl, die Königin mit ihrer Tochter auf eine ferne Insel zu bringen. Im Lande aber ließ er die Kunde verbreiten, die Königin sei bei der Geburt gestorben.«

»Gott sollte diesem Herzlosen die Zunge lähmen für diese Lüge!« rief Junis, der Kaffeehausbesitzer.

»Ein feiger Hund ist das«, zürnte Musa. »Was hat er gegen eine Tochter, hm? Ich habe fünf. Ich würde nicht einmal den Nagel der kleinen Zehe meiner Tochter gegen einen Sohn eintauschen.«

»Moment mal, jetzt übertreibst du. Ich habe sechs Söhne, und jeder ist ein Löwe«, widersprach der Schlosser.

»Genau das wollte der König auch«, fuhr der Minister fort, »doch die zweite Frau brachte ihm wieder eine Tochter zur Welt. Auch sie mußte die Reise auf eine noch fernere Insel antreten. Die dritte«, der Minister lachte, »die vierte, die fünfte, die sechste ...« Er verschluckte sich vor Lachen und mußte husten.

»Langsam wird es aber langweilig mit diesem König«, sagte Tuma, als wollte er den Minister nach dem Witz fragen, der ihn so erheiterte.

»Er ist nun mal ein König«, widersprach der Lehrer.

»Ja, so ist es, aber jetzt wird es lustig«, sagte der Minister. »Von Jahr zu Jahr wurde der König grimmiger. Er hörte immer weniger auf seine Minister und noch weniger auf den Hofnarren, wie sein Vater es getan hatte. Im siebten Jahr seiner Herrschaft heiratete er ein listiges Weib. Sie wurde schwanger, doch im achten Monat, es war schon Sommer, sagte sie ihrem Gatten, sie wolle in

die Sommerresidenz fahren, da sie sich bei der Hitze in der Hauptstadt nicht mehr ausruhen könne. Gesagt, getan, sie fuhr in die Frische der Berge. Nur ihre treue Zofe nahm sie mit.

Als die Königin Wehen bekam, tauchten die Botschafter des Königs auf, um ihm die böse oder gute Kunde übermitteln zu können. Sie warteten drei Tage und drei Nächte vor dem Gemach der Königin. Sie waren wie Brieftauben der guten und Hyänen der schlechten Botschaft zugleich.«

»Schön gesagt, Gott segne deinen Mund!« sprach Mehdi.

»Und deinen auch«, erwiderte der Minister und fuhr fort: »Am späten Nachmittag des dritten Tages hörten die Botschafter das Neugeborene weinen und die Zofe vor Freude jubeln. Nach einer kurzen Weile kam sie heraus, ihre Augen waren voller Tränen. ›Sagt unserem allerliebsten Herrscher, seinen Kummer soll er dem Teufel geben‹, schluchzte sie vor Freude. ›Der Himmel hat ihm seinen Wunsch erfüllt und uns allen einen kräftigen Prinzen geschenkt!‹

Der König war überglücklich, daß sein Herzenswunsch erfüllt war. Als die Königin zurückkam, empfing er sie feierlich. Tausende seiner Untertanen jubelten ihr zu. Von seiner Terrasse aus hob der Herrscher seinen Thronfolger Ahmad hoch. Ein Freudentaumel rollte über das ganze Land. Einige warfen sich im Rausch vom

Minarett in den Tod, nur so, aus lauter Freude. Irre sind die Leute an diesem Tag geworden, man kann es kaum glauben, was für Dummheiten Untertanen anstellen können.

Am nächsten Tag gab der König den Befehl, ein ganzes Stadtviertel abzureißen und dort einen Palast mit Garten und Teich für seinen Sohn zu errichten. Die Bewohner der kleinen Hütten weinten und baten um Gnade, doch die Soldaten peitschten auf jeden ein, der bei Sonnenuntergang seine Hütte noch nicht verlassen hatte. Schneller als ein Wimpernschlag kann sich das Glück ins Unglück kehren.«

»Schön!« schwärmten Mehdi und Musa.

»Nun, Tausende weinten, nur eine nicht. Das war die Hexe Mira. Sie war im ganzen Land für ihre Güte bekannt und wegen ihrer Bosheit gefürchtet. Auch ihre Hütte mußte dem Palast des Prinzen weichen.

Hunderte von weinenden Obdachlosen flehten vor dem Palast um Hilfe, aber die Wächter stießen sie zurück. Als sie aber die Hexe Mira sahen, bekamen die Wächter Angst vor ihrem Zorn und eilten zum König. Sie teilten ihm mit, daß die Hexe ihm ihre Beschwerde vortragen wolle, doch der König brüllte vor Lachen. ›Beschwerde? Was für eine Beschwerde? Mein ganzes Reich soll nun keinen Kummer mehr haben, ein Prinz ist geboren! Ich will keine Beschwerde hören!‹

Die Hexe Mira hörte die Worte, sah die weinenden

Leute an, dann drehte sie sich zum Himmel und sprach unverständliche Worte. Plötzlich donnerte es am blauen Himmel, die Leute erschraken und suchten das Weite. ›Ja‹, schrie die Hexe, ›er soll, solange er lebt, nicht mehr hören, dieser Nichtswürdige!‹ Während sie diese Worte sprach, löste sie sich in Luft auf. Nie wieder hörte man in diesem Reich von Mira, der Hexe.

Der König schrie mitten in einer Audienz der beglück-wünschenden Händler und Gelehrten plötzlich: ›Meine Ohren! Meine Ohren!‹ Er packte sich an den Kopf. Mit schmerzerfülltem Gesicht drehte er sich dreimal im Kreis und fiel in Ohnmacht. Von diesem Tag an konnte der König nichts mehr hören. Doch das bekümmerte ihn kaum. Er freute sich seines Sohnes und regierte streng. Hunderte von Kundschaftern horchten das Land aus. Sie waren seine Ohren. Was sie berichteten, wiederholten sie so lange, bis der König das Notwendigste von ihren Lippen ablesen konnte.

Die Sterne standen für den jungen König günstig. Jahr für Jahr gab der Himmel den Bauern Regen für ihre Felder und Wärme für ihre Früchte, soviel sie sich wünschten, und das Land gedieh. Sieben Jahre lang währte das Glück, doch statt den Frieden zu genießen, fühlte sich der König immer mächtiger und wollte sich einige kleinere Nachbarreiche einverleiben. Es gehörte nicht viel dazu, die Habgier dieses Königs anzufachen. Und sooft die Sterndeuter und Gelehrten ihn auch davor

warnten, er wollte ihrem Rat nicht mehr folgen und las immer weniger von ihren Lippen ab. Er folgte seinem eigenen Willen und errang im ersten Krieg einen großen Sieg. Doch welch einen großartigen Krieg führte dieser geniale Herrscher? Fünfzigtausend Soldaten mit Lanzen und Schwertern, zwanzigtausend Bogenschützen, zehntausend Reiter und über fünfzig Steinwurfmaschinen zählte seine Armee. Der König ließ aber den größten Teil seiner Truppen in einem Wald sich verstecken und marschierte weiter. Als er die großen Heere seines Feindes in der Ebene sah, ließ er seine Bogenschützen hinter dem Hügel und tat so, als wolle er die linke Flanke der feindlichen Armee angreifen, ritt aber dann zur Feldmitte und suchte noch vor der ersten Begegnung die Flucht. Sein Rivale sah ihn mit der winzigen Armee flüchten, ließ alle Vorsichtsmaßnahmen außer acht und gab den Befehl, den König zu verfolgen. Ein großes Durcheinander rollte hinter dem König mit seinen besten Rittern her. Sie brachten sich schnell in Sicherheit, und da bedeckte sich der Himmel mit den Pfeilen seiner Bogenschützen. Die Pfeile trafen viele Pferde und Menschen ...« Und der Minister erzählte lange von dieser Schlacht, und er vergaß keinen Schwertstreich, keinen Lanzenstich und keinen Keulenhieb, als wäre er in einer Gerichtsverhandlung.

»Nun gut, was ist dann mit dem Land passiert?« unterbrach ihn Tuma.

»Eine Dürre befiel das Land und ließ seine Bewohner

leiden. Der König wollte aber keinen Bericht darüber von den Lippen seiner Wesire ablesen. Seine Untertanen verfluchten ihn, wenn er auf der Terrasse erschien. Er hielt ihre geballten Fäuste für friedlich winkende Hände und erwiderte zufrieden den Gruß.

Drei Jahre lang wütete die Dürre und brachte dem Land Elend und Tränen. Aber der König freute sich über seinen Sohn Ahmad. Ein Wunderknabe im Dichten und Lautespielen. Mit zwölf schlug er im Reiten und im Bogenschießen alle Ritter des Königs. Tapferer als ein Panther kämpfte der junge Prinz mit den Löwen, die der König in seinem Palast hielt. Kein anderer wagte es, ihm nachzueifern. Nur vor dem Wasser war er scheu. Wenn die Söhne der Minister im See spielten, saß Prinz Ahmad am Rand und schaute den tollenden Jünglingen zu.«

»Ich ahne schon. Ich ahne schon!« lachte Isam.

»Ob du es ahnst oder nicht, behalte es für dich. Ich mag es nicht, wenn jemand eine Geschichte in der Mitte abmurkst«, keifte der Friseur, und Isam beschwichtigte ihn wortlos mit seinen Händen.

»Nun, Musa hat recht. Die Geschichte wird noch lustiger«, versprach Faris.

Junis wollte ihm sagen, daß er die Geschichte gar nicht lustig fände, hoffte aber zugleich, daß es doch noch eine gute Geschichte würde.

»Nun, als die Vorräte fast zu Ende waren, beschloß der König, ein zweites Nachbarreich zu überfallen. Hier ließ

er erst alle Sklaven mit leichten Waffen vor seiner eigent-
lichen Armee den Feind zermürben, und dann ...« Und
der Minister erzählte wieder lange vom Krieg dieses
Herrschers. Er schien, obwohl er doch den König kri-
tisch darstellte, an seinen Kriegen Gefallen gefunden zu
haben. Jede Phase der Schlacht beschrieb er genau, wie
die Köpfe nur so rollten und sich die Krieger die Seele aus
dem Leib schrien, nur um sich Mut zu machen. Der
Minister erzählte und erzählte und schmückte jede
Handlung und jede Bewegung des Königs so ausführlich
aus, daß schließlich auch sein vertrautester Zuhörer, der
Friseur, dem längst schnarchenden Schlosser Gesell-
schaft leistete und ebenfalls einschlief.

»Und was ist mit dem Prinzen passiert?« wollte Tuma
den Minister auf andere Gedanken bringen.

»Der Prinz wollte, obwohl er dreißig Jahre alt geworden war, nicht heiraten. Als der beutelüsterne König in den
fünfjährigen Krieg zog ...« Und schon wieder erzählte der
Minister von einer Schlacht. Tuma hörte nicht mehr zu.
Auch als der Minister versprach, daß die Geschichte lustiger werden würde. Salim gähnte und wünschte sich, daß
der Minister bald zu Ende sei. Isam und Junis schauten den
Minister finster an, es ging ja um nicht weniger als um
Mord und Totschlag. Die Geschichte sollte aber lustig
sein, wenn man sie nach der Heiterkeit des Ministers
beurteilte. Nur der Lehrer meldete sich von Zeit zu Zeit.
»Was für eine schöne Formulierung«, lobte er.

»Und was war mit der Dürre?« fragte der Friseur, als er kurz vor halb elf aufwachte.

»Sie dauerte an, doch die Kriege des Königs brachten ihm viel Beute …« Und der Minister beschrieb jedes Juwel und jeden Brand so ausführlich, als wollte er ein Kochrezept zum besten geben. Gegen halb zwölf nickte als letzter auch Mehdi ein, der bis dahin alle Formulierungen so schön gefunden hatte. Nur Salim hielt die Stellung und verwünschte, daß seine Pflicht als Gastgeber ihn dazu verpflichtete.

Der Minister stockte, schaute die schlafende Runde an und rief laut: »Und jetzt kommt der Schluß!« Und als hätte der Hahn gekräht, wachten alle auf, setzten sich zurecht und hörten gespannt zu in der Hoffnung, bald nach Hause gehen zu können.

»Wie ich euch erzählt habe, hörte der König nie zu. Seine Herrschaft dauerte vierzig Jahre an. Er verließ selten seinen Palast, und wenn er es einmal tat, so schlugen die Leibwächter auf jeden ein, der es wagte, in die Nähe des Königs zu kommen.

Eines Tages feierte der König den Sieg, den er gerade über einen anderen Sultan errungen hatte. Dieser Krieg war …«

»Genug Kriege nun, wo ist der Schluß? Was ist passiert, als dieser gottverdammte Metzger feierte?« unterbrach Junis zornig.

»Nun ja. Er feierte den Sieg. Seine Untertanen ver-

sammelten sich vor seinem Palast und verfluchten den König und seine Urahnen. Sie beklagten den Verlust ihrer Söhne. Als der König etwas getrunken hatte, ließ er sich eine Schale mit Silbermünzen bringen. Er ging auf die Terrasse, nahm eine Handvoll davon und warf sie unter die Untertanen. Doch seine zitternde Hand war schwach, und die meisten Münzen fielen auf die Terrasse vor seine Füße. Nun, man weiß nicht genau, wie das passiert war. Als er den zweiten Wurf machte, bückten sich seine Leibwächter, um nach den Münzen zu greifen, und der König stand zum ersten Mal seit vierzig Jahren ungeschützt vor seinen Untertanen. Ein Pfeil kam schneller als ein Wimpernschlag und traf den König ins Herz.«

»Das hast du aber schön gesagt, Gott segne deine Zunge«, kommentierte der Lehrer.

»Und deine auch«, erwiderte der Minister. »Wie gesagt, die Leibwächter bückten sich nur für einen Augenblick nach den Münzen, doch bevor sie sich aufgerichtet hatten, lag der König tot auf dem Boden.

›Der König ist tot!‹ riefen die Minister, und die Untertanen jubelten. Nun lag der König da. Der Fluch der Hexe galt nur, solange er lebte. Über vierzig Jahre hatte der König seine Ohren nicht gebraucht. Sie waren noch neu und lebten weiter. Ihr wißt ja, die Ohren öffnen schon im Bauch der Mutter als erste ein Fenster zur Welt und schließen als letzte die Läden zu. Lange nachdem

Augen, Lunge, Herz und Hirn ihre Seele ausgehaucht haben, hören die Ohren alles, was gesagt wird, und wenn einer sein Hirn im Leben nicht viel angestrengt und verbraucht hat, so versteht der Tote auch das Gesagte. Der König hatte noch genug Hirn, und seine Ohren hätten noch Jahre alles genau hören können. Sie waren fast wie neu. Nun hörte der König den Jubel seiner Untertanen und ärgerte sich entsetzlich darüber.

›Nun liegt er da, der Idiot‹, hörte der König seinen Hofnarren sagen. Er wollte ihn ohrfeigen, doch seine Hand war schon längst tot. Der Hofnarr witzelte über die Dummheit seines verstorbenen Herrschers, und statt zu weinen, lachten die Minister. Der König wollte sie in den Hintern treten, doch auch seine Beine waren längst tot. Plötzlich aber wurde es ruhig um ihn. Er lauschte voller Neugier. Er hörte Schritte in der Ferne. ›Die Königin und der Prinz kommen. Ruhe!‹ flüsterte der Hofnarr und verschluckte sich beinahe an seinem unterdrückten Lachen.

›Wie ist das passiert?‹ fragte die Königin. ›Ich bin doch nur für eine Stunde mit dem Prinzen in den Garten gegangen, und da kam der Sklave Mas'ud und brachte mir die schreckliche Nachricht‹, schluchzte sie.

›Wir haben seiner Majestät immer gesagt, er soll sich nie zeigen, aber wie du weißt, o Königin, hörte er überhaupt nicht auf uns. Die Leibwächter bückten sich nach den Münzen. Wir haben ihm immer gesagt, er soll seine

Leibwächter satt machen, damit sie sich nach nichts umdrehen oder bücken. Er hörte aber nicht auf uns und bezahlte sie sehr schlecht. Welcher arme Teufel würde nicht nach den begehrten Münzen greifen! In diesem Augenblick traf ihn ein Pfeil. Wäre mein Herz in meiner Hand, hätte ich es vor das seine gestellt.‹

Der König erkannte die Stimme seines Wesirs für Ordnung, der sich gerade noch krummgelacht hatte. ›Ein Heuchler‹, dachte der König. Das bißchen Denken konnte er noch.

›Und ich? Wie oft wollte ich mit ihm reden‹, sprach der Prinz Ahmad nun. Der König erkannte eine gewisse Besonderheit in der Stimme seines lieben Sohnes. Nein, es war nicht nur die tiefe Trauer, über die sich der König ein wenig freute. Nein, eine Unruhe erfaßte ihn, weil er eine ungewöhnliche Zartheit in der Stimme vernahm. Der Prinz schluchzte. ›Er liebte an mir das, was ich nicht hatte. Wie oft fing ich ein Gespräch mit ihm an, um ihm die Wahrheit zu sagen, daß ich eine Frau bin. Eine Frau!‹ hörte der König die Stimme seines Prinzen. Es war der Schrei eines Verletzten. ›Eine Frau!‹ hörte der König den Ruf noch einmal. Der König wollte die Ohren zumachen, doch er konnte es nicht. ›Ihr alle habt ihn gehaßt und ihm untertänig gedient, doch ich habe ihn geliebt. Dreißig Jahre lang wollte ich ihm erzählen, daß ich nur aus Liebe zu ihm in die Käfige der Löwen ging, um seinem müden Gesicht ein Lächeln zu entlocken. Drei-

ßig Jahre lang habe ich nur für ihn gelebt. Immer wieder erfand ich die übelsten Lügen, um gute Frauen abzulehnen, die mir vorgeführt wurden, damit ich mir eine auswähle. Immer wieder habe ich aus Liebe zu ihm gehofft, daß er stirbt, bevor er die Lüge seines Lebens entdeckt, doch heute morgen hatte ich beschlossen, ihn mit meiner Wahrheit leben zu lassen. Ich haßte es, immer seinen Tod zu wünschen. Aber jetzt, da ich es ihm sagen will, da ist er tot. Er kann mich nicht hören‹, schluchzte Ahmad.

Der König hörte sehr wohl und empfand einen Schmerz, der ihm bis dahin fremd war. Nein, nicht die Sorge um den Thron hat ihn geschmerzt. Nein, er wollte seiner Tochter sagen, daß er sie hörte und verstand, doch sein Mund war längst tot. Der Schmerz aber war so gewaltig, daß zwei Tränen seinen toten Augen entrinnen konnten und über die Wangen rollten. Das war meine Geschichte, und ich wünsche euch allen ein langes Leben.«

»Gott erhalte deine Gesundheit«, erwiderte der Friseur mit blassem Gesicht. Plötzlich begrub Ali sein Gesicht in seinen Händen. Salim bemerkte es als erster. Er ging auf ihn zu und faßte ihn an den Schultern.

»Was für ein armer Teufel ist doch dieser König!« schluchzte der Schlosser.

Salim wiegte den Schlosser langsam hin und her, um ihn aus der Geschichte zu befreien und ins kleine Zimmer in der Abaragasse zurückzuholen.

Nach einer kurzen Weile kam Ali zu sich. »Es ist gut,
danke!« flüsterte er. Der Minister streichelte seine Knie
und schaute ihn traurig an. »Ich habe auch Angst vorm
Sterben«, flüsterte er kaum hörbar.

»Soll ich eine Karte für dich legen?« scherzte Isam mit
dem stillen Schlosser. Doch dieser antwortete nicht.

Faris stand in dieser Nacht als erster auf und drückte
Ali ungewöhnlich lange die Hand. »Du bist das As und
der Meister der letzten Nacht«, ermunterte er
den alten Schlosser. »Mal sehen!«
brummte dieser beim
Hinaus-
gehn.

12

*Warum
der alte Kutscher um
eine Geschichte trauerte,
die gerade geboren wurde.*

Es war nach Mitternacht, als die Gäste nach Hause gingen. Salim aber war hellwach. Das Holz knisterte leise im kleinen Ofen. Die Geschichte hatte traurig angefangen und geendet, aber das Herz der Geschichte hatte der Minister zerredet, dachte Salim. Was für Qualen mußte der König in der letzten Stunde auf Erden erleben! Nicht sein Reichtum und nicht seine Armee konnten ihn vor dem Schmerz schützen. Der Minister hatte die Geschichte so schlecht erzählt, daß er, Salim, trotz seines Kamelgedächtnisses nicht genau wußte, wie die Mitte der Geschichte aussah. »Bin ich wie Musa und Ali auch eingenickt?« fragte sich Salim und wußte keine Antwort.

Sicher hat Faris eine sehr schwere Geschichte gewählt. Man kann keine lustige Geschichte über jemanden erzählen, der nicht zuhören will. Man kann Geschichten auch nicht immer umdrehen und lobend über jemanden erzählen, der gut zuhört, um es so den Schwerhörigen schmackhaft zu machen. Das macht nur ein Erzähler, der seine Zuhörer für schwachsinnig hält. Nein, man muß ohne jede Rücksicht über Leute erzählen, die nicht zu-

hören wollen, obwohl sie doch zwei Ohren mit auf den Lebensweg bekommen haben. Wie soll man aber eine andere Geschichte über die gleiche Sache erzählen?

Salim dachte nach und dachte nach. Immer wieder stand er auf und steckte ein Stück Holz in den Ofen, um die eisige Kälte in seinem Zimmer zu vertreiben. Seine Gedanken schweiften in die Tiefe der Zeit und die Ferne der exotischen Länder, von denen er immer erzählt hatte. Ein Wind fegte heulend über die Dächer. Plötzlich hörte er zwei streunende Katzen im Dunkeln fauchen. Die Katzen kämpften miteinander. Eine blecherne Waschschüssel fiel krachend zu Boden. Die Katzen rannten erschrocken davon. Der Knall der Schüssel hallte ein paarmal im großen Hof wider. Danach trat erneut Ruhe ein. Auch der Wind blies nur noch leise, als wollte er die Schlafenden nicht mehr stören.

Salims Augen weiteten sich. Auf einmal war die Geschichte da, die er sich vor mehr als fünfzig Jahren ausgedacht hatte. Er hatte sie nie erzählt, und so schlummerte sie nur all die Jahre in seinem Herzen. Die Geschichte hatte er sich in einer Schlucht ausgedacht, damals, als er zum ersten Mal den Widerhall seiner Peitsche hörte. Nun entfaltete sie sich vor seinem inneren Ohr.

Es war einmal, lauschte Salim der Stimme seiner Erinnerung, ein König, der schlecht zuhören konnte. Wenn seine Untertanen zu ihm kamen, so unterbrach er sie nach dem ersten Satz und rief: »Genug! Ich glaube dir!

Wächter, gib diesem Mann tausend Goldliras!« Oder: »Genug, ich glaube dir nicht. Wächter, peitsche ihn achtzigmal und schleife ihn hinaus!« Das sagte er je nach Laune. Zuhören wollte er nicht, und weil er nicht zuhörte, so war er auch in seinem Erbarmen ungerecht. Eines Tages kam der Hofnarr zu ihm. Der König fühlte sich wohl und bat den Narren um eine Erzählung.

Der Hofnarr setzte sich vor die Füße des Königs und erzählte: »Mir wurde berichtet, o mächtiger König, daß im Land der Dämonen, Gott bewahre uns vor ihrem Zorn, in früheren Zeiten, noch lange bevor der Mensch die Erde betrat, ein Dämon lebte, der mit seiner Frau in den tiefen Höhlen und Schluchten umherzog. Dieser Dämon war unter seinesgleichen dafür berühmt, daß er nicht zuhören konnte. Am schlimmsten aber litt seine Frau darunter, denn er hatte die Gewohnheit, nicht nur auf sie nicht zu hören, sondern alles, was sie erzählte, für dumm zu erklären. In allem widersprach er, und nichts, was sie ihm aus ihrem Herzen erzählte, hörte er.

Eines Tages stritt sie mit ihm, und da sie auf ihr Recht pochte, schlug er auf sie ein. Das Grauenhafteste aber war, daß er ihr danach sanft und gütig erklären wollte, warum seine Schläge ihr nützlich sein sollten. Seine Worte trieften vor Honig, doch der Frau schmerzten die Glieder. Sie verfluchte ihn: Er solle ab diesem Tag zwei Münder und ein Ohr bekommen. Der Dämonengott schwebte gerade an der Schlucht vorbei, in der die Dä-

monin aus vollem Herzen ihren Gatten verfluchte. Er hörte die Verwünschungen und bekam Mitleid mit der Frau. Und da er des öfteren über diesen Dämon Schlechtes gehört hatte, erfüllte er der Frau den Wunsch. Der Dämon schlief ein, und als er aufwachte, hatte er plötzlich zwei Münder übereinander und ein winziges Ohr auf der Stirn; es war so groß wie eine Kichererbse. Seine zwei Ohren lagen wie zwei Herbstblätter verwelkt auf seinem Kopfkissen.

Der Dämon freute sich anfangs sehr und bedankte sich bei seinem Gott kniend für diesen Segen. Er konnte nun schneller und lauter reden. Von nun an hörte er nicht mehr auf zu reden. Auch wenn er aß oder trank, redete er noch mit dem anderen Mund.

Die anderen Dämonen verstanden die Strafe ihres Gottes nicht, denn nun konnte dieser Dämon sie noch öfter unterbrechen und mit dem anderen Mund antworten. Auch die Frau, die mit einem Mund nicht fertig wurde, war der Verzweiflung nahe, denn von nun an rasselte sein Schnarchen in der Nacht aus zwei Mündern.

Der Dämon hörte immer öfter nur noch seine zwei Stimmen, und irgendwann wuchsen seine Worte zu einer unsichtbaren Mauer, die ihn von seinen Freunden und Feinden trennte. Alle Dämonen mieden ihn, als wäre er die Pest. Niemand achtete mehr auf seine Worte. Nicht einmal seine Frau wollte sie hören. Worte sind empfindliche Zauberblumen, die erst im Ohr eines anderen ihren Nähr-

boden finden. Seine Worte aber fanden kein Gehör mehr und verwelkten, sobald sie seine Lippen verließen.

Bald fühlte sich der Dämon elend mit seinen toten Worten. In seiner Einsamkeit erkannte er endlich seine Dummheit. Von nun an übte er Buße. Er schwieg mit beiden Mündern und hörte mit dem winzigen Ohr so gut zu, wie er es früher mit beiden Ohren nicht vermochte. In seinem Herzen flehte er den Gott der Dämonen an, ihm ein zweites Ohr zu schenken, damit er noch genauer hören könnte. Dies tat er jahrelang. Seine Frau hatte Mitleid mit ihm. Auch die Nachbarn in den nahen Erdhöhlen, Wasserquellen und Vulkanen vergaßen ihren Zorn gegen ihn und flehten ihren Schöpfer an, dem Armseligen zu verzeihen. Der Gott der Dämonen aber grollte noch weitere Jahre und gewährte keinem Bittsteller in dieser Angelegenheit Zutritt zu seinem Palast. Erst im tausendundersten Jahr gewährte er dem unglücklichen Dämon Audienz. ›Bereust du deine Untaten?‹ fragte er zornig.

Der Dämon nickte.

›Und wirst du alles tun, um wieder zwei Ohren und einen Mund zu bekommen?‹

Der Dämon war zu jedem Opfer bereit.

›Dann wirst du ab jetzt statt des zweiten Mundes noch ein Ohr bekommen. Dafür mußt du aber jeden Ruf und jeden Satz, ob von Dämonen, Tieren oder Menschen, wiederholen. Wehe dir, du überhörst bis zum Ende der Zeit auch nur einmal das Zirpen einer Zikade.‹

›Dein Wunsch sei mir Befehl, Herr meiner Seele. Ich werde ihn bis zum Ende der Zeit erfüllen. Segne mich bitte mit dem zweiten Ohr. Die Sonne und der Mond sind meine Zeugen‹, sagte der Dämon bewegt mit seinem einzigen Mund.

Seitdem wiederholt dieser Dämon jeden Ruf und Satz der Menschen, Dämonen oder Tiere in den Schluchten, Höhlen und Abgründen. Er überhört nicht einmal das Geräusch eines rollenden Steinchens.«

Der Hofnarr hielt in sich gekehrt inne.

»Und wie heißt dieser armselige Dämon?« wollte der König wissen.

»Echo!« antwortete der Hofnarr.

Der Morgen dämmerte, als Salim die Geschichte zu Ende erinnerte. Er fühlte sich aber bedrückt und wunderte sich darüber, denn wenn er früher Geschichten erzählt hatte, fühlte er sich danach erleichtert. Warum war er in seinem Herzen traurig? Erst dachte er, dies wäre so, weil die Geschichte in seiner Erinnerung nackt von jedem Schmuck war. Nein, das war nicht der Grund seiner Bedrücktheit, denn alle Geschichten behielt er nackt in seinem Gedächtnis. Erzählend entwickelte er seine Gedanken und gab seinen nackten Erzählungen das passende Kleid, den Duft und den Gang. Nein, nur schlechte Erzähler behalten die Geschichten mit allem, was dazugehört, auswendig in ihrem Gedächtnis. Nein, was ihm in der Brust brannte, war, daß er die Geschichte nie-

mandem erzählen konnte. Salim erkannte, daß eine Erzählung mindestens zwei Menschen braucht, damit sie lebt.

Salim steckte ein Holzscheit in den Ofen und setzte sich auf den großen Stuhl davor. Die Flammen umtanzten das Holz freudig. Sie schmiegten sich weich um seine knorrige Haut, als wollten sie sie liebkosen. Das Holz blieb einen Augenblick lang hartherzig und kalt. Es ignorierte die Verführung der Flammen, doch das Feuer züngelte süßlich um seinen Leib und kitzelte unaufhörlich seine Seele mit warmen Versen. Einige Spitzen und scharfe Kanten überhörten die Mahnungen ihres Stammes und gaben ihre starre Haltung auf. Sie fingen Feuer. Das Holz bekundete knisternd seinen Unwillen, doch langsam gab es seinen Widerstand auf und tanzte laut singend in einer einzigen Flamme. Nach geraumer Zeit verschmolzen Holz und Flamme zu einer Glut, die auf dem weichen Kissen der Asche leise wisperte.

Als Salim aufwachte, war es bereits Mittag. Er sprang auf und nahm die Decke vom Vogelkäfig. Der Distelfink hüpfte und freute sich über das Licht, trank aus dem Wassergläschen und trillerte laut.

Salim wunderte sich, daß er die ganze Nacht auf dem Stuhl vor dem Ofen verbracht hatte. Er wußte aber nicht mehr, ob er seine Geschichte gedacht oder nur geträumt hatte.

13

Der
siebte Schlüssel
für die Zunge, oder warum die
alten Streithähne einträchtig falsch sangen.

Der November begann seine Tage mit Regen. Die Bauern freuten sich nach der langen Dürre, wenn der Regen auf ihre Felder prasselte. Nicht jedoch die Damaszener. Sie stöhnten über die Nässe und den dunklen Himmel. Der Oktober konnte sich noch mit seinem unnachahmlichen Kleid leise davonstehlen, nachdem er mit seiner warmen Farbenpracht die Leute so lange betört hatte, bis sie vergaßen, daß er ein Vorbote des Winters war. So mußte nun der November den Damaszenern diese unangenehme Botschaft überbringen. Neun Tage lang war er ziemlich kalt, doch der zehnte November schien dem Sommer entflohen zu sein.

Man erzählt, jeder Tag habe seine Seele. Es gibt gute und böse, langweilige und spannende, warme und kalte Tage. Es gibt aber auch, genau wie bei den Menschen, Einzelgänger unter den Tagen. Das sind Tage, die sich in der Gemeinschaft der Gleichgesinnten unwohl fühlen und davonrennen. Wer soll verstehen, was in einem Tag vorgeht, der den herrlichen Sommer verläßt, um mitten im Winter plötzlich und unangemeldet aufzutauchen?

Die Sonne strahlte an diesem Tag über die uralte Stadt. Die Damaszener, wenn sie nicht in ihren Werkstätten und Ämtern stöhnten, daß sie an einem solchen Tag arbeiten mußten, kamen heraus, um einfach in den Himmel zu schauen oder miteinander im Hof Kaffee zu trinken und über Verlobungen, Erkältungen und kaputte Dachrinnen zu reden. Am Nachmittag belebte sich die Gasse mit tollenden Kindern, die all ihre durch die Kälte aufgestaute Energie an diesem einen Tag loswerden wollten; deshalb gingen an einem solchen Tag viele Fensterscheiben zu Bruch.

Als die Fensterscheibe des Postbeamten Chalil am Nachmittag durch einen Balltreffer zersplitterte, stand seine Frau nur kurz auf, rief ihren fünfzehnjährigen Sohn zu sich, gab ihm das Geld für die Reparatur, mahnte ihn, sich zu beeilen, und kehrte zu ihrer Schwatzrunde unter dem großen Zitronenbaum zurück. Dieselbe Frau hätte in der heißen Sonne des Sommers für diese Fensterscheibe die Vorfahren des Missetäters bis zur vierten Generation verflucht. Nicht die Spur von Zorn war in ihrem Gesicht zu entdecken. Sie lachte herzlich. Nach etwa einer halben Stunde verriet eines der Kinder den Namen des Täters ziemlich laut in der Frauenrunde. Dessen Mutter war auch anwesend. Statt aber die Tat ihres Sohnes zu leugnen oder zu verharmlosen, entschuldigte sie sich für die schlechte Erziehung ihres Kindes – was eine Mutter in Damaskus selten tut –, und die Frau des Postbeamten fand die süßesten Worte als Erwiderung.

Das schöne Wetter hatte sich bis zum späten Nachmittag gehalten. Als die Sonne unterging, sammelten sich die Wolken und vertrieben den Sommertag, als wäre ihnen die Gastfreundschaft für einen Einzelgänger zuviel geworden. Doch Einzelgänger würden ihrem Ruf nicht gerecht, ließen sie sich von jedem Wind umstoßen. Der Sommertag kämpfte verzweifelt gegen die Wolken. Immer düsterer drückte der Abend auf die Brust der Stadt.

Salim und seine Gäste warteten gespannt auf den Schlosser. Es wurde langsam dunkel, doch Ali kam nicht. Als die Turmuhr achtmal schlug, fühlte jeder, wie die Luft im kleinen Zimmer knisterte. »Wo bleibt der Bursche? Es sind nur noch vier Stunden bis zur Mitternacht des letzten Tages!« rief der Minister. Er hatte seine Worte noch nicht beendet, als der Schlosser mit seiner dicken Frau Fatmeh das Zimmer betrat.

»Guten Abend«, grüßte Fatmeh die vor Überraschung erstarrte Männerrunde, stupste den Friseur in die Seite, und als dieser verdutzt Platz machte, setzte sie sich neben den alten Kutscher, als suche sie seinen Schutz.

Die alten Herren erwiderten den Gruß, wie es sich gehörte, aber ihr Ärger sprühte aus allen Poren ihrer Gesichter. Es war das erste Mal seit über zehn Jahren, daß eine Frau an ihrer Runde teilnahm.

»Ich habe noch nie im Leben etwas erzählt«, sagte der Schlosser in die stumme Runde. »Das weiß mein Freund Salim genau. Als ich ein Kind war, wollte ich immer wieder etwas erzählen, aber mein Vater mahnte mich: ›Kind, schweige, dein Reden entblößt dich. Bei jedem wahren Satz, den du von dir gibst, wirst du um ein Stück nackter, und du wirst verletzlicher.‹ Meine Mutter, Gott segne ihre Seele, fügte immer hinzu: ›Kind, wenn du lügst, um von dir abzulenken, dann wird die Decke, unter der du dich versteckst, um ein Stück größer, bis du darunter erstickst.‹ Ich habe nie erzählt, damit ich weder ersticke noch verletzt werde. Ich glaube, ich habe den Schlosserberuf nicht zufällig gewählt. Schlosser reden wenig. Es war immer so laut bei uns in der Werkstatt, daß wir nur das Notwendigste einander zugerufen haben.

Die ganze Nacht konnte ich nicht schlafen. Es wäre schlimm, wenn ich versagte und mein liebster Freund Salim für immer stumm bleiben müßte. Doch ich konnte in meiner Erinnerung keine Geschichte finden. Als meine Frau von meinem Kummer erfuhr, sagte sie, dann wolle sie Salim gerne eine Geschichte erzählen.«

»Ich weiß nicht«, warf der Minister ein, »ob die Fee damit einverstanden sein wird. Hat sie nicht gesagt, daß die Geschenke von uns, seinen Freunden, gegeben werden müssen?« vergewisserte er sich bei Salim. Doch der alte Kutscher verneinte mit einem deutlichen Kopfschütteln. Enttäuscht legte Faris seine Stirn in Falten und lehnte sich zurück.

Der Friseur verdrehte die Augen, der Lehrer murmelte vor sich hin, und der Kaffeehausbesitzer schaute zur geschlossenen Tür hin, als könnte ihn dort etwas in seinem Kummer trösten. Nur Isam und der Emigrant Tuma lächelten der Frau zu.

»Ich bin zu Salim gekommen, ich sitze nicht bei dir, Exzellenz, damit du über meinen Besuch entscheidest«, sagte Fatmeh verärgert.

»Sage deinem Weib«, rief der Minister und setzte sich zurecht, »sie soll sich in acht nehmen, wenn sie redet!«

»Das will ein studierter Minister gewesen sein«, brummte Ali. »Doch ob du Minister oder Gemüsehändler warst, überlasse es mir, was ich meiner Frau sage«, fuhr er laut fort.

»Du hast an eine Tür geklopft«, unterstützte ihn der Emigrant Tuma. »Und wer klopft, muß die Antwort ertragen.«

»Wenn du so klug bist«, fauchte Musa den Emigranten an, »dann gib mir eine Antwort. Ich klopfe jetzt an deine Tür: Warum darf nur Fatmeh an unserer Runde teilnehmen? Warum darf meine Frau nicht mit …«

»Beruhige dich, Junge«, giftete Isam den Friseur an. »Wer hatte es dir verboten? Hm? Wer?«

Ein heilloser Streit brach nun unter den alten Herren

aus. Auch Junis konnte es nicht verstehen, warum nur
Ali seine Frau mitbringen durfte. Das formulierte er so
geschickt, daß Musa ein noch beleidigteres Gesicht zog.
Und nun wurden alte Streitigkeiten wiederaufgefrischt.
Fatmehs Anwesenheit war gar nicht mehr wichtig, wohl
aber, warum der Friseur den Staatspräsidenten Nasser als
Retter Syriens lobte, obwohl zwei Neffen des Kaffee-
hausbesitzers und eine Lehrerin, die die Enkelkinder des
Schlossers heiß und innig liebten, seit Monaten schuldlos
im Gefängnis saßen.

Fatmeh hörte kein Wort mehr. Sie holte ihre Tabaksdose heraus und drehte sich eine sehr dünne Zigarette.

Plötzlich war ihre Mutter wieder da. Eine Hebamme
namens Leila, die zu ihren Lebzeiten bekannt und gefürchtet war. Man erzählte die komischsten Geschichten
über ihre zauberhaften Hände, mit denen sie vielen Kindern aus dem Viertel in die Welt geholfen hatte. Noch
mehr aber schwärmten die Bewohner der Gasse vom
Zauber ihrer Geschichten. Nur zum Feind durfte keiner
die Hebamme Leila haben, denn sie konnte nicht nur
Träume und Sterne deuten, sondern auch Gifte mischen.
Rätselhaft und furchterregend war ihre unbekannte Herkunft, und noch mehr ihr plötzliches Verschwinden. Als
hätte sie sich, eine Nacht nach der Hochzeit ihrer Tochter
Fatmeh, in Luft aufgelöst, sah man Leila von diesem Tag
an nie wieder. Nur Fatmeh wußte mehr, aber sie hütete
ihr Wissen als ihr innigstes Geheimnis.

»Tochter«, hatte die weise Frau zu ihr beim Abschied gesagt, »du mußt wissen, ich bin keine von euch. Ich habe es achtzehn Jahre lang in Damaskus ausgehalten, bis du erwachsen geworden bist. Nun hast du auch einen guten Weggenossen getroffen. Ali hat ein gutes Herz. Freue dich des Lebens, vergiß aber nicht, deinem Mann die Geschichte der Frau zu erzählen, die ihren schwerhörigen und redseligen Mann mit Klugheit und List zwang zuzuhören. Erzähle ihm diese Geschichte bald, denn solange die Männer verliebt sind, hören sie die Geschichten und verstehen sie am besten.« Damit schloß die Mutter und reiste ab. Sie schlug alle Bitten ihrer Tochter aus, noch eine Stunde zu warten, bis Ali von der Moschee zurückkäme, um Abschied von ihm zu nehmen. »Warum Abschied?« fragte die Mutter. »Ich lasse dich hier zurück. Du bist ein Teil meiner Seele«, fügte sie hinzu, küßte ihre Tochter und ging.

Fatmeh konnte Ali diese Geschichte weder in der ersten Nacht noch in den folgenden Tagen und Jahren erzählen. Ali schien ihr etwas schwerhörig zu sein, und er sprach kaum ein Wort, nicht einmal in der ersten Nacht. Sie spürte, wie sehr er sie liebte und begehrte. Gesagt hat er das aber nie. Er sprach überhaupt nur das Allernotwendigste, kurz und leise.

Fatmeh schaute in die Runde der alten Streithähne. Was für einen Krach veranstalteten diese Großväter, bloß weil sie einmal erzählen wollte! Und ihr Ali, weshalb war er so überrascht, als sie ihm an diesem Morgen gesagt hatte, sie könnte Salim nicht nur eine, sondern fünfzig Geschichten erzählen? Er lebte seit Jahr und Tag mit ihr, und doch sprach er zu ihr wie zu einer Fremden: »Kannst du das denn gut genug? Erzähl erst mal mir, damit ich höre, ob deine Geschichte meiner Freunde würdig ist.« Ja, »würdig«, hatte er gesagt. Er, der keine Ahnung vom Erzählen hatte, erhob sich zum Meister der Hakawatis und wollte sie prüfen.

Aber warum verspürte auch sie mit den Jahren immer weniger Lust, Ali eine Geschichte zu erzählen? Mit jeder Geburt eines ihrer Kinder kam neues Leben in das Haus, doch statt mehr, erzählten sich Fatmeh und Ali immer weniger. Dies hatte auch ihre Schwester Rahime berichtet, die mit einem redseligen Mann lebt. Warum wird das Erzählen weniger statt mehr, je länger die Leute miteinander leben? Fatmeh sann darüber nach. »Das ist der Grund …« flüsterte sie endlich kaum hörbar und versank wieder in ihrer Erinnerung.

Ihre Mutter hatte es ihr vor über fünfzig Jahren erklärt: »Weil den Eheleuten die Verliebtheit abhanden gekommen ist, erzählen sie sich immer weniger.«

Ja, Fatmeh selbst hatte sogar nach ein paar Jahren der Ehe mit Ali angefangen zu stottern, wenn er aus der Werkstatt kam, während sie Kindern oder Nachbarinnen erzählte. Sie hatte immer Angst, daß er ihre Geschichten dumm fände. Anders war es mit Salim. Wenn er sie besuchte, stotterte sie nie beim Erzählen. Er mochte ihre Geschichten, das wußte sie schon immer. So dachte sie gerade, als Salim ihr einen Pfefferminztee entgegenhielt. Sie schaute auf, nahm den Tee und verfolgte gelangweilt den abflauenden Streit. Die Gesichter der alten Herren waren aber immer noch finster.

»Ich trinke meinen Tee und gehe«, sprach Fatmeh. »Verzeiht, wenn ich euch sage, daß euer Empfang meiner Geschichte nicht würdig ist. Man kann doch Menschen mit solch verdrehten Gesichtern nichts erzählen.« Fatmeh schloß die Augen. »Nein! Bei der Seele meiner Mutter, wenn ihr mich nicht um die Geschichte bittet, werde ich gehen«, sprach sie sehr ruhig.

Ali zitterte, denn er hatte Fatmeh noch nie so hart reden hören. Salim dagegen strahlte über das ganze Gesicht, als wären Fatmehs Worte ein Blumenstrauß mit tausendundeiner Blume. Er stand auf und küßte sie auf die Stirn. Dies tat der Kutscher zum ersten Mal seit über fünfzig Jahren Freundschaft, und seine Wangen glühten, als Isam sagte: »O, wäre ich Salim! Für diesen Kuß bin ich bereit, ein Jahr zu verstummen.«

Ali lächelte erleichtert.

»Ich meine, wenn das Salim hilft, habe ich nichts dagegen«, sagte der Minister schließlich als erster der Ablehnungsfront und lächelte. Ihm folgten der Lehrer, der Friseur und als letzter Junis.

»Na also«, brüllte Isam.

»Verdammt sei der Streit in seinem Grab. Es ist schon halb zehn geworden«, fügte Tuma hinzu.

Aber Fatmeh strahlte nicht über ihren Sieg, sondern schlürfte ihren Tee ruhig und langsam in der eingetretenen Stille.

»Erzähle uns deine Geschichte, bitte!« sagte der Friseur.

»Ich werde euch eine schöne Geschichte von den ägyptischen Hexen erzählen«, sagte sie, und ein scheues Lächeln schmückte kurz ihr Gesicht.

»Ob sie schön ist, wollen wir erst später beurteilen, wenn ich bemerken darf«, murrte der Lehrer.

»Jetzt sei doch endlich ruhig!« brüllte Isam den Lehrer an.

»Dir zur Heilung und Freude werde ich erzählen. Gott soll nur dem ein langes und glückliches Leben schenken, der gut zuhört«, fuhr Fatmeh fort. »Es war einmal vor vielen, vielen Jahreszeiten eine sehr kluge Hexe namens Anum. Sie lebte im alten Ägypten schon lange vor der ersten Mumie und Pyramide. Sie war die erste Frau, die bei dem großen Priester Dudochnet die Kunst der Alchimie, der Bierbrauerei und der Papyrusherstellung lernen durfte. Als dieser nun auf dem Sterbebett lag, ernannte er Anum zu seiner Nachfolgerin, ›denn‹, so sprach er zu den ihn umstehenden Priestern, ›nur ihr wird es gelingen, den Stein der Weisen zu finden‹ …«

»Die Geschichte kenne ich. Der Pharao wird es erst ablehnen und stellt Anum sieben schwere Aufgaben. Sie löst sie aber alle, nicht wahr?« unterbrach der Minister.

»Ja«, antwortete Fatmeh.

»Und findet sie den Stein der Weisen?« wollte Isam wissen.

»Ja, sie findet ihn«, sagte der Minister. »Und wer ein Stäubchen davon leckt, wird ein Genie, nicht wahr? Die Pyramiden haben Architekten gebaut, die ein Perlchen davon, so groß wie eine Linse, geschluckt haben. Die Bienen haben damals ihren Honig überall hingeschmiert, bevor die Ägypter ihnen beibrachten, mit Wachs Waben zu …«

Salim schüttelte den Kopf und blickte den Minister wütend an. Faris stockte und wandte sich an Fatmeh. »Oh, Verzeihung! Ich habe dich unterbrochen!«

»Macht nichts«, sagte Fatmeh, doch ihre Stimme schmeckte in den Ohren des alten Kutschers nach Galle. »Diese Geschichte und hundert andere mögen Exzellenz kennen, doch die folgende Geschichte hat noch niemand auf dieser Erde gehört, nicht einmal mein Ali kennt sie. Also, hört zu, oder laßt mich nach Hause gehen!«

»Um Gottes willen!« rief der Friseur. »Erzähl, Fatmeh, bitte, erzähl!«

»Es war einmal eine junge Frau. Sie hieß Leila. Sie war nicht schön und nicht häßlich, aber sie hatte eine begnadete Zunge, wie unser Salim sie immer schon hatte und hoffentlich bald wieder haben wird.

Wie dem auch sei. Leila verlor im jüngsten Alter ihre Eltern und lebte von nun an bei ihren Großeltern in einem Bergdorf im Norden Jemens. Von Kind auf wollte Leila immer wieder Erzählungen hören, und was sie einmal gehört hatte, war in ihrem Herzen verewigt. Nichts in der Welt konnte sie eine Geschichte vergessen lassen. Nun, während sich die anderen jungen Frauen täglich schminkten und tänzelnd zur Dorfquelle schlenderten, um nach den Männern Ausschau zu halten, kümmerte sich Leila nur um ihre Geschichten. Der stärkste Bursche im Dorf zog sie viel weniger an als eine kleine Fabel, und der schönste Mann konnte ihr Herz nicht einmal eine Anekdote lang besetzen. Leila scheute keine Mühe, um ein neues Märchen zu hören, auch wenn sie dafür tagelang durch gefährliche Berge und Steppen gehen mußte.

Wie dem auch sei, die Jahre vergingen, und Leila wurde weit und breit die bekannteste Märchenerzählerin. An Erzählabenden verzauberte sie nicht nur ihre Zuhörer, sondern sie selbst wurde durch die Märchen verzaubert. Sie konnte mit den Sternen, Tieren und Pflanzen reden, so, als wäre sie die Zauberfee ihrer eigenen Geschichten. Man erzählte, daß sie durch ihre Worte eine solche Zauberkraft hatte, daß sie eines Tages einem morschen Baumstumpf so lange vom Frühling erzählte, daß der

Baumstumpf wieder junge Triebe hervorbrachte. Leila erzählte aber nicht nur Menschen, Tieren und Pflanzen, sie vertraute ihre Geschichten auch dem Wind und den Wolken an, und einmal, das könnt ihr mir glauben, gab es eine erbarmungslose Dürre. Die Bauern beteten und beteten, nur Leila nicht. Sie ging auf den höchsten Berg und wartete dort, bis sie eine kleine Wolke sah, die eilig über den Himmel zog. Leila fing an zu erzählen. Die Wolke hielt an und hörte zu, und alsbald gesellten sich mehrere Wolken zu ihr, so daß der Himmel davon bedeckt war. Je spannender die Geschichte wurde, um so dunkler wurden die Wolken, und als die Geschichte den spannendsten Punkt erreicht hatte, unterbrach Leila ihre Erzählung und rief den Wolken zu: ›Wenn ihr die Fortsetzung hören wollt, dann kommt herunter!‹ Die Wolken blitzten und kamen als Platzregen eilig herunter, nur um Leila näher zu rücken.

Eines Tages, mitten im Sommer, erschraken die Leute, und es regnete in Strömen. Die Erde weichte auf, und die Schwalben versteckten sich in den Nestern an den hohen Felsen. Am späten Nachmittag jaulten die Hunde sonderbar. Als die Sonne unterging, hörten die Dorfbewohner Hilferufe und Schmerzensschreie aus einer tiefen Grotte, die nicht weit vom Dorf lag. Einige der mutigsten Männer und Frauen näherten sich der Höhle, aber sie zitterten vor Angst bei jedem Schrei.

›Das ist ein Ungeheuer‹, sagte der Dorfälteste.

›Ein Ungeheuer? Warum schreit es um Hilfe?‹ wunderte sich ein alter Bauer.

›Vielleicht sind das die Rufe der Menschen, die es frißt!‹ vermutete eine Hebamme.

›Oder das Ungeheuer will uns locken. Mein Vater erzählte mir, daß sich die Nilkrokodile im hohen Schilf verstecken und dort laut wie ein kleines Kind weinen, bis eine Mutter, die am Fluß wäscht, die Rufe hört und zur Stelle rennt, wo sie vermutet, daß ein Kind ins Wasser gefallen ist. Aber dort lauert diese Bestie auf sie und schlägt zu.‹

›Mein Großvater erzählte, die Hyänen kichern manchmal …‹ wollte der Schuster bestätigen.

›Krokodile hin und Hyänen her‹, unterbrach ein Ritter, ›es gehört sich für einen Jemeniten, Hilferufen mit Opferbereitschaft zu begegnen.‹ Er nahm seine Lanze und eilte in die Höhle, doch außer Hilferufen kam nichts aus der felsigen Höhle zurück.

Am Tag war es in der Höhle ruhig, doch Nacht für Nacht hörten die Dorfleute die schmerzerfüllten Schreie, die um Gnade bettelten. Die Erwachsenen wagten es nicht, in die Nähe der Höhle zu kommen, aber die Neugier trieb immer wieder die Kinder dahin.

In der ersten Woche verschwanden zwei Kinder, ein Mädchen und ein Junge. Die Bauern waren sicher, daß das Ungeheuer sie in seine Höhle gezogen und dort gefressen hatte. Immer wieder verschwanden Kinder. Niemand hatte das Ungeheuer je gesehen, doch wenn die Bauern darüber redeten, so beschrieben sie jeden Zahn in seinem Maul und jede seiner Krallen. Nach einem Monat wagte es keiner mehr, seinen Namen auszusprechen. Wenn die Leute also vom Ungeheuer sprachen, so sprachen sie vom ›Ding in der Höhle‹.«

Fatmeh hielt inne, holte ihre Tabaksdose und drehte sich sorgfältig eine sehr dünne Zigarette.

»Es ist genau wie heute«, sagte Isam, der die Stille nicht mehr ertragen konnte. »Wenn jemand verhaftet wird, sagen wir, daß er zu seiner Tante gebracht wurde. Und den Ministerpräsidenten nennen wir doch Abdul Hähnchenfresser.«

»Ich dachte, er heißt Abdul Geldschlürfer«, meldete sich Ali.

»Nein, das ist alt«, unterbrach Faris und lachte. »Heute nannte ihn mein Sohn: Monsieur Abdul Gänseleber, weil er die begehrte Pastete aus Paris einfliegen läßt.«

»Gut, und der Innenminister heißt die ›Trommel‹, weil er so laut und leer ist wie eine Trommel«, meldete sich Isam wieder zu Wort.

»Wie dem auch sei«, begann Fatmeh wieder und zog an ihrer Zigarette, »wenn jemand vom ›Ding in der Höhle‹ sprach, riefen die Bauern: ›Ausu billah minal Schaitan alradschim‹, um sich vor dem Teufel zu schützen.

Eines Tages wachte Leila nach einem merkwürdigen Traum auf, zog sich an und verabschiedete sich von ihren

Großeltern mit den Worten: ›Ich gehe dahin, wohin mich mein Traum gerufen hat. Weinet nicht, mein Traum kann mich nicht ins Verderben führen. In meinem Traum sah ich die verschwundenen dreißig Kinder am Eingang der Höhle lachen. Es ist Zeit, daß ihr Lachen ins Dorf zurückkehrt.‹

›Ausu billah minal Schaitan alradschim!‹ riefen die Großeltern wie aus einem Mund.

›Ich will hingehen‹, sagte Leila entschlossen. ›Meine tausend mal tausend Geschichten werden mir helfen‹, sagte sie und eilte hinaus. Eine Kinderschar folgte ihr, bis sie ein letztes Mal zurückschaute, den Kindern zuwinkte und in die Höhle ging.

›Leila verschwand in der Höhle! Leila verschwand in der Höhle!‹ hallten die Rufe der Kinder in den Gassen, als sie am späten Nachmittag ins Dorf gerannt kamen. Von Haus zu Haus ging die traurige Kunde, und sie erreichte den letzten Winkel im Dorf, noch bevor die Sonne unterging. Als es dunkel wurde, hörten die Leute im Dorf die Hilferufe, und manche erkannten die Stimme Leilas. Traurig sprachen die Nachbarn den Großeltern ihr Beileid aus, und manch einer flüsterte hinter vorgehaltener Hand, sein langgehegter Verdacht hätte sich bestätigt, daß Leila von Geburt an verrückt gewesen sei.

Leila sah indessen ein kleines Licht in der Tiefe der Höhle flackern. Sie ging langsam und wunderte sich über die versteinerten Gestalten, die den Gang säumten. Keine Menschenhand und kein Meißel der Zeit konnte die Menschen besser darstellen, wie sie hier auf der Flucht erstarrt waren. Nicht einmal ein Knopfloch, kein Haar und keine Schweißperle fehlte den Steinfiguren, die alle dem Höhleneingang zustrebten.

Es war in der Höhle so still, daß Leila ihr Herz schlagen hören konnte. Nach einer Weile erreichte sie eine große Halle im Felsen. Überall standen Steine wie im Durchgang, Menschen, die mit ängstlich geweiteten Augen in die Halle blickten. Überall brannten große Kerzen aus Bienenwachs. In einer Ecke standen mehr als zehn Bienenstöcke, und in der Ecke gegenüber entsprang das Wasser einem Felsspalt und versickerte durch einen anderen. Die Bienen summten und stiegen immer wieder durch ein Loch in der Felsendecke ins Freie. Leila sah keine Spur von einem Ungeheuer. Sie wanderte in der Halle umher und suchte nach geheimen Eingängen, und plötzlich stieß sie auf das abscheuliche Wesen. Gott schütze uns vor seinem Anblick! Es lag in einem Steintrog.

Leila versteckte sich schnell hinter einem Haufen Geröll und wartete, aber es verging keine Stunde nach der Abenddämmerung, als das Ungeheuer aufwachte. Es sah so schrecklich aus, daß ich es lieber nicht beschreiben will, sonst verderbe ich euch die Nacht. Das Ungeheuer nahm etwas Honig zu sich und beklagte weinend sein Unglück.

Als Leila die Angst in ihren Beinen spürte, schloß sie einen Augenblick lang ihre Augen und lieh sich aus einer Fabel, die sie gut im Gedächtnis behalten hatte, den Mut einer verletzten Löwenmutter. Dieser Muttermut läßt den stärksten Krieger erzittern.

Langsam machte Leila ihre Augen auf und spürte kein Zittern mehr in den Händen, obwohl die Felsen bei jedem Schrei des Ungeheuers fürchterlich bebten. Leila richtete sich auf und ging festen Schrittes auf das Ungeheuer zu, das sie erstaunt anschaute, dann das Gesicht in seinen Händen begrub und rief: ›Geh doch weg, sonst fresse ich dich, geh!‹

›Salam Aleikum! Ich will horchen, aber nicht gehorchen. Ich bin nicht gekommen, um abzuhauen!‹ sagte Leila und schritt weiter auf das Ungeheuer zu.

›Geh, ich bin verdammt und verwünscht, und wer mich berührt, wird eine Bestie!‹ flehte das Ungeheuer Leila an.

›Das ist noch nicht geschehen, sonst wüßte ich eine Geschichte darüber‹, antwortete Leila und berührte die glitschige und mit grünlichen Schuppen bedeckte Hand des Ungeheuers. ›Erzähle mir deine Geschichte‹, bat sie.

›Wie soll ich das können! Jedes Wort meines Unglücks hockt wie ein Berg auf meiner Brust. Jeder Buchstabe verwandelt sich in ein Messer. Wenn ich ihn aussprechen will, schneidet er mir in den Kehlkopf‹, stöhnte das Ungeheuer und weinte.

›Dann erzähle ich dir eine Geschichte. Wenn sie dir nicht helfen kann, so möge sie dir wenigstens den Kummer vertreiben.‹

Leila erzählte dem Ungeheuer die Geschichte der sieben Schwestern.

»Die Geschichte ist lang, sehr lang, edle Zuhörer«, wandte sich Fatmeh an die gespannt lauschende Runde. »Die Zeit dieser Nacht reicht für sie nicht, aber ich verspreche euch, sie ein anderes Mal zu erzählen. Nun, als Leila das Schicksal der ältesten Schwester schilderte und was für Kämpfe sie für ihr Glück durchstehen mußte, beruhigte sich das Ungeheuer. Es weinte nicht mehr, sondern hörte gespannt zu. Kurz vor der Morgendämmerung legte es sein Haupt in Leilas Schoß und lauschte wie ein Kind ihren Worten. Das Ungeheuer war so ruhig, daß Leila dachte, es schliefe. Sie hörte auf zu erzählen, doch plötzlich flüsterte das Wesen voller Sorge: ›Und dann, was hat sie gemacht, um aus der Gefangenschaft herauszukommen?‹ Leila lächelte müde und erzählte weiter. Es wurde Mittag, und es wurde Nacht, und Leila erzählte, und wenn sie aufhören wollte, flehte das Ungeheuer sie an weiterzuerzählen.

Erst als die Sonne am zweiten Tag im Zenit stand, schlief das Ungeheuer ein. Leila legte seinen Kopf auf einen Stein und ging zur Quelle. Sie erfrischte sich am kühlen Wasser und schlich sich unbemerkt aus der Höhle hinaus. Auf den nahen Feldern füllte sie ihr Kleid, das sie auszog, mit Granatäpfeln, Feigen, Trauben und Maiskolben und eilte zur Höhle zurück. Sie aß, soviel sie konnte, schlief, so kurz sie mußte, und wartete dann, bis das Ungeheuer aufwachte. Und nun erzählte sie ihm vom Leid und Glück der zweiten Schwester. Es wurde Nacht, und es dämmerte wieder, und das Ungeheuer hörte die Geschichten wie ein Kind, bis es einschlief. Sieben Nächte lang hielt Leila das Ungeheuer mit ihren Geschichten fest. Es weinte keine Träne mehr.

Als die siebte und jüngste Tochter in der siebten Nacht bei ihrem Vater, einem König, in Ungnade fiel und der Richter das Urteil sprach, daß sie enthauptet werde, wenn keiner sich für sie opfere, richtete sich das Ungeheuer aufgeregt auf.

›Aber keiner wollte sein Leben lassen, um das Leben der jüngsten Schwester zu retten‹, erzählte Leila bewegt.

›Doch, ich!‹ rief das Ungeheuer plötzlich. ›Sie ist unschuldig. Ich gebe mein Leben her, damit sie weiterlebt!‹

Als das Ungeheuer diese Worte sprach, platzte seine Haut krachend auseinander, und aus der Hülle kam ein schöner Jüngling heraus. Er war so schön wie der Tau auf den Blättern der Rosen. Er war befreit vom Bann. ›Ich bin Prinz Jasid‹, sprach er und schaute Leila tief in die Augen. ›Du hast mich von meinen Qualen befreit. Was du auch immer wünschst, werde ich dir erfüllen.‹

Plötzlich hörten Leila und der Prinz Hunderte von Kindern kichern. Auch die zu Stein erstarrten Kinder waren mit dem Prinzen befreit und lachten über ihn, weil er splitternackt war. Auch die Kinder, die auf der Flucht erstarrt waren, wurden erlöst. Sie hörten das Lachen in der Höhle und schauten neugierig hinein. Nach einer Weile zogen sie ins Dorf und berichteten, daß ein Jüngling nackt in der Höhle lebte, und daß er sehr scheu sei und über seine Nacktheit rot werde. Leila sei wohlauf, und sie bade sich gerade im frischen Wasser, während der Jüngling für sie die Maiskolben auf einem kleinen Feuer grille. Die Eltern der vermißten Kinder tanzten vor Freude, und das ganze Dorf fiel in einen Freudentaumel.

›Von allen Freunden, die mir folgten‹, erzählte der Jüngling, ›blieben nur diese Bienen, die mir Licht und Honig schenkten. Alle anderen erschraken vor mir und wurden in Stein verwandelt. Nun will ich dir meine Geschichte aber von Anfang an erzählen. Du wirst sie kaum glauben.

Mein Vater, König Jasid der Erste, herrschte seit über zwanzig Jahren über den glücklichen Jemen. Am Tag meiner Geburt hatte er einen Traum …‹ Und Prinz Jasid erzählte Leila seine wirklich unglaubliche Geschichte. Er erzählte sie drei Tage lang, wofür leider die Zeit jetzt zu kurz ist, aber wenn ich lange lebe, werde ich sie euch bestimmt erzählen. Wie gesagt, der Jüngling erzählte ihr seine Geschichte, und als er sie beendet hatte, machte er sich mit Leila auf den Weg hinaus. Draußen vor der Höhle harrten die Menschen seit Tagen aus, denn sie hatten aus dem Bauch der Grotte Geflüster und Lachen gehört, aber keiner hatte es gewagt, einen Fuß in die Höhle zu setzen.

›Salam Aleikum, ihr gütigen Großeltern, Nachbarn und Freunde dieser Märchenerzählerin, die mich vom Fluch befreite, daß die Worte aus meinem Herzen wie Schmetterlinge das Licht der Welt suchten‹, rief Jasid, und die Bauern jubelten.

›Hiermit verkünde ich‹, fuhr Jasid fort, ›als Prinz von Sana und Sohn des Königs Jasid des Ersten will ich Leila zur Ehefrau nehmen!‹

›Dein Wunsch ist uns Befehl‹, stammelten die Großeltern ehrfürchtig.

Die Dorfleute ließen den König und seinen Thronfolger hochleben, und die Großeltern weinten Freudentränen. Doch da erhob Leila ihre schmale Hand. ›Nein, mein Prinz. Du bist gütig und gutherzig, doch ich will in die Welt ziehen. Dein Palast liegt fest und wird mich so schmerzhaft fesseln, wie deine Schuppen dich Jahre quälten. Leb wohl!‹

›Aber …‹ wollte der Prinz seinen Unmut äußern.

›Kein Aber, mein Prinz. Du hast versprochen, mir alles zu erfüllen, was ich mir wünsche, oder ist dein Wort leicht versprochen, leicht gebrochen?‹ sprach sie und eilte ohne Hast davon. Die Leute schauten ihr mit offenem

Mund nach. Viele waren nun endgültig davon überzeugt, daß Leila verrückt war.

Wie dem auch sei, der Prinz kehrte in die Hauptstadt zurück. Er ließ den verräterischen Wesir, der ihn in ein Ungeheuer verhext hatte, in den Kerker werfen. Sieben Kamele mit Seide, Silber und Gold schenkte er aus Dankbarkeit den Großeltern Leilas.

Leila aber zog in die Welt. Von den Bergen des glücklichen Jemen ging sie durch die Wüste nach Bagdad. Drei Jahre lang lebte sie bereits in der Stadt der Tausendundeinen Nacht, als sie sich in einen Mann verliebte. Er war nur zu Besuch in Bagdad, denn er arbeitete als Lokomotivführer auf der Hedschasbahn von Jordanien nach Mekka und Medina. Leila sah es als Geschenk des Himmels an. Sie fuhr mit ihrem Geliebten, und wenn es ihr gefiel, stieg sie aus, erzählte und hörte Märchen in den umliegenden Städten, Dörfern und Beduinenlagern, bis ihr Geliebter wieder vorbeifuhr. Jahrelang dauerte ihr märchenhaftes Glück.

Sie wurde schwanger, aber Leila war wie die Gazellen, die kurz vor den Wehen noch munter herumspringen. Ihr Geliebter freute sich über ihre Schwangerschaft und noch mehr über seinen Aufstieg. Er wurde zum Bahnhofsvorsteher ernannt. Als er Leila freudig mitteilte, daß er von nun an nicht mehr fahren müsse, weinte sie. Sie flüchtete in derselben Nacht nach Damaskus, wo sie eine Tochter zur Welt brachte. Die nannte sie Fatmeh. Konnten ein

Prinz, ein Königreich und eine Liebe diese wunderbare Erzählerin nicht rasten lassen, so zwang sie die Liebe zu ihrer Tochter, achtzehn Jahre lang als Hebamme ihr Brot in Damaskus zu verdienen. Eines trüben Tages kam sie zu ihrer Tochter«, Fatmeh hielt inne, wischte sich eine Träne ab und schneuzte sich in ihr großes Taschentuch. »Sie sagte, daß sie nicht mehr bleiben könne und daß sie seit Jahren vom Erzählen in fremden Städten und Dörfern träume. Ihre Tochter war dumm. Sie hatte nur die Mutter und nicht die verzauberte Märchenerzählerin in Leila gesehen. ›Du bist alt geworden. Bleib doch da, Ali und ich werden für dich sorgen!‹ flehte die Tochter.

›Alt?‹ rief Leila und lachte. ›Die guten Märchenerzähler sind wie der gute Wein, je älter, desto besser!‹ Und sie reiste mit ihren tausend mal tausend Geschichten ab.«

»So eine Geschichte habe ich noch nie im Leben gehört!« rief Salim mit seiner tiefen Stimme, stand auf und küßte Fatmeh noch einmal auf die Stirn.

Draußen donnerte es über den Dächern der Altstadt. Im Zimmer herrschte aber einen Augenblick lang Stille, dann brüllten die alten Herren los. Sie sangen so falsch und so laut, daß bald auch der Distelfink aufwachte und anfing, im Käfig zu hüpfen und merkwürdig schrill zu piepsen. Der Krach im kleinen Zimmer war so laut, daß die Nachbarn im Haus und in den nahen Häusern aufwachten und in ihren Schlafröcken zum alten Kutscher eilten.

14

*Warum
ich wegen Salim
zu Boden ging und eine
Schwalbe wieder fliegen konnte.*

Dreißig Jahre ist es her, doch ich weiß heute noch genau, daß keiner in unserer Straße damals wußte, ob der alte Kutscher tatsächlich für drei Monate stumm geworden war oder nur seine Freunde hereingelegt hatte.

Salim war mein Freund. Er erzählte mir alles. Auch die Gedanken, die er sich in dieser Zeit machte, vertraute er mir an. So hörte ich die Echo-Geschichte von ihm. Ich war auch sehr stolz darauf, daß er nur mir seine einmalige Entdeckung verraten hatte, daß man die Stimmen mit dem Ohr schmecken kann, doch wenn ich ihn fragte, ob er tatsächlich stumm war oder es nur vorgetäuscht hatte, lächelte er immer wieder verschmitzt.

Eines Tages, im März 1963, hingen wir etwas träge auf der Gasse herum. Die Schule war seit dem Putsch am 8. März geschlossen. Der Frühling schien es dieses Jahr eilig zu haben. Seine Wärme trieb uns auf die Straße, doch eine junge Nachbarin war am Tage zuvor gestorben. Wir durften aus Achtung vor der Trauer ihrer Angehörigen weder Ball spielen noch Musik machen oder fröhlich laut herumtollen. Irgendwann kam die Sprache auf Salim. Ein

Junge aus der Nachbarschaft erzählte frech, er wisse es ganz genau, daß der alte Kutscher seine sieben Freunde und die Nachbarn zum Narren gehalten habe. Der alte Kutscher habe es ihm aus Freundschaft anvertraut.

Eine heiße Wut packte mich. Ich weiß heute, daß ich anfangs seiner Angeberei geglaubt hatte. Ich fühlte mich von Salim betrogen, weil er mir das nicht verraten hatte. Wie dem auch sei, plötzlich rief dieser angebliche Freund des alten Kutschers: »Und ich sage euch, dieser Salim ist ein mieser Betrüger.«

Er war ein Schrank von einem Jungen. Ich dagegen war damals sehr schmal, doch das hat mich nie beeindruckt. »Hör mal, du Esel«, rief ich, »aus Respekt vor der Seele der verstorbenen Nachbarin werde ich dich hier nicht zusammenschlagen, aber wenn dein Mut so groß ist wie dein Maul, dann habe bitte die Güte, mit mir aufs nahe Feld zu gehen.«

Der Koloß hatte die Güte, und die Jungen freuten sich über diese Abwechslung. Leise gingen wir aus der Gasse hinaus.

Auf dem Feld angekommen, war meine Wut etwas gedämpft und die Vernunft, die Mutter der Angst, etwas wacher geworden. Der Junge stand nun breitbeinig und mit gekreuzten Armen mir gegenüber – ein schief lächelnder Fleischberg.

»Vielleicht ist dir der Satz herausgerutscht. Jedem von uns passiert so etwas mal«, sprach ich auf den Jungen ein, um, ohne das Gesicht zu verlieren, eine für mich von vornherein verlorene Schlägerei zu vermeiden.

»Ausgerutscht?« brüllte er. »Salim ist nicht nur ein mieser Lügner, sondern auch sechzigmal ein Hurensohn.«

Da habe ich ihn mit all meiner Kraft geohrfeigt. Der Koloß taumelte einen Schritt rückwärts und blickte mich einen Augenblick lang verwirrt an, doch dann kam er auf mich zu wie eine Dampfwalze und überrollte mich mühelos. Trotzdem rappelte ich mich wieder auf, nachdem die Jungen uns getrennt hatten, und wiederholte wütend mit blutender Nase: »Kapiert? Jedesmal, wenn du den Salim beschimpfst, gibt es Ohrfeigen.« Ich muß so komisch gewirkt haben, daß der Koloß sich vor Lachen auf dem Boden wälzte und mich danach umarmen wollte.

Ich aber ging grollend nach Hause und verfluchte in meinem Herzen Salim, der mir diese unangenehmen Schwellungen an Nase und Auge verursacht hatte.

Irgendwann am Nachmittag flüsterte die Nachbarin Afifa dem alten Kutscher etwas von der Schlägerei zu. Ihre Zunge war berühmt. Man witzelte oft darüber, daß sogar die Radiosprecher anfingen zu stottern, wenn sie während der Nachrichten redete.

Salim kam zu uns hochgerannt und wollte den Grund wissen.

»Der Grund?« brüllte ich ihn an. »Seit über drei Jahren

frage ich dich, ob du tatsächlich stumm warst oder nicht. Bin ich dein Freund oder nicht?«

Er lachte. »Du bist mein bester Freund, auch wenn du dich leichtsinnig mit Kolossen anlegst.«

»Ich will es wissen. Ich konnte drei Monate lang nicht gut schlafen. Du weißt nicht, was für Sorgen ich um dich in jener Zeit gehabt habe. Jeden Tag hoffte ich, du würdest sprechen. Nun, sage es!«

»Du irrst dich gewaltig. Ich habe all deinen Kummer tief im Herzen gespürt«, erwiderte er, lachte vergnügt, strich mir über die Haare und sagte: »Jetzt brauchst du keine Sorge mehr zu haben, ich bin ja wieder geheilt!«

Plötzlich rief ein Kind im Hof: »Onkel Salim! Onkel Salim! Wo bist du? Eine Schwalbe ist aus dem Nest gefallen! Onkel Salim!«

Der alte Kutscher schaute von der Türschwelle meines Zimmers im zweiten Stock zum Hof hinunter. Eine Kinderschar stand um einen zwölfjährigen fremden Jungen. Die Kinder schauten Salim mit bettelnden Augen an.

»Dieser Junge kommt aus der Ananiasgasse«, brüllte Abdu, Afifas Sohn. »Wir liegen im Krieg mit denen, aber wir haben ihm erlaubt, zu dir zu kommen, weil er eine Schwalbe auf dem Boden gefunden hat«, fügte der Angeber hinzu und gab dem unsicheren Jungen nebenbei eine kleine Ohrfeige.

»Ja, ich fand sie heute morgen neben den Blumentöpfen im Hof. Sie ist aus dem Nest gefallen. Sie kann aber nicht mehr fliegen und will nichts essen. Ich habe drei Fliegen für sie gefangen, aber sie rührte sie nicht an«, sprach der Junge mit leiser und trauriger Stimme.

»Komm mit der Schwalbe hoch, mein Junge, aber ihr anderen alle bleibt im Hof und schaut zu«, sagte er zu den Kindern. Abdu aber wollte unbemerkt heraufkommen.

»Alle, habe ich gesagt!« brüllte der alte Kutscher, und der Angeber blieb auf dem Treppenabsatz stehen und schaute dem Jungen mit der Schwalbe neidisch nach.

Salim umschloß die Schwalbe mit seiner großen Hand und ging auf die Terrasse. Ich faßte den schüchternen Jungen am Arm und folgte dem Kutscher.

»Himmel! Ich gebe dir die Schwalbe zurück!« rief der Kutscher laut und drehte seine Hand langsam im Kreis. Die Kinder standen im Hof auf den Zehenspitzen und streckten ihre Hälse in die Höhe, damit sie die Zeremonie genau verfolgen konnten.

»Himmel! Ich gebe dir die Schwalbe zurück!« rief Salim ein zweites Mal mit noch lauterer Stimme und drehte die Schwalbe langsam im Kreis. Dann schloß er die Augen, flüsterte der Schwalbe etwas zu, küßte sie und hielt einen Augenblick inne. »Himmel! Ich gebe dir die Schwalbe zurück!« rief er und schleuderte die Schwalbe in die Höhe, und sie segelte, rief laut und machte eine Schleife um unser Haus, als wollte sie sich verabschieden. Dann jagte sie davon.

Salim schaute auf den fremden Jungen. »Du bist ein guter Junge. Habe keine Angst! Niemand wird dich anfassen«, sprach er und drehte sich zu Abdu im Hof um, der nun wie ein Tiger im Käfig auf und ab ging.

»Wer den Jungen anfaßt, ist mein Feind. Abdu, du führst ihn bis zur Hauptstraße, und wenn ihm ein Haar gekrümmt wird, werde ich dir nichts mehr anvertrauen. Gib mir dein Wort!«

»Ich werde ihn wie meinen Augapfel schützen. Ehrenwort!« übertrieb der Angeber, aber das war dem Kutscher nur recht.

»Beeile dich, mein Kleiner«, sagte er zu dem Jungen, als Abdu die wartenden kleinen Gauner laut anherrschte, der Junge stehe von nun an unter seinem persönlichen Schutz.

Der alte Kutscher schaute mein geschwollenes Auge und meine dicke Nase an und lachte. »Du sollst dich mit stärkeren Burschen nicht anlegen, sonst wirst du nie ein Erzähler. Mit deiner Zunge mußt du sie besiegen. Kennst du die Geschichte von der kleinen Frau, die in die Hand eines Riesen geriet und ihn dann mit ihren Geschichten überlistete?«

»Du meinst doch nicht die Scheherazade?«

»Ach was, das ist eine Erzählung, die niemand außer mir kennt. Doch weil du mein Freund bist, werde ich sie dir schenken. Ich habe die Frau kurz nach ihrer Flucht getroffen, und sie erzählte mir ihre seltsame und nicht minder gruselige Geschichte. Ach, ich kriege Gänsehaut, wenn ich bloß daran denke. Du wirst sie kaum glauben. Willst du sie trotzdem hören?«

»Ja«, antwortete ich voller Neugier.

»Dann mache einen Tee und komm zu mir. Ich warte auf dich!«

Als ich mit dem Tee zu ihm hinunterging, hatte er bereits seine Wasserpfeife vorbereitet. Ich saß bei ihm und lauschte zwei Stunden lang der ersten von insgesamt zwölf Folgen einer unglaublich spannenden Geschichte, die er mir in den folgenden Tagen erzählte. Doch die Erzählung ist sehr, sehr lang und paßt nicht ans Ende eines Buches, deshalb werde ich sie ein anderes Mal erzählen.

Inhalt

Rafik Schami
Eine Hand voller Sterne
Broschur (80669), Gulliver-Taschenbuch (78701)
Zürcher Kinderbuchpreis »La vache qui lit«
Preis der Leseratten
Die Blaue Brillenschlange
Jenny-Smelik-Kiggen-Preis
Auswahlliste zum Deutschen Jugendliteraturpreis
Ehrenliste des Österreichischen Staatspreises

Über mehrere Jahre hinweg führt ein Bäckerjunge in Damaskus ein
Tagebuch. Es gibt viel Schönes, Poetisches und Lustiges zu berichten aus der Stadt, in der Menschen so vieler Nationalitäten miteinander leben: von dem alten Kutscher Salim, der herrliche Geschichten erzählen kann; von Nadia und seiner Liebe zu ihr; von der
Schule und vom Basar. Aber es gibt auch Armut, Ungerechtigkeit
und politische Verfolgung. Den einzigen Ausweg, die Dinge zu ver-
ändern und sich selbst und seinen Vorstellungen treu zu bleiben,
sieht er in dem Beruf des Journalisten – im Untergrund.

»Selten hat jemand ein überzeugenderes Plädoyer für Zivilcourage
so unaufdringlich gehalten wie Rafik Schami in seinem Roman.
Seine Helden sind von der stillen Art; voller Mut, voller Angst tun
sie, was ihre Überzeugung verlangt. Für volltönende idealistische
Phrasen bleibt da keine Zeit.« *Allgemeine Zeitung, Mainz*

»Eine Hand voller Sterne« wurde in viele Sprachen übersetzt. Die
englische Ausgabe wurde als *Children's Book of the Year*,
die amerikanische mit dem *Mildred D. Batchelder Award*
ausgezeichnet.

Beltz & Gelberg
Beltz Verlag, Postfach 100154, 6940 Weinheim

Gulliver zwei
Taschenbücher für Jugendliche
bei Beltz & Gelberg

Beltz & Gelberg
Beltz Verlag, Postfach 10 01 54, 69441 Weinheim